Christine Rimmer

El hijo secreto del príncipe

~.~

Matrimonio real

Tiffany
™

Editado por Harlequin Ibérica.
Una división de HarperCollins Ibérica, S.A.
Avenida de Burgos, 8B - Planta 18
28036 Madrid
www.harlequiniberica.com

© 2025 Harlequin Ibérica, una división de HarperCollins Ibérica, S.A.
N.º 179 - 4.6.25

© 2012 Christine Rimmer
El hijo secreto del príncipe
Título original: The Prince's Secret Baby

© 2012 Christine Rimmer
Matrimonio real
Título original: The Prince She Had to Marry
Publicados originalmente por Harlequin Enterprises, Ltd.
Estos títulos fueron publicados originalmente en español en 2013

I.S.B.N.: 979-13-7000-551-1
Depósito legal: M-6430-2025
Impreso en España por: BLACK PRINT
Fecha impresión Argentina: 1.12.25
Distribuidores para Argentina: Interior, DGP, S.A. Alvarado 2118. Cap. Fed./Buenos Aires y Gran Buenos Aires, VACCARO HNOS.

MIXTO
Papel
FSC FSC® C159065

Cualquier forma de reproducción, distribución, comunicación pública o transformación
de esta obra sólo puede ser realizada con la autorización de sus titulares, salvo excepción
prevista por la ley.
Diríjase a CEDRO si necesita reproducir algún fragmento de esta obra.
www.conlicencia.com - Tels.: 91 702 19 70 / 93 272 04 47

Editado por Harlequin Ibérica.
Una división de HarperCollins Ibérica, S.A.
Núñez de Balboa, 56 - Planta 7ª
28001 Madrid
www.harpercollinsiberica.com

ÍNDICE

EL HIJO SECRETO DEL PRÍNCIPE

CHRISTINE RIMMER

EL HIJO SECRETO DEL PRÍNCIPE

CHRISTINE RIMMER

1

–Pare aquí –dijo Rule Bravo-Calabretti.

El conductor de la limusina aparcó el vehículo. El Mercedes al que Rule seguía se había detenido más adelante, a poca distancia de los ascensores y de la escalera que llevaba al centro comercial.

Las luces de freno del Mercedes se apagaron. De su interior surgió una mujer de cabello castaño y rizado que se colgó un bolso del hombro, cerró la portezuela del coche y se guardó las llaves. Mientras la observaba, Rule pensó que las fotografías de los detectives no le hacían justicia.

Era mucho más atractiva al natural. No se podía decir que fuera guapa, pero poseía una belleza más interesante que la de una simple cara bonita. Alta y esbelta, llevaba una chaqueta de color azul y una falda a juego que le rozaba la parte superior de las rodillas. Sus zapatos eran más oscuros que el traje, cerrados y de tacón medio.

La mujer se giró hacia la escalera y empezó a caminar sin fijarse en la limusina. Rule, que permanecía oculto tras los cristales ahumados del vehículo, tuvo la seguridad de que no sabía que la estaba siguiendo.

Tomó la decisión de inmediato. Tenía que conocerla.

Y la tomó a pesar de haberse repetido muchas veces que no la llegaría a conocer; que mientras las cosas le fueran bien y cuidara adecuadamente de su hijo, él se mantendría al margen.

Al fin y al cabo, había renunciado a sus derechos sobre el niño.

Pero sus derechos no tenían nada ver. No le iba a quitar lo que era suyo. No iba a interferir en la vida del pequeño.

Solo quería hablar con ella y asegurarse de que su primera reacción al verla en carne y hueso había sido un espejismo, un momento de debilidad que se explicaba porque aquella mujer tenía lo que más le importaba.

Sabía que estaba jugando con fuego. El simple hecho de estar allí era un error. Si hubiera pensado con claridad, habría terminado sus negocios en Dallas y habría vuelto a toda prisa a Montedoro para pasar más tiempo con Lili e intentar convencerse de que podían ser una pareja feliz.

Pero Montedoro tendría que esperar.

Antes, iba a hacer lo que había deseado durante años. Iba a conocer a Sydney O'Shea en persona.

Sydney no salía de su asombro.

El sexy y extrañamente familiar desconocido que estaba en el pasillo del centro comercial la miraba de forma descarada. Los hombres como él no miraban a las mujeres como ella; solo miraban a mujeres tan impresionantes como ellos mismos.

Sydney sabía que no era fea, pero tampoco era una preciosidad. Y por otra parte, tenía un aire de determinación y de inteligencia que intimidaba a algunos hombres.

Giró la cabeza, incapaz de creer que estuviera realmente interesado en ella y se dijo que su imaginación le estaba jugando una mala pasada. Después, se acercó a un expositor, fingió que miraba el precio de unas revistas y le lanzó una mirada subrepticia.

Él también estaba fingiendo. Lo supo porque, justo en el momento en que le lanzó la mirada, él hizo lo mismo y sonrió.

Confundida, pensó que estaría coqueteando con alguien que se encontraba a su espalda. Y miró hacia atrás. Pero no había nadie.

Sacudió la cabeza e intentó concentrarse en su tarea, consistente en comprar un regalo de bodas. Calista, una compañera de trabajo, había decidido casarse de repente y se marchaba el día después a una isla del trópico, donde contraería nupcias y pasaría la luna de miel.

Si hubiera sido como otros abogados, Sydney lo habría dejado en manos de su secretaria y se habría ahorrado la molestia; pero era digna nieta de su digna abuela, Ellen O'Shea, quien siempre se había preciado de comprar personalmente los regalos, y ella seguía la tradición aunque le resultara pesado y algo deprimente.

–¿Cacharros de cocina? Son útiles, pero no interesantes –dijo una voz cálida y profunda a su lado–. Salvo que te encante cocinar, por supuesto.

Sydney se volvió a quedar atónita. El hombre inmensamente sexy del pasillo se había acercado mientras ella miraba unas sartenes. Y ya no había duda alguna. Le estaba hablando.

Se giró hacia él muy despacio, como si despertara de un sueño.

Era impresionante. De ojos negros, pómulos altos, mandíbula cuadrada, nariz recta y hombros anchos bajo una ropa informal, pero obviamente cara.

–¿Es que te encanta? –continuó.

Sydney respiró hondo.

–¿Cómo?

–Que si te gusta cocinar.

Sydney pensó que aquello era imposible. No tenía ni pies ni cabeza. Hasta consideró la posibilidad de que fuera un gigoló y la hubiera tomado por una clienta potencial.

Sin embargo, su cara le resultaba familiar. Quizás habían coincidido en algún sitio.

–¿Nos conocemos?

Él la miró con detenimiento durante unos segundos y soltó una carcajada que a Sydney le resultó tan sexy como su voz.

–Si nos conociéramos, me sentiría decepcionado –ironizó–. En ese caso, me habría gustado pensar que te acordarías de mí.

Sydney intentó recobrar el habla. Se había quedado muda, algo absolutamente impropio de su carácter.

–Me llamo Sydney O'Shea.

–Y yo, Rule Bravo-Calabretti.

Él le estrechó la mano y ella sintió un calor que le subió por el brazo y lanzó flechas de placer hacia varias partes de su cuerpo. La sensación fue tan inquietante que rompió el contacto de forma brusca y dio un pasó atrás.

–¿Rule?

–Sí.

–Déjame que lo adivine... No eres de Dallas.

Él se llevó una mano al corazón y dijo:

–¿Cómo lo sabes?

–Lo sé por tu acento, porque llevas ropa

de diseño y porque tienes dos apellidos, algo poco habitual en Estados Unidos –respondió con rapidez–. No es que no seas de Dallas; es que ni siquiera eres de este país.

Rule se rio.

–¿Eres experta en acentos y apellidos?

–No, solo soy lista y observadora.

–Lista y observadora... –repitió–. Me gusta.

Si hubiera sido posible, Sydney se habría quedado allí eternamente, mirándolo a los ojos y escuchando su voz.

Pero tenía que comprar el regalo de Calista. Y después, comer algo rápido y volver al bufete para asistir a la reunión sobre el caso Binnelab.

–Todavía no has contestado a mi pregunta, Sydney.

Ella lo miró con extrañeza.

–¿A qué pregunta?

–¿Te gusta cocinar?

–¿Cocinar? ¿A mí? No, en absoluto... solo cocino cuando no tengo más remedio.

–Entonces, ¿por qué te he encontrado entre cacharros de cocina?

–¿Encontrado? –Sydney volvió a desconfiar de él–. ¿Es que me estabas buscando?

Él se encogió de hombros.

–Sinceramente, sí –contestó–. Te he visto entrar en el centro comercial y me has parecido tan decidida...

–¿Me has seguido porque te he parecido decidida?

–Te he seguido porque has despertado mi curiosidad.

–¿La determinación despierta tu curiosidad? Rule volvió a reír.

–Sí, supongo que sí. Es que mi madre es una mujer muy decidida.

–Y tú adoras a tu madre, claro.

Él captó el retintín de su voz y supuso que lo habría tomado por una especie de niño de mamá. Pero no podía estar seguro. Ya había notado que Sydney se ponía sarcástica cuando estaba nerviosa. Y lo estaba.

–Sí, por supuesto que la adoro. La adoro y la admiro –Rule la miró fijamente, con humor–. Eres un poco quisquillosa, ¿no?

Sydney, que precisamente se estaba preguntando si Rule habría captado su ironía, decidió ser sincera.

–Sí, soy quisquillosa. Una característica que suele disgustar a algunos hombres.

–Porque algunos hombres son estúpidos –afirmó–. Pero si no te gusta la cocina, ¿qué estás haciendo aquí?

–Tengo que comprarle un regalo de bodas a una compañera del bufete.

–Un regalo de bodas.

–Sí.

–Entonces, permíteme que te recomiende algo...

Rule se inclinó y dio un golpecito a una cacerola de Le Creuset, de color rojo, con forma de corazón. A Sydney le pareció bonita, pero su mano le interesó mucho más. No llevaba anillo de casado.

–Qué romántico –declaró con ironía–. ¿Qué novia no necesita una cacerola con forma de corazón?

–Cómprala –ordenó él–. Así nos podremos ir.

–¿Los dos? ¿Tú y yo?

Rule la miró nuevamente a los ojos. Había dejado la mano sobre la cacerola, con el brazo tan cerca de ella que casi la tocaba.

–Sí, tú y yo.

Sydney respiró hondo e intentó mantener la calma. El aroma de su loción de afeitado le parecía terriblemente tentador.

–No voy a ir a ninguna parte contigo. Ni siquiera te conozco.

–Eso es verdad. Y lo encuentro muy triste... porque me gustaría conocerte, Sydney. Ven a comer conmigo, por favor.

Ella abrió la boca con intención de rechazar la propuesta, pero él alcanzó la cacerola, señaló la caja registradora más cercana y dijo:

–Sígueme.

Sydney lo siguió. A fin de cuentas, la cacerola era un buen regalo y Rule, indiscutiblemente atractivo. Pero se dijo que, en cuanto pagara en caja, se despediría de él y se marcharían por caminos separados.

La cajera, una joven rubia y muy bonita, se apresuró a encargarse del objeto.

–Oh, deje que lo ayude...

Mientras pasaba la cacerola por el escáner, la joven se dedicó a lanzar miraditas a Rule. Sydney lo comprendió de sobra. Era tan sexy, encantador y refinado que parecía el amante perfecto de una novela romántica.

Al pensar en esa palabra, *amante*, se estremeció.

Definitivamente, su imaginación estaba jugando con ella.

–Es una cacerola preciosa –declaró la cajera–. ¿Es para un regalo?

–Sí. Para un regalo de bodas –contestó Sydney.

La joven lanzó otra mirada a Rule y dijo:

–Lo siento. Ya no envolvemos regalos.

Rule se mantuvo en silencio y le dedicó una sonrisa apenas perceptible.

–No importa –replicó Sydney.

Al igual que su abuela, a Sydney le gustaba envolver los regalos que compraba; pero Calista se iba ese mismo día y no tendría tiempo de hacer algo original, así que tendría que guardarlo en una bolsa.

Pagó con la tarjeta de crédito y firmó en la pequeña pantalla, intentando hacer caso omiso del hombre que estaba a su lado.

La cajera le dio el recibo a Sydney, pero la bolsa con la cacerola se la dio a Rule.

–Aquí tiene. Vuelva cuando quiera.

Por el tono de voz de la chica, fue evidente

que ardía en deseos de verlo otra vez. Sydney le dio las gracias y se giró hacia Rule.

–Dame eso.

–No hace falta. Puedo llevarlo yo.

–Dámelo –insistió.

Él le dio la bolsa a regañadientes. Y no mostró la menor intención de despedirse de ella.

–Ha sido un placer –continuó Sydney–, pero ahora tengo que...

–Solo será una comida –la interrumpió en voz baja–. No es un compromiso en firme.

Sydney contempló sus ojos oscuros y casi pudo oír lo que Lani, su mejor amiga, le había dicho en cierta ocasión: que si quería encontrar a un hombre especial, tendría que dar alguna oportunidad a sus pretendientes.

Además, tampoco era para tanto; como él mismo había dicho, solo sería una comida. Se divertiría un rato, disfrutaría un poco más de sus atenciones y se marcharía.

–Está bien. Comeré contigo –dijo, muy seria.

–¿Sin una mala sonrisa? –bromeó.

Ella sonrió de oreja a oreja. Rule le gustaba de verdad; además de ser sexy y encantador, parecía una buena persona.

–Antes de comer, tengo que ir a alguna tienda donde vendan bolsas bonitas. Para la cacerola de mi compañera.

–Creo que conozco el lugar perfecto.

Rule la llevó a un establecimiento cercano,

donde Sydney compró una bolsa adecuada y una tarjeta de regalo.

–¿Y bien? ¿Adónde vamos? –preguntó ella al salir.

Él sonrió con picardía.

–Bueno, teniendo en cuenta que estamos en Texas, iremos a comernos un buen filete.

Sydney no se llevó ninguna sorpresa cuando salieron de la tienda y vio que le estaba esperando una limusina. Ya le había parecido un hombre de limusinas.

Rule la invitó a subir para ir al restaurante, pero ella se negó porque prefería seguirlo en su coche. Minutos después, llegaron al barrio de Stockyards, en Fort Worth, y entraron en un local de ambiente típicamente texano y buena reputación. El suelo era de losetas rojas y las paredes, de ladrillo visto y madera de pino, estaban adornadas con fotografías de botas, sombreros y pañuelos vaqueros.

Se sentaron en una esquina y él pidió una botella de tinto. Sydney estuvo a punto de rechazar el vino, pero lo probó y le gustó tanto que se sirvió una copa.

–¿Te gusta? –preguntó Rule.

–Es un vino excelente.

Rule propuso un brindis.

–Por las mujeres listas, observadoras y decididas.

–Y quisquillosas, no lo olvides.

–¿Cómo lo iba a olvidar? Es un detalle encantador.

–Si tú lo dices...

Él le dedicó una sonrisa.

–Entonces, por las mujeres listas, observadoras, decididas y quisquillosas.

Ella rio y aceptó el brindis. El camarero apareció entonces con las ensaladas que habían pedido de primero y se fue.

–Háblame de tu importante trabajo –dijo él.

Sydney tomó otro sorbo de vino.

–¿Cómo sabes que es importante?

–Antes has dicho que el regalo era para una compañera del bufete...

–¿Y qué? Podría trabajar en un bufete y ser una recepcionista o una secretaria.

–No, en absoluto –declaró con firmeza–. Tu ropa es demasiado cara y demasiado conservadora para eso. Sin mencionar tu actitud, claro.

Ella se inclinó hacia delante. El vino la había relajado y se sentía desinhibida y capaz de cualquier cosa.

–¿Qué le pasa a mi actitud?

–Que no es la de una secretaria.

Sydney se echó hacia atrás y puso las manos en el regazo.

–Soy abogada en un bufete que representa a empresas de alto nivel.

–Abogada... Sí, eso es más lógico.

–¿Y tú? ¿A qué te dedicas?

–Me gusta variar en el trabajo. En este momento, estoy en el sector del comercio. Del comercio internacional.

Ella alcanzó el tenedor y se llevó un poco de ensalada a la boca.

–¿En este momento? ¿Es que cambias mucho de empleo?

–Solo acepto los proyectos que me interesan. Y cuando quedo satisfecho con uno, paso al siguiente.

–¿Y con qué comercias?

–Ahora mismo, con naranjas.

–¿Con naranjas? Qué exótico...

–Concretamente, con las montedoranas; son un tipo de la variedad sanguina que tiene un ligero sabor a frambuesa y una piel más lisa que la de otras variedades.

–¿Eso significa que podré comprarlas pronto en el supermercado?

–Lo dudo mucho. La producción no es tan grande como para que se pueda distribuir en grandes superficies.

–Montedoranas... –dijo ella, como recordando algo–. ¿No hay un país pequeño en Europa, en la Costa Azul, que tiene un nombre parecido?

–Sí, el Principado de Montedoro, en el Mediterráneo. Es mi país –respondió él–, uno de los países más pequeños del viejo continente. Mi madre nació allí. Mi padre era estadounidense, de Texas, pero se mudó a Montedoro y adoptó la ciudadanía cuando se casó con ella... se llamaba Evan Bravo.

–Así que tienes familiares en Texas.

–Tengo un tío, una tía y varios primos hermanos que viven en San Antonio y sus alrededores. Eso, sin contar a los de Abilene, a los de Hill Country y a todos los Bravo que viven en California, Wyoming y Nevada.

–Y supongo que Calabretti es el apellido de tu madre...

–Sí.

–¿Eso es típico de tu país? ¿Los hijos llevan el apellido del padre y de la madre?

Rule asintió.

–Bueno, solo pasa en cierto tipo de familias... Es como en España. De hecho, los montedoranos nos parecemos bastante a los españoles. Nos gusta mantener los apellidos de las dos ramas familiares y llevarlos con orgullo.

–Bravo-Calabretti... es curioso, pero me resulta familiar. Tengo la sensación de que lo he oído en alguna parte.

Rule le dio unos segundos por si lo recordaba; pero Sydney no dijo nada más y él se encogió de hombros.

–Puede que te acuerdes más tarde.

–Sí, es posible. De hecho, tu apellido no es lo único que me resulta familiar. ¿Estás seguro de que no nos habíamos visto antes?

Rule se encogió de hombros por segunda vez.

–Dicen que todo el mundo tiene un doble en alguna parte. Quizás te has cruzado con el mío –comentó.

–Quizás –dijo ella–. ¿Y no tienes hermanos?

Rule asintió.

–Por supuesto que sí. Tres hermanos y cinco hermanas. Maximilian es el mayor; yo soy el segundo y después vienen Alexander y Damien, que son gemelos. Mis hermanas se llaman Bella, Rhiannon, Alice, Genevra y Rory.

–Es una familia muy grande... te envidio. Yo soy hija única.

Sydney puso la mano encima de la mesa. Rule la cubrió con la suya y le causó un estremecimiento de placer. Fue como si su cuerpo despertara de repente y estuviera más vivo que nunca.

–¿Te entristece? –Rule lo preguntó con suavidad, mirándola a los ojos–. ¿Te habría gustado tener hermanos?

Ella deseó que no dejara de tocarla; pero se recordó que aquello no iba a ninguna parte y apartó la mano para no darle esperanzas, en el caso de que las tuviera.

–Sí, me habría gustado –contestó–. ¿Cuántos años tienes, Rule?

Él se rio una vez más.

–Me empiezo a sentir como si estuviera en una entrevista.

–Solo es curiosidad. Pero si te molesta hablar de eso...

–En cierto sentido, me incomoda –admitió–. Tengo treinta y dos años; una edad que, en mi familia, es peligrosa para un hombre soltero.

–¿Por qué? Eres muy joven.

–Porque piensan que ya debería estar casado.

–Pues no lo entiendo. ¿En tu familia existe un plazo para casarse?

–Dicho de esa forma, suena absurdo...

–Es absurdo –afirmó.

–Y tú eres una mujer de opiniones tajantes –comentó con admiración–. Pero me temo que sí. En mi familia se espera que nos casemos antes de los treinta y tres.

–¿Y si no te casas antes?

Él bajó la cabeza, la miró con ojos entrecerrados y declaró, sombrío:

–Las consecuencias podrían ser funestas.

–Me estás tomando el pelo, ¿verdad?

–Sí, claro... Me gustas, Sydney. En cuanto te vi, supe que me gustarías.

–¿Y cuándo fue eso?

–¿Es que ya lo has olvidado? Por lo visto, no soy tan memorable... Lo supe en el centro comercial, cuando te vi entrar.

El camarero se llevó sus platos de ensalada, ya vacíos, y les sirvió un par de filetes. Rule alcanzó el cuchillo y empezó a cortar el suyo.

–Tengo la impresión de que me estás examinando, Sydney.

–Una impresión correcta.

–Pues espero aprobar... Pero dime, ¿dónde viven tus padres? ¿Aquí, en Dallas?

Sydney decidió contarle su vieja y triste historia.

–Vivían en San Francisco, donde nací. Mi madre salió despedida de un tranvía cuando yo tenía tres meses... me llevaba en brazos, pero no me pasó nada; en cambio, ella se pegó un golpe en la cabeza y falleció casi al instante. Mi padre saltó para intentar salvarnos y murió al día siguiente, en el hospital.

Los ojos de Rule se oscurecieron.

–Debió de ser terrible para ti.

–No me acuerdo; era tan pequeña que no recuerdo nada –le confesó–. Mi abuela por parte paterna me llevó a vivir a Austin y me crio. Estaba sola desde la muerte de su marido... Era una mujer extraordinaria. Me enseñó que puedo conseguir todo lo que me proponga, que el poder implica responsabilidad, que la verdad es sagrada y que la lealtad y la honradez son recompensas por sí mismas.

–Y no obstante, te hiciste abogada –bromeó.

Sydney soltó una carcajada.

–¿En Montedoro también se hacen chistes de abogados?

–Me temo que sí. Especialmente, sobre abogados de grandes empresas.

–Entonces, prefiero guardar silencio. No diré nada que se pueda usar en mi contra.

Sydney lo dijo de forma aparentemente irónica, pero Rule se dio cuenta de que había tocado un punto sensible.

—Espero no haberte ofendido...

Ella decidió ser franca.

—Tengo un trabajo de gran responsabilidad y muy bien pagado. Un trabajo que ha sido importante para mí, porque implicaba que nunca tendría que preocuparme por el dinero y que podría tener una vida decente.

—Pero...

—Pero últimamente, he empezado a pensar que debería ayudar a la gente que realmente lo necesita, en lugar de dedicarme a proteger las hinchadas cuentas bancarias de un montón de multinacionales.

Rule se disponía a decir algo cuando el teléfono de Sydney, que había dejado encima de la mesa, empezó a vibrar. Era Magda, su secretaria. Seguramente quería saber por qué no había llegado aún al despacho.

Sydney miró a Rule, que la había dejado de mirar y se había concentrado en la comida para darle un poco de intimidad, por si la necesitaba.

Pero no la necesitaba.

Cerró el teléfono y se lo guardó rápidamente en el bolso. Así, si volvía a vibrar, no se daría cuenta.

—Antes, cuando hablabas de tu abuela, lo has hecho en pasado...

—Porque murió hace cinco años. La echo mucho de menos.

Él sacudió la cabeza.

—La vida puede ser terriblemente cruel.

—Sí.

Sydney probó el filete y lo masticó con calma, disfrutando del sabor y la textura de la carne mientras se alegraba en silencio de que Rule no le hubiera demostrado lástima, como tanta gente, al saber que sus padres y su abuela habían fallecido.

Él la miró con atención y ladeó la cabeza de un modo que le volvió a parecer extrañamente familiar.

—¿Has estado casada?

—Nunca. No he encontrado al hombre adecuado para eso, aunque he mantenido un par de relaciones largas.

—Pero no salieron bien, supongo.

—No. Y por si sientes curiosidad, te diré que mi situación es peor que la tuya. Tengo treinta y tres años, así que el castigo de tu familia sería terrible.

Rule sonrió.

—Desde luego... Deberías casarte de inmediato. Y tener nueve hijos, por lo menos. Y hacerlo con un hombre rico que te adore.

—Hum. Un hombre rico que me adore —repitió—. No me importaría, pero... ¿nueve hijos? Son más de los que me gustaría tener. Notablemente más.

—¿Notablemente? ¿Es que no quieres tener hijos?

Sydney estuvo a punto de hablarle de Trevor, pero se lo pensó mejor. Rule no dejaba de ser un desconocido, una fantasía que se esfumaría en poco tiempo. En cambio, Trevor era real; lo más hermoso, perfecto e importante de su vida.

–Yo no he dicho que no quiera niños; solo he dicho que no quiero nueve.

–Bueno, estoy seguro de que podríamos llegar a un acuerdo. Me precio de ser un hombre razonable.

Ella lo miró con sorpresa.

–¿Un acuerdo?

–Claro. Estos asuntos atañen a las dos partes de una pareja; se tienen que decidir por consenso –contestó.

–Rule... No puedo creer que... –empezó a decir, desconcertada–. ¿Me estás pidiendo que me case contigo?

Él contestó con toda naturalidad, como si fuera lo más normal del mundo.

–Bueno, encajo en las condiciones que has mencionado hace un momento... Soy rico y podría adorarte con mucha facilidad.

Las palabras de Rule le parecieron absurdas y mágicas al mismo tiempo. Una de esas cosas que pasaban muy de vez en cuando y que le recordaban que la vida podía ser sorprendente, que no todo consistía en ganar casos, mantenerse en lo más alto de su profesión y llegar tarde a casa para acostar a Trevor.

Rule, un perfecto desconocido, había logrado que se sintiera no solo inteligente y brillante, sino también bella y deseable.

–Lo siento. No saldría bien.

Él se fingió afligido.

–¿Por qué no?

–Porque tú vives en Montedoro y mi trabajo y mi vida están aquí.

–Podrías cambiar de trabajo. Y probar otra forma de vida.

–O tú te podrías mudar a Texas.

–Bien dicho.

Los dos se quedaron en silencio.

Fue un silencio breve y perfecto, uno que no causó la menor duda o desconfianza a Sydney. A fin de cuentas, solo estaba comiendo con un hombre atractivo. No estaba haciendo nada malo. Y tenía intención de disfrutar hasta el último segundo.

2

La reunión sobre el caso Binnelab estaba muy avanzada cuando Sydney entró en la sala de juntas.

–Disculpadme... –todos se giraron hacia ella–. Lo siento mucho. Me ha surgido un problema y no he podido llegar antes.

Sus colegas se mostraron comprensivos y siguieron con el debate sobre la estrategia del caso. A nadie le molestó su tardanza. Al fin y al cabo, solía ser tan puntual que todos dieron por sentado que tendría un buen motivo.

Ella era Sydney O'Shea, la joven que había terminado la carrera a los veinte años, que había entrado en el bufete a los veinticuatro y que se había convertido en socia a los treinta, un año antes de que naciera su hijo. Ella era Sydney O'Shea, la mujer que sabía imponerse, devolver un favor y jugar tan duro y trabajar tan duro como el que más.

Y por otra parte, no tenía más remedio que mentir. Si les hubiera dicho que un comerciante de naranjas de Montedoro la había asaltado en la sección de cacharros de cocina de un centro comercial y la había convencido de que se fuera a comer con él, todos habrían pensado que estaba de broma.

Cuando terminó la reunión, se dirigió a su despacho y se llevó una buena sorpresa. Magda, su más que capaz y generalmente imperturbable secretaria, estaba en mitad de la sala con cara de asombro y un tiesto, con una orquídea, entre las manos. Detrás de ella, en el mueble bajo que recorría toda una pared, se veían media docena de ramos de flores en sus respectivos jarrones. De hecho, había flores hasta en la mesita de café de la sala de espera.

Pensó en Rule al instante. Tenía que haber sido él.

Y confirmó sus sospechas cuando echó un vistazo a la tarjeta de uno de los ramos, que decía así:

Cena conmigo esta noche, por favor. Me alojo en la Mansión Rosewood, de Turtle Creek. A las ocho en punto. Tuyo, Rule.

Sydney no le había dado ni el nombre ni la dirección del bufete donde trabajaba, pero supuso que no era precisamente un secreto; los podía haber encontrado por el sencillo procedimiento de buscar en Internet.

–Estamos ahogadas en flores... –dijo a su perpleja secretaria.

Magda asintió.

–Empezaron a llegar hace media hora. La orquídea ha sido la última, pero ya no queda sitio y no sé dónde ponerla.

–Creo que quedaría muy bien en tu mesa, Magda –le sugirió–. Y si quitas las tarjetas de los ramos, podemos repartir nuestra súbita riqueza...

Magda arqueó una ceja.

–¿Repartirla?

–Sí, empezando por las recepcionistas de la entrada. Solo me quedaré con los dos jarrones de rosas amarillas.

–¿Estás segura?

–Completamente.

Sydney supuso que a Rule no le importaría que las compartiera con otros. Y deseaba compartirlas. Eran tan bonitas que no tenía derecho a quedárselas todas.

–Diles que se las lleven a casa si quieren –continuó–. Pero date prisa... la fiesta de Calista es a las cuatro.

–La orquídea me gusta mucho –declaró Magda, mirando el tiesto que sostenía–. Tiene un aspecto poco común.

–Pues disfrútala –dijo–. Es una forma excelente de empezar un fin de semana, ¿no crees? Flores para todo el mundo. Y dentro de un rato, Calista se marchará de luna de miel.

Magda sonrió.

—Alguien está loco por ti...

Sydney le devolvió la sonrisa, pero no hizo el menor comentario al respecto.

—Anda, reparte las flores y vuelve enseguida. Tenemos que abrir las botellas de champán.

A Calista le encantó la cacerola. Cuando la sacó de la bolsa, rompió a reír.

—Ahora no me queda más remedio que aprender a cocinar —ironizó.

—Déjalo para después de la luna de miel —le recomendó Sydney, que alzó su copa para ofrecerle un brindis—. Por ti, Calista. Que tu matrimonio sea largo y feliz.

Como se había tomado dos vasos de vino durante la comida, Sydney se contentó con media copa de champán. Pero no le importó. A pesar de la escasez de burbujas, le pareció la fiesta más divertida en la que había estado. El mundo era maravilloso porque había conocido a un hombre maravilloso.

Terminada la fiesta, volvió al despacho para recoger el maletín, el bolso y uno de los jarrones de rosas amarillas. Normalmente, se habría quedado un par de horas más; pero era viernes y quería ver a su hijo antes de acostarlo.

Además, necesitaba hablar con Lani. Su amiga, que cuidaba del pequeño cuando ella no estaba en casa, era una mujer de mundo que sabría aconsejarla sobre Rule y sobre su florida invitación a cenar.

Al llegar a Highland Park, entró en su domicilio por la cocina. Trevor estaba sentado en su sillita, dando buena cuenta de un plato de espagueti con albóndigas.

–¡Mamá! ¡Mamá! –exclamó el niño, extendiendo sus bracitos regordetes hacia ella–. ¡Abrazo! ¡Abrazo!

Sydney puso las flores en la encimera, dejó el maletín y el bolso en el suelo y se inclinó sobre Trevor, que la abrazó con fuerza y la besó, dejándole una mancha de tomate en la mejilla.

–¿Cómo está mi niño?

–Bien, gracias.

–Y yo –dijo, abrazándolo más fuerte–. Estoy bien porque estoy en casa, contigo.

Trevor, que a sus dos años ya era todo un charlatán, se lanzó a una descripción de lo que había hecho a lo largo del día. Mientras hablaba, se metió una albóndiga en la boca con una mano y sacudió el tenedor con la otra.

–Usa el tenedor. –Lani miró al niño y se giró hacia Sydney–. ¿De dónde han salido esas rosas? Son muy bonitas.

—Sí, ¿verdad? —contestó, sin dar explicaciones.

Lani arqueó una ceja.

—Me extraña verte tan pronto.

—No tiene nada de particular... es fin de semana.

Lani, cuyo nombre completo era Yolanda Inés Vázquez, era una mujer de curvas pronunciadas y una preciosa y enorme melena, de color casi negro. Llevaba cinco años en la casa. Sydney la había contratado para que limpiara y cocinara mientras ella terminaba la carrera de Derecho; pero, tras concluir los estudios, le pidió que se quedara y se convirtió también en la niñera de Trevor.

Ahora era una segunda madre para el niño y la mejor amiga, con Ellen O'Shea, que Sydney había tenido.

—¿Que no tiene nada de particular? Siempre sales tarde del trabajo, Sydney —le recordó—. Y por si eso fuera poco, estás radiante...

Sydney se llevó las manos a las mejillas.

—Sí, bueno, tengo un poco de calor. Quizás sea fiebre.

—O quizás, el hombre que te ha regalado esas rosas amarillas.

Sydney sacudió la cabeza y rio.

—Está visto que no te puedo engañar, ¿eh?

—¿Cómo se llama?

—Rule.

—Hum. Un nombre muy tajante.

—Tanto como él, aunque es encantador. Hemos comido juntos y me lo he pasado muy bien. De hecho, me ha invitado a cenar.

–¿Esta noche?

Sydney asintió.

–Sí, en la Mansión Rosewood. A las ocho.

–Y vas a ir, claro.

–Si tú vigilas el fuerte...

–Por supuesto.

–¿Y qué hay de Michael?

Lani se encogió de hombros ante la mención de su novio, Michael Cort, un diseñador de software con el que llevaba un año saliendo.

–Lo llamaré por teléfono y le invitaré a tomarse una pizza en casa –contestó–. Pero háblame más de ese Rule...

–No hay mucho que decir, la verdad. Nos hemos conocido esta mañana... ¿Te parece una locura que salga a cenar con él?

–¿Una locura? ¿Salir con un hombre que te deja radiante? No, de ninguna manera.

–¿Espagueti, mamá? –las interrumpió Trevor.

–No, muchas gracias, cariño –dijo su madre–. Ese enorme plato de espagueti es para ti solo.

–¡Bien!

A Sydney se le hizo un nudo en la garganta. Tenía un hijo feliz y saludable, una gran amiga, una vida sin estrecheces, un trabajo que le encantaba y ahora, además, una cita con el hombre más atractivo del planeta.

Durante la hora siguiente, se dedicó a ser la

madre que no podía ser con tanta frecuencia como le habría gustado. Jugó un rato con Trev, le bañó, le metió en la cama y se quedó con él hasta que se quedó dormido.

Yolanda la miró a los ojos cuando Sydney volvió al salón.

–Son más de las siete. Tendrás que darte prisa si no quieres llegar tarde a la cena con el hombre de tus sueños.

–Lo sé. ¿Podrías hacerme compañía mientras me preparo?

–Claro que sí.

Lani la siguió hasta el dormitorio principal, donde Sydney se dio una ducha rápida, se maquilló y se quedó mirando la ropa del armario.

No sabía qué ponerse. Pero Lani intervino en su ayuda y sacó un vestido rojo, con mangas, de entre los vestidos más conservadores de su amiga.

–Ponte esto. El rojo te sienta muy bien.

–Rojo... Hum, no sé. ¿Estás segura?

–Hazme caso y póntelo. Lo puedes combinar con tus pendientes de diamantes y con el brazalete que te dejó tu abuela.

–¿Y qué zapatos llevo?

–Los rojos de Jimmy Choos.

Sydney alcanzó el vestido.

–Sí, tienes razón.

Lani sonrió.

–Siempre la tengo.

Sydney se puso el vestido, los zapatos, los

pendientes y el brazalete y se plantó delante del espejo, de cuerpo entero.

–¿Me dejo el pelo suelto? –preguntó, llevándose una mano al moño.

–No hace falta, pero... –Lani se acercó y le soltó unos cuantos mechones de cabello castaño–. Mucho mejor. Estás muy seductora.

–¿Seductora? –ironizó–. Yo nunca he sido una mujer seductora.

–Por supuesto que lo eres. Lo que pasa es que tú no te ves así –alegó–. Pero eres alta, esbelta y llamativa.

–Llamativa –repitió–. Ya, claro... ¿Y no crees que estaría mucho mejor si tuviera un buen par de pechos? Me crecieron mucho cuando estaba embarazada de Trevor. Es una pena que retomaran su tamaño anterior.

–Déjate de tonterías. Ya tienes un buen par.

–Ja, ja.

–Y también tienes unos ojos verdes que enamorarían a cualquiera –Lani la tomó por los hombros y la giró hacia ella, de forma que se quedaron cara a cara–. Estás impresionante, Syd. Vamos, márchate de una vez. Y diviértete.

–Me estoy poniendo nerviosa... –le confesó.

–No me vengas con la excusa de los nervios. Vas a ir a esa cita.

–¿Y si él no aparece?

Lani le apretó los hombros.

–Deja de angustiarte sin motivo y lárgate de aquí.

***

La Mansión Rosewood, de Turtle Creek, era un establecimiento muy famoso en Dallas. La antigua residencia privada se había convertido en un hotel de cinco estrellas con restaurante; un lugar de suelos de mármol, vidrieras y chimeneas de piedra labrada.

Sydney seguía nerviosa cuando entró en el restaurante y se dirigió al pequeño mostrador de recepción.

–El señor Bravo-Calabretti me está esperando –dijo.

El maître asintió.

–Sígame, por favor.

Momentos después, Sydney se encontró en una mesa alejada de las demás, en una esquina de la terraza. Rule, que ya había llegado, se levantó para saludarla y sonrió. Llevaba un traje oscuro que le quedaba maravillosamente.

–Sydney... –dijo, pronunciando su nombre con placer–. Me alegra que hayas venido.

Rule parecía aliviado, como si hubiera considerado la posibilidad de que no se presentara a la cita. Y a ella le extrañó. Un hombre como él no corría el peligro de que una mujer lo dejara plantado. Pero su inseguridad lo hizo más atractivo a ojos de Sydney, porque demostraba que también era vulnerable.

–No habría faltado por nada del mundo.

El maître descorchó la botella de champán que estaba en la cubeta y sirvió dos copas.

–Me he tomado la libertad de hablar con el chef y de pedir el menú –dijo él–. Pero si quieres elegir tú misma, pediré que te traigan la carta.

–No será necesario. La comida de aquí es excelente. Cualquier cosa que hayas elegido estará bien.

–¿No hay ningún tipo de comida que te disguste? –preguntó.

–No, ninguno. Y además, confío en ti.

Los ojos de Rule brillaron.

–Magnífico... Muchas gracias, Neil –añadió, dirigiéndose al maître–. Ya nos puedes dejar a solas.

–Muy bien, señor.

El maître se fue y Rule dijo, con voz ronca:

–Deberías vestir siempre de rojo.

–¿No crees que sería aburrido?

–¿En ti? De ninguna manera –afirmó.

Ella sonrió, encantada.

–Por cierto, aún no te he dado las gracias por las flores.

–Quizás me excedí un poco.

–Quizás, pero ha sido un gesto muy bonito por tu parte. Espero que no te importe que las haya compartido con mis compañeras de trabajo...

–¿Por qué me iba a importar? Son tuyas y puedes hacer lo que quieras con ellas –declaró Rule–. Al parecer, no eres solamente la mujer más interesante que he conocido, sino también una de las más generosas.

Ella sacudió la cabeza.

—Me sorprendes, Rule.

Él arqueó una ceja.

—Espero que positivamente...

—Sí, por supuesto que sí. Me encantaría creer que todas las cosas bonitas que me dices son ciertas.

Rule la tomó de la mano y el corazón de Sydney se desbocó al instante.

—¿Preferirías que fuera cruel contigo?

—No, me gustas tal como eres.

Rule le alzó la mano, se la llevó a los labios y la besó.

—Eres fascinante, Sydney. Lo quiero saber todo de ti —dijo con suavidad—. Pero si crees que voy demasiado deprisa, me lo tomaré con más calma.

Ella se inclinó hacia él.

—No. Me gusta tu forma de ser. No finjas ser otro, por favor.

—Descuida. Aunque para ser cruel, no tendría que fingir... me temo que también puedo serlo —le confesó.

—Pues ahórrame ese detalle —dijo con humor—. Estoy harta de hombres crueles.

El maître pasó en ese momento a su lado. Sydney lo agradeció porque le daba la excusa perfecta para cambiar de conversación, pero Rule la retomó de inmediato.

–Sigue, te lo ruego... ¿cómo es posible que alguien haya sido cruel contigo?

–Olvídalo. No tiene importancia.

–Claro que la tiene –los ojos de Rule se volvieron aún más oscuros–. He sido sincero al afirmar que quiero saberlo todo de ti.

Sydney se encogió de hombros.

–Supongo que es simple y pura mala suerte. Atraigo a hombres que dicen que les gusto por mi inteligencia y mi capacidad y que, después, hacen todo lo posible por destrozarme.

–¿Por destrozarte?

–¿Es necesario que hablemos de eso? –preguntó, incómoda.

–No es necesario, pero a veces nos sentimos mejor cuando afrontamos el pasado y lo compartimos con alguien.

Ella soltó un suspiro largo.

–Salí con un chico cuando estaba en la Facultad de Derecho. Se llamaba Ryan. Era divertido y apasionado... pero dejó su trabajo el mismo día en que nos fuimos a vivir juntos. Se tumbaba en el sofá y se dedicaba a beber cerveza y a ver películas. Cuando me cansé y le pedí que demostrara un poco de ambición, me dijo que yo tenía ambición suficiente por los dos, que se sentía un fracasado a mi lado y que me apartara del televisor porque no le dejaba ver.

–Y supongo que te separaste de él.

–Sí. Lo eché de la casa y me contó que se había estado acostando con otras porque yo era tan fría que no se sentía un hombre conmigo –explicó–. Aquel fracaso me alejó de las relaciones serias durante cinco años.

–¿Y qué pasó entonces?

–Que conocí a Peter. Era abogado como yo, aunque trabajaba en un bufete más pequeño. No llegamos a compartir casa, pero estábamos juntos casi todas las noches. Yo pensaba que no se parecía nada a Ryan; pero, al cabo de un tiempo, me empezó a presionar para que le consiguiera un trabajo en Teale, Gayle y Prosser.

–Y no te pareció bien.

Sydney sacudió la cabeza.

–Creo en la solidaridad, en ayudar a otras personas; pero no quería que mi novio trabajara en el mismo bufete que yo, sobre todo si lo iban a contratar por mí. Habría sido una situación muy problemática, de modo que me negué. Peter dijo que lo entendía.

–Pero no lo entendía.

–No, en absoluto. Se enfadó porque pensó que me negaba a echarle una mano y, a partir de entonces, nuestra relación empezó a ir mal. Me dijo un montón de cosas terribles... y un día, en una fiesta, se quejó de mí a uno de los socios de mi bufete. Cuando rompimos, yo estaba tan destrozada que...

Sydney dejó de hablar. Se había quedado sin palabras.

–Que tomaste la decisión de alejarte de los hombres –dijo él con dulzura–. ¿Te encuentras bien, Sydney?

Ella tragó saliva y asintió.

–Sí, sí. Es que, cuando hablo de ello, me siento... no sé, una perdedora.

–Pues no deberías. Los perdedores son ellos, Ryan y Peter –afirmó, mirándola a los ojos.

–De todas formas, ya no importa. Lo he superado.

Rule sonrió, le soltó la mano y le acarició uno de los mechones que Lani le había soltado del moño.

–Tienes un pelo muy suave. Como tu piel. Como tu tierno corazón...

–Yo no estaría tan segura de que mi corazón sea tierno. Además de quisquillosa, puedo ser una verdadera bruja. Si no lo crees, pregúntaselo a Ryan o a Peter.

–Si me das sus apellidos, los encontraré y tendré una pequeña charla con ellos.

–No, no merece la pena.

Rule le acarició la mejilla y Sydney sintió el escalofrío de placer hasta en los dedos de los pies, que meneó dentro de sus Jimmy Choos.

–Mientras estés dispuesta a dar una oportunidad a otro hombre...

–Eso depende de que conozca al hombre adecuado.

Él alcanzó su copa de champán y la alzó.

–Por el hombre adecuado –dijo.

Sydney brindó por ello.

—Por el hombre adecuado.

Tras probar el champán, ella dejó la copa en la mesa y añadió:

—Siempre quise tener niños.

—Pero no nueve, claro —declaró en tono de broma.

Justo entonces, ella se dio cuenta de que no le había estado hablando de sus fracasos amorosos por casualidad, sino porque tenía un buen motivo. Rule le gustaba mucho; pero no podía empezar una relación sin ser sincera con él.

—Hay algo que no te he contado, Rule.

Él ladeó la cabeza y la miró con seriedad.

—Te escucho.

Pasara lo que pasara, Sydney no tenía más remedio que hablarle de Trevor. De lo contrario, sería incapaz de abandonarse al calor de aquellos ojos negros.

—Yo...

La boca se le había quedado seca de repente.

Ni siquiera supo por qué le resultaba tan difícil. A fin de cuentas, se acababan de conocer. La opinión de Rule no debía ser importante para ella.

Pero lo era.

Rule parecía un sueño hecho realidad. Su sueño de hombre, en carne y hueso. Lo había sabido desde que se vieron en el centro comercial.

Pensó en su abuela, quien siempre había creído en los flechazos. Ellen afirmaba que se había enamorado de su difunto esposo a primera vista; y que el propio padre de Sydney se había enamorado de su madre de la misma forma.

Al recordarlo, Sydney estuvo a punto de sonreír. Ella no estaba tan segura como su abuela; se había creído enamorada de Ryan y de Peter y se había equivocado. Pero ellos nunca le habían hecho sentir lo que sentía con Rule.

En un solo día, aquel hombre lo había cambiado todo.

–No tengas miedo –dijo él–. Cuéntamelo.

–Bueno... Yo tenía casi treinta años cuando rompí con Peter. Quería ser socia del bufete, quería fundar una familia y sabía que podía tener las dos cosas.

Él asintió.

–Pero no conocías al hombre adecuado.

–Exacto. Así que decidí fundar mi familia de todas formas... una familia sin un hombre. Y acudí a un banco de esperma.

–Comprendo.

Sydney apartó las manos de la mesa y se las puso en el regazo porque le temblaban y no quería que Rule se diera cuenta.

–El procedimiento de inseminación artificial fue satisfactorio. Me quedé embarazada y ahora tengo un hijo precioso, de dos años.

–Un hijo... –repitió él, despacio.

Sydney tuvo la sensación de que el corazón se le había parado. Y entonces, empezó a latir más fuerte y más deprisa, casi de forma dolorosa, porque pensó que su confesión habría puesto punto final a su relación con Rule.

Ya no importaba que fuera perfecto para ella. Ya no importaba que fuera un sueño hecho realidad ni que le hubiera devuelto la fe en el amor a primera vista. En ese momento, estaba convencida de que Rule no aceptaría a Trevor. Y si no aceptaba a su hijo, ella no querría saber nada de él.

Echó los hombros hacia atrás y sacó fuerzas de flaqueza.

Ya no le temblaban las manos.

–Sí, Rule, tengo un hijo. Y es lo más importante de mi vida.

3

Para sorpresa de Sydney, Rule le dedicó una sonrisa inmensamente cariñosa y le acarició la cara con dulzura.

–Qué maravilla... los niños me encantan –dijo–, aunque creo que ya lo sabes. ¿Cuándo me lo vas a presentar? ¿Mañana?

Ella parpadeó, atónita.

–¿Cómo?

Él soltó una carcajada muy sexy.

–¿Has pensado que no querría conocer a tu hijo? Es obvio que no me conoces bien.

–Eso es cierto. No te conozco.

Sydney respiró hondo para tranquilizarse, asombrada de su propio alivio ante la reacción de Rule. Significaba mucho para ella. Ya no tenía que levantarse y poner fin a la velada. Se podía quedar en aquel restaurante precioso, en aquella esquina de ambiente romántico, con aquel hombre increíble.

—No, claro que no te conozco —continuó—. Pero me siento como si lleváramos mucho tiempo juntos... tengo que hacer esfuerzos para recordarme que nos vimos por primera vez esta misma mañana.

—A mí me pasa lo mismo.

Ella sonrió.

—Es curioso... cuando te vi en el pasillo del centro comercial y me pregunté si realmente me estabas mirando a mí, tuve la sensación de que te conocía de algo —le confesó—. Tu cara me resultaba extrañamente familiar.

—Por supuesto que te miraba a ti —dijo con tono de reproche—. Pero te negabas a creerlo porque te estabas repitiendo una y otra vez que no quieres saber nada de los hombres.

—Es cierto. Lo admito.

—Bueno, no es importante. Ahora entiendo que te cansaras de las relaciones amorosas... Y no seré yo quien me queje. Si no te hubieras concedido un descanso, habrías conocido a otro hombre y yo no tendría ninguna oportunidad.

—Menuda tragedia —se burló.

—Una tragedia y una catástrofe —insistió él—. Pero te alejaste de los hombres y yo solo tengo que encontrar el modo de convencerte para que me concedas una oportunidad... —Rule alzó su copa y brindó con ella otra vez—.

¿Tienes hambre? ¿Pedimos que nos traigan el primer plato?

Sydney asintió. Estaba hambrienta.

–Sí, por favor.

Rule lanzó una mirada al maître. Solo eso, una mirada.

Y el maître avanzó hacia la mesa.

Dos horas después, salieron del restaurante y se quedaron en la entrada del establecimiento hasta que les llevaron el coche de Sydney. Entonces, él la tomó de la mano y la alejó del vehículo.

–Espera un momento...

La llevó a una zona con menos luz, bajo un roble precioso.

La noche, cálida y oscura, se cerró a su alrededor.

–Sydney...

–¿Sí?

Rule le puso las manos en los hombros y la miró a los ojos con intensidad.

–Empezaba a tener miedo, ¿sabes?

–¿Miedo? ¿De qué? –preguntó, confusa.

–De no llegar a encontrarte, de no llegar a conocerte.

Ella sonrió.

–Ah, de eso...

–Sí, de eso.

Rule bajó la cabeza y Sydney la alzó, ofreciéndole su boca. Sabía que la iba a besar. Sabía que le iba dar a su primer beso.

El contacto de sus labios fue tan excitante como esperaba, pero se le hizo demasiado corto y demasiado leve, así que pasó los brazos alrededor de su cuello y soltó un gemido de placer, instándolo a seguir.

Él aceptó y la besó con pasión mientras la apretaba contra su cuerpo. La boca de Rule sabía a café y a la tarta de pistacho que habían tomado de postre. Y la besaba de una forma dulce y ardiente a la vez; de una forma que no se podía comparar con ninguna de sus experiencias anteriores.

Hasta en eso era distinto; maravillosamente distinto.

Y Sydney deseó que aquel momento no terminara nunca.

Pero tenía que terminar.

Rule se apartó de ella a regañadientes y la devoró con la mirada, sin quitarle las manos de los hombros.

—Mañana —dijo.

—Sí.

Él alzó una mano y le acarició la mejilla.

—¿Por la mañana? Os podría ir a buscar... podríamos ir a un parque, si quieres, para que tu hijo pueda jugar un rato. A mis dos sobrinos les encanta jugar al sol.

—No me habías dicho que tuvieras sobrinos.

Rule asintió.

–Un niño y una niña. Son los hijos de mi hermano mayor, Max... Pero todavía no has aceptado mi oferta.

–Qué extraño. Yo juraría que sí.

–Pues dilo otra vez...

–Sí, acepto; pero ¿por qué no vienes a desayunar? Así te podré presentar a mi mejor amiga, Lani. Tiene un título de filología inglesa, es una cocinera magnífica y cuida de Trevor cuando yo no estoy.

–Será un placer.

–Hay un pequeño problema...

–¿Cual?

–Que en mi casa, desayunamos temprano.

–Eso no es ningún problema.

–¿A las siete y media entonces?

Él asintió y la tomó de la mano.

–En ese caso, acompáñame al coche y te daré mi dirección y mi número de teléfono.

Sydney llegó a casa a las once menos cuarto de la noche.

Lani estaba sentada en el sofá, sola, con unos pantalones de pijama y una camiseta amarilla.

–¿Dónde está Michael?

Lani hizo caso omiso de la pregunta y replicó, con una sonrisa algo forzada:

–¿Qué tal tu noche?

–Maravillosa. Estoy loca por es hombre...

Vendrá mañana a las siete y media, a desayunar –le informó.

Sydney se quitó los zapatos y se sentó junto a su amiga.

–Me alegro. Así podré verlo en persona y saber si es adecuado para ti.

–Te aseguro que lo es. ¿Por qué no preparas una de tus fabulosas *frittatas*?

–Eso está hecho.

Lani se quitó las gafas y las dejó en la mesita. En ese momento, Sydney cayó en la cuenta de que no había contestado a su pregunta.

–No me has dicho dónde está Michael.

Lani la miró con tristeza.

–Verás... es que hace unas horas, cuando te vi maquillándote y arreglándote para ir a cenar con Rule...

–¿Sí?

–Me dije que yo también quería esa sensación. Que quería sentir lo mismo que tú, el mismo entusiasmo.

–Oh, Lani...

Lani hundió los hombros.

–Michael ha llegado poco después de que te fueras. Yo lo he mirado y he pensado que es una gran persona y que no puedo seguir con él. Sencillamente, no es el hombre que necesito –Lani sacudió la cabeza–. No sé si me entiendes...

Sydney se acercó a su amiga y la abrazó.

–Sí, claro que te entiendo. Lo entiendo de sobra.

***

El timbre sonó a las siete y media de la mañana.

–¡Abrir! –gritó Trevor, sentado en su sillita de la cocina.

Sydney se acercó a él y le dio un beso.

–Anda, cómete tus cereales.

–Abre tú, Syd... –intervino Lani–. El café y la *frittata* están preparados. Yo me encargaré de Trevor.

–Gracias...

Sydney salió de la cocina y abrió la puerta de la casa. En cuanto vio a Rule, su corazón se aceleró.

–Buenos días.

–Hola, Sydney.

Sydney se preguntó como era posible que fuera tan atractivo. El sol de abril daba un tono azabache a su cabello, y su sonrisa habría bastado para derretir un cubito de hielo.

–Veo que vienes preparado para la batalla...

Él se encogió de hombros y miró el camión de juguete y la pelota roja que llevaba entre las manos.

–Sé por experiencia que a los niños les gustan las pelotas y los camiones de juguete.

–Es cierto. A mi hijo le encantan...

Sydney cerró la puerta y dijo:

–Sígueme.

Rule la agarró del brazo.

–Espera un momento, por favor.

–¿Que espere? ¿Para qué?

–Para esto.

Él pasó los brazos alrededor de su cuerpo, sin soltar los juguetes, y le dio un beso juguetón y tierno, perfecto para una mañana de sábado.

Cuando rompió el contacto y la miró, sus ojos estaban llenos de promesas.

–Ya me puedes presentar a tu hijo.

Sydney sonrió.

–Muy bien. Tú lo has querido.

Trevor estuvo algo tímido al principio. El pequeño miró a Rule con solemnidad mientras Sydney se lo presentaba a Lani.

–Y este es Trevor.

–Hola, Trevor. Me llamo Rule.

Trevor no dijo nada. Se limitó a llevarse una cucharada de cereales a la boca.

–Trev, saluda a Rule... –dijo su madre.

Él niño giró la cabeza para no mirarlo, pero Rule no se inmutó. Conocía a los niños y sabía ser paciente, de modo que dejó los juguetes en la encimera, aceptó el café que le ofrecieron y se sentó entre las dos mujeres.

Mientras desayunaban, Rule halagó a Lani con comentarios elogiosos sobre la *frittata* y sobre el café. Y luego, se interesó por su título de filología inglesa.

Sydney, que conocía de sobra a su amiga, se dio cuenta de que Rule le había caído bien. Su conversación terminó en las obras de Shakespeare, con Lani declarando su amor por *La tempestad* y Rule, por *El rey Lear*.

–¿Y tú, Sydney? –preguntó Rule–. ¿Qué obra de Shakespeare te gusta más?

Sydney se encogió de hombros.

–Supongo que *El sueño de una noche de verano*. Vi la versión cinematográfica y me encantó... todo el mundo se encapricha de la persona equivocada; pero al final, acaban con quien deben.

–Veo que te gustan los finales felices...

–Desde luego que sí. Me gusta que las cosas salgan bien. En la vida real no suele ser tan fácil –afirmó.

–¡A mí me gustan los camiones! –exclamó Trevor, interrumpiéndolos.

Rule se giró hacia el niño.

–¿Y las pelotas?

–¡Sí! ¡También!

–Pues es una suerte, porque el camión y la pelota que están en la encimera son para ti...

Trevor volvió a apartar la mirada. Por lo visto, había pensado que estaba siendo demasiado amable con el desconocido.

–Venga, Trev, dale las gracias a Rule... –ordenó su madre.

–Gracias, *Ru* –dijo Trevor, a regañadientes.

Sydney se dio cuenta de que, lejos de sentirse molesto con la actitud de su hijo, Rule parecía encantado con él. Solo tenía que romper el hielo. Y lo consiguió enseguida, por el sencillo procedimiento de llevarse una mano al bolsillo de la chaqueta y sacar una galleta con forma de león.

–¿Te gustan las galletas?

–¡Sí! ¡Sí!

Rule lanzó una mirada a Sydney para asegurarse de que se la podía dar. Ella asintió y él se la dio al pequeño, que se la comió al instante.

–¡Grrrr! ¡León! ¡León... ! ¡Gracias, Rule!

Cuando terminaron de desayunar, el niño se empeñó en que su nuevo amigo jugara con él. Rule se quitó la chaqueta, la dejó en el respaldo de una de las sillas de la cocina y lo acompañó al salón, donde jugaron con el camioncito que le había regalado. Entre tanto, las dos mujeres limpiaron la cocina.

Minutos después, se fueron al parque. Estuvieron allí tres horas; tres horas durante las cuales Sydney se dedicó a observar a Rule con temor, temiendo que se aburriera de jugar con Trev en los columpios y los toboganes; pero Rule parecía divertirse tanto como su hijo. Y poco después de las once, volvieron a la casa, dejaron al niño con Lani y se encontraron a solas por primera vez en el día.

–Has estado maravilloso con Trev –dijo ella.

Él la miró a los ojos. Le gustaban tanto que no se cansaba de mirarlos.

–No se puede decir que haya sido difícil. He disfrutado cada minuto... gracias por haberme invitado a tu casa, Syd.

–Ha sido un placer, pero ¿no estás cansado?

Rule frunció el ceño.

–¿Es una forma de insinuar que quieres que me vaya?

Ella rio y sacudió la cabeza.

–De ningún modo. Solo te estaba ofreciendo una salida diplomática por si ya estás harto de juegos.

–Si no te importa, me gustaría quedarme.

–Por supuesto que no me importa.

Sydney pensó que tal vez debía ser más cauta con Rule, que quizás fuera mejor que echara el freno. Pero no lo quería echar. Se lo estaba pasando muy bien y, si Rule también estaba disfrutando, no tenía motivos para poner fin al encuentro.

–Si quieres, podemos invitar a comer a Lani y a Trevor.

Sydney sacudió la cabeza.

–No, Trev tiene que comer enseguida. Y cuando termine, querrá dormir un rato... ¿Estás seguro de que no te importa quedarte aquí?

–Completamente seguro. Nada me apetece más que estar contigo y con tu hijo.

Ella asintió.

–Me alegro.

Tal como Sydney había dicho, a Trevor le entró sueño después de comer. Cuando se quedó dormido, Rule y ella asaltaron el frigorífico y llevaron queso, uvas y pan tostado al jardín de la parte de atrás de la casa.

Se sentaron bajo un roble, cerca de la piscina. Rule le habló un poco más de su familia y le contó que la esposa de Max había fallecido dos años antes en un accidente, dejando a su hermano mayor con el corazón roto y dos niños que criar.

–Max y Sophia eran tan felices... se conocieron de niños, pero entonces ya sabían que algún día serían pareja y que tendrían hijos – explicó Rule–. Para mi hermano ha sido muy difícil. Ha tenido que aprender a vivir sin ella.

–No puedo ni imaginar lo que habrá sentido. Siempre he envidiado a la gente que encuentra al amor de su vida y no desea otra cosa que fundar una familia y ser feliz. Lamento mucho lo de tu cuñada.

Se habían sentado en unas sillas con cojines, junto a una mesa donde habían dejado el queso, las uvas y el pan; pero de repente, Rule le ofreció una mano y la invitó a sentarse sobre sus piernas. Sydney aceptó.

Se dieron un beso dulce y largo. Cuando terminó, él habló suavemente contra los labios de Syd, aún entreabiertos.

–Me encanta el sabor de tu boca y el contacto de tu piel...

Ella alzó una mano y le acarició el cabello.

–Oh, Rule... ¿qué nos está pasando?

Rule la volvió a besar.

–¿Es que no lo sabes?

–Creo que sí; pero he esperado tanto tiempo a que apareciera un hombre como tú, que me parece un sueño.

–Pues no es un sueño.

–No, no lo es –dijo ella, nerviosa.

–¿Estás bien, Sydney? –preguntó él, notando su nerviosismo.

Ella soltó una risita de inseguridad.

–Como ves, no soy tan decidida...

–Anda, ven conmigo.

Rule la llevó al césped del jardín, donde se tumbaron el uno contra el otro. Se había levantado una brisa que hacía más aceptable el calor de la tarde.

–No tengas miedo, Syd. Yo no te haría daño... de hecho, me siento increíblemente afortunado por haberte encontrado al fin. Te he estado buscando toda mi vida, y ahora que te tengo, no te dejaré escapar.

Ella le puso la mano en el pecho y sintió los latidos fuertes y regulares de su corazón.

–Yo también quiero estar contigo, Rule. Y no tengo miedo de ti... pero admito que estoy un poco asustada con nuestra relación.

–¿Por lo que te pasó con Ryan y Peter?

Ella asintió.

–Sí. No tengo mucha suerte con los hombres.

Él le dio un beso en la frente.

–Puede que no.

–Definitivamente, no.

–Hasta ahora...

Sydney miró sus ojos oscuros, intentando descubrir si era sincero. Y le creyó.

–Hasta ahora, sí.

–Sal conmigo esta noche, Syd... Vendré a buscarte, cenaremos juntos y, después, nos iremos a bailar.

Sydney se acordó de que aquella era la noche libre de Lani y de que, en consecuencia, no se podría quedar al cuidado de Trevor; pero afortunadamente, tenía más niñeras a las que podía acudir.

–Me encantaría.

Trevor se despertó al cabo de un rato, tan fresco como una rosa y dispuesto a jugar un poco más.

Rule le concedió el deseo y, juntos, montaron un mecano que Trevor destrozó en cuanto lo pusieron de pie en el suelo. A continuación, salieron a jugar al jardín con la pelota roja y continuaron con el camión de juguete, hasta que Lani anunció que se estaba haciendo tarde y que el niño debía cenar.

Sydney estaba asombrada con Rule. Daba la impresión de que no se cansaba nunca de jugar. Al parecer, se había quedado corto al afirmar que los niños le gustaban. Y Sydney se dijo que sería un padre maravilloso.

Mientras el niño cenaba, él llamó a su chófer para que pasara a recogerlo.

–Adiós, *Ru*. ¡Vuelve pronto! –exclamó el pequeño.

–Adiós, Trevor...

–¡Vuelve y jugaremos otra vez!

Rule asintió.

–Eso está hecho.

Sydney y Rule salieron de la casa y se alejaron un poco, para que no los vieran por las ventanas. Luego, se abrazaron y se dieron un beso.

–Trevor es maravilloso. Y tan listo como su madre.

–Y tan fuerte, no lo olvides... –bromeó.

–Sí, ya me he dado cuenta. Es fuerte y sabe gritar bien alto cuando le conviene –replicó con una sonrisa–. Me honra que me hablaras de él y de la forma en que lo tuviste. Y te agradezco que me hablaras de esos idiotas, Ryan y Peter.

–Siempre he creído en la sinceridad.

–Y yo.

A pesar de su afirmación, la expresión de Rule se volvió sombría. Parecía incómodo o preocupado por algún motivo.

–¿Estás bien, Rule? ¿Ocurre algo?

Él suspiró.

–Tengo que hacerte una confesión, Syd.

El pulso de Sydney se aceleró al instante.

–Te escucho... –dijo con nerviosismo.

–¿Recuerdas lo que te dije de mi madre?

–Sí, claro.

–Te dije que la admiraba...

Ella lo miró con perplejidad.

–¿La confesión que tienes que hacer es sobre tu madre?

Rule le acarició la mejilla.

–No exactamente.

–¿Qué significa eso?

–Sydney, la admiro en calidad de madre, por muchos motivos –contestó–. Pero la venero en calidad de gobernante de mi país.

–¿Qué? ¿Tu madre gobierna tu país?

–Mi madre es Adrienne II, soberana del Principado de Montedoro. Y mi padre, Evan, es príncipe consorte.

–Espera un momento... –declaró, absolutamente sorprendida–. ¿Me estás diciendo que tú también eres príncipe?

–Sí, eso me temo. Mi hermano mayor, Maximilian, es el heredero de la corona. Pero yo también soy príncipe.

4

Sydney se quedó boquiabierta.

–Príncipe... no me lo puedo creer. Y no un príncipe en sentido figurado, sino un príncipe de verdad, de carne y hueso...

Rule rio.

–Sí, más o menos.

–¿Más o menos?

–Montedoro no es un Reino, sino un Principado –le recordó–. En realidad, los familiares directos del soberano y del príncipe heredero no tenemos la misma categoría que los familiares directos de un rey... por ejemplo, nadie nos llama Alteza.

–No entiendo ni una palabra de lo que has dicho.

Él frunció el ceño.

–No me extraña. No debería haberte dado

más información de la que necesitabas en este momento –comentó con inseguridad.

–Ahora caigo... ¡Evan Bravo! Sí, claro que sí, me acabo de acordar... Tu padre era actor de cine, ¿verdad?

Rule asintió.

–Fue toda una noticia en su época. Mi madre se casó con un actor de cine y volvió con él a Montedoro, donde tuvieron hijos y fueron felices como en los cuentos –respondió con ironía–. Pero estás muy pálida, Sydney. ¿Te encuentras bien?

–Sí, sí, por supuesto.

–Si no me crees, te puedo enseñar mi pasaporte diplomático...

–Oh, Dios mío... no, no es necesario. Te creo –declaró, completamente superada por lo que acababa de saber–. ¿Por qué has esperado tanto para decírmelo, Rule? ¿Por qué no me lo has dicho antes?

–Lo intenté, pero no encontraba el momento oportuno –se defendió, aparentemente arrepentido–. Además, quería que me conocieras un poco antes de contarte esa parte de mi vida.

–Ahora entiendo lo de anoche, cuando fuimos a cenar a la Mansión Rosewood...

–¿Lo de anoche?

–Sí, el maître estuvo atento a todo lo que hacías. Solo tuviste que mirarlo para que se presentara inmediatamente en la mesa.

–Claro. Sabe quién soy. Pero eso no tiene importancia.

–La tiene, Rule.

–Solo si tú se la das. Para mí, lo único que importa es esto.

Él inclinó la cabeza y le dio un beso tan cariñoso que Sydney no tuvo más remedio que estar de acuerdo.

–Oh, Rule...

Rule le acarició el cabello con ternura.

–Ahora me tengo que ir, Sydney; pero no hay mal que por bien no venga... –dijo, sonriente–. Así podrás buscarme en Internet y averiguarlo todo sobre mi familia antes de que pase a recogerte para ir a cenar.

Ella también sonrió. Había pensado que lo buscaría en la Red en cuanto se marchara.

–Me conoces increíblemente bien, Rule. Es increíble, teniendo en cuenta que nos conocimos ayer...

Él la miró con preocupación.

–¿Me perdonarás por no habértelo dicho antes?

–Te perdonaré cuando la cabeza me deje de dar vueltas.

–¿Me das un beso de despedida?

Sydney asintió y se lo dio; era incapaz de resistirse a sus encantos. Y esta vez, cuando dejaron de besarse, Rule la soltó y se alejó hacia su limusina, que ya le estaba esperando.

El largo y negro coche desapareció de la vista poco después. Sydney entró en la casa con intención de hablar con Lani para preguntarle por sus planes nocturnos.

Su amiga estaba en el cuarto de baño, llenando la bañera para Trev, que se había sentado en el suelo.

–Lani...

–¿Sí?

Lani metió la mano en la bañera para comprobar la temperatura y abrió un poco más el grifo de agua caliente.

–¿Vas a salir esta noche?

–No, pensaba quedarme en casa. Pero no te preocupes; estaré encantada de cuidar de Trev –afirmó.

–Genial...

–¿Mamá?

Sydney se giró hacia su hijo.

–¡Leer un cuento!

–Te prometo que te leeré uno después del baño, cuando te acuestes.

–¡Bien!

Sydney dio un beso a su hijo y se dirigió a su despacho, que estaba junto al vestíbulo. Una vez dentro, encendió el ordenador y se dedicó a buscar información sobre la familia de Rule, a sabiendas de que solo tenía alrededor de veinte minutos antes de que Lani terminara de bañar a Trevor y el niño insistiera en que le leyera el cuento.

La búsqueda fue fácil. Encontró montones

de páginas con información sobre el padre y la madre de Rule.

Por lo visto, Evan Bravo había nacido en San Francisco y tenía seis hermanos; a los dieciséis años, se había marchado a Hollywood para convertirse en estrella de cine y, a los veinticinco ya había conseguido un Globo de oro y un Oscar al mejor actor secundario por su interpretación de un detective de Los Ángeles en una película llamada *L.A. Undercover*.

Más tarde, conoció a la princesa Adrienne de Montedoro, se casó con ella en la capital del Principado y, poco después, tuvieron su primer hijo, Maximilian, el heredero al trono.

Al ver la mención del hermano mayor de Rule, Sydney decidió investigar sobre su difunta esposa. Como ya sabía, había fallecido en un accidente. Y mientras buscaba información, descubrió que otro de los hermanos, Alexander, había sido secuestrado en Afganistán y había permanecido cuatro años en cautiverio, hasta que logró fugarse.

Como se estaba quedando sin tiempo, Sydney decidió centrarse en Rule. Según los periódicos, había estudiado en Estados Unidos, en la Universidad de Princeton, y era el hombre de negocios de la familia; pero también descubrió que tenía fama de ser un seductor y que había salido con varias actrices y modelos. Algunas fuentes afirmaban que se iba a casar con una amiga de la infancia, la princesa Liliana de Alagonia, *Lili*, aunque no estaba confirmado.

Naturalmente, Sydney se apresuró a buscar fotografías de Lili. Y resultó ser una rubia de ojos azules, tan bella como una princesa de cuento.

Ya estaba pensando que Rule tendría que darle unas cuantas explicaciones durante la cena cuando oyó la voz de su hijo.

—¡Cuento, mamá!

Sydney se giró hacia la entrada del despacho.

—Siento interrumpirte —dijo Lani—, pero como le has prometido que le leerías un cuento...

—Y se lo leeré.

Tras apagar el ordenador, tomó a su hijo en brazos y lo llevó a la cama, donde le leyó el cuento prometido. Ardía en deseos de saber más sobre la princesa Liliana, pero no tenía más remedio que esperar.

Trevor se durmió al cabo de un rato y Sydney llamó a Lani y le contó que Rule era príncipe de Montedoro mientras se arreglaba.

—Dios mío. Y ni siquiera le he hecho una reverencia cuando me lo has presentado...

—Ya es tarde para preocuparse por el protocolo —ironizó.

—Me pregunto qué se sentirá al casarse con un príncipe.

—¿Quién ha hablado de matrimonio? Nos acabamos de conocer.

—Pero vais en serio, ¿verdad?

Sydney asintió.

–Sí, creo que sí. De hecho, es posible que llegue tarde esta noche.

Sydney prefirió no insistir en que solo era eso, una posibilidad. Porque si Rule le confesaba que tenía intención de casarse con Liliana de Alagonia, ella volvería pronto, lloraría en el hombro de Lani y odiaría a todos los hombres durante, por lo menos, una década.

–Oh, Syd...

Lani le dio un abrazo y se apartó un momento para admirarla.

–Estás preciosa con ese vestido. Queda perfecto con el color de tus ojos... –Lani soltó un suspiró–. Disfruta de cada momento, cariño.

–Lo haré.

Sydney se cepilló el cabello e intentó dejar de pensar en aquella princesa.

Rule llegó a las ocho en punto, en su limusina.

Cuando Sydney se sentó en el interior del vehículo, notó que había dos hombres en la parte delantera. Uno, evidentemente, era el conductor; pero el otro, un tipo de aspecto militar y gafas de sol, parecía un guardaespaldas.

Se inclinó hacia Rule, aspiró el aroma de su loción de afeitado y susurró:

–No me digas que pertenece al servicio secreto.

Él se encogió de hombros.

–La seguridad es una necesidad para mí. Cosas de la vida moderna, me temo.

Fueron a cenar a otro restaurante maravilloso, donde los instalaron en una salita privada.

Sydney esperó al segundo plato para hablar del asunto que la tenía preocupada.

–Háblame de la princesa Liliana de Alagonia.

Él sonrió con ironía.

–Veo que me has estado investigando...

–¿He hecho mal?

–En absoluto. Sabía que me investigarías –contestó–. Pero, ¿qué has descubierto?

Ella se lo contó y añadió:

–Se rumorea que te vas a casar con ella.

Rule la miró fijamente.

–No deberías prestar atención a los rumores.

–Ni tú deberías salir con evasivas.

–No son evasivas, Sydney. Lili es ocho años más joven que yo. Para mí es como una hermana pequeña.

Sydney se echó hacia atrás y bebió un poco de agua.

–Pero no es tu hermana.

–Deja de preocuparte por eso. No me voy a casar con ella. Ni estamos prometidos ni tengo intención de pedir su mano.

–Pero en los periódicos se dice que Lili se quiere casar contigo. Y que se da por sentado que tú te casarás con ella.

La expresión de Rule se volvió más cauta.

–Bueno, es verdad que está interesada en mí.

–¿Interesada? Dilo de una vez, Rule. Di que se quiere casar contigo.

Él también se echó hacia atrás.

–No puedo hablar por Liliana, Syd. Solo puedo decirte que es una mujer encantadora y que, si me casara con ella, la prensa aprobaría nuestro enlace con el argumento de que fortalecería los lazos entre nuestros dos países.

–Entonces, te deberías casar con ella.

Los ojos de Rule se oscurecieron. De repente, parecían llenos de secretos.

Sydney pensó que su relación con él solo había sido una fantasía hermosa, pero imposible.

Una fantasía que se desvanecería bajo el peso de la verdad.

–¿Recuerdas lo que te dije de mi familia y sus ideas sobre el matrimonio? Esperan que me case antes de cumplir los treinta y tres.

–Sí, lo recuerdo.

–Y creíste que era una broma.

–Creí que hablabas en sentido figurado –puntualizó–. Una forma de referirte a su presión para que te cases y tengas hijos.

–Es algo más que presión. Es la ley.

Ella arqueó las cejas.

–¿Estás bromeando?

–No, estoy hablando en serio. Mi país fue un protectorado francés... y como se suele decir, la sombra de Francia es alargada. Hemos firmado varios tratados con ellos; tratados donde se comprometen a garantizar la soberanía de Montedoro.

Como abogada que era, Sydney no necesitó que le diera más explicaciones. Ya había adivinado lo que pasaba.

–Y el simple hecho de que otro país tenga el poder de garantizar vuestra soberanía es... problemático, ¿no?

Él asintió.

–En efecto. Aunque mi familia es oficialmente responsable de la sucesión, ningún príncipe heredero puede llegar al trono sin la aprobación del Gobierno francés –le explicó–. Pero eso no es lo peor. En uno de los tratados se dice que, si el trono de Montedoro queda vacante, volverá a ser protectorado de Francia.

–Oh, vaya...

–Naturalmente, mis antepasados buscaron la forma de impedir esa situación... y aprobaron una ley según la cual todos los príncipes y princesas de Montedoro están obligados a tener hijos antes de cumplir los treinta y tres años. De lo contrario, pierden el título y los ingresos asociados a él. Y yo cumplo los treinta y tres el día veinticuatro de junio.

–Es decir, dentro de dos meses y medio.

–Sí.

A pesar de lo que Rule había afirmado, Sydney tuvo el convencimiento de que se iba a casar con Liliana, la rubia y atractiva princesa a la que conocía desde la infancia. A fin de cuentas, era lo mejor para su país.

Se maldijo para sus adentros y se preguntó por qué la habría elegido a ella, precisamente ella, para tener su última aventura antes de casarse.

Era una mujer trabajadora y con un hijo. No buscaba una aventura. Y mucho menos, con un príncipe.

Quiso enfadarse con él. Pero no pudo.

Sintió el deseo de llevarse las manos a la cabeza y romper a llorar, pero se negó. Era una O'Shea, una mujer dura. No iba a perder los nervios delante de él.

–Te queda poco tiempo –dijo con frialdad.

–Muy poco. Y reconozco que he considerado la posibilidad de pedirle a Lili que se case conmigo.

–¿Por qué no lo has hecho?

–Porque ningún hombre se quiere casar con una mujer que no le gusta. Ni siquiera por el bien de su país –contestó–. Así que dudé... y retrasé mi decisión.

–Pues no deberías vacilar. Es un asunto demasiado importante.

Él le dedicó una sonrisa.

–Un príncipe no vacila nunca.

–Llámalo como quieras, pero dudar y vacilar es lo mismo.

–Bueno, eso ha dejado de tener importancia. Ya no tengo dudas.

–¿Qué quieres decir?

–Que ahora estoy seguro de que Liliana no será nunca mi esposa. Lo supe de repente. En un segundo de revelación.

Sydney se dijo que no sabía adónde quería llegar y que no quería saberlo.

Lo suyo había terminado. Incluso antes de empezar.

–¿De repente? ¿Como si te hubiera alcanzado un rayo? –se burló.

–No, no fue así.

–Pues explícate, porque no te entiendo.

–Es verdad que lo supe de golpe, pero tardé un poco más en darme cuenta de que mi matrimonio con Lili era imposible.

–Sigo sin entender nada.

–Pasó ayer, después de la comida.

–¿Qué pasó?

–Que te despediste, te subiste a tu coche y te fuiste. Yo me quedé mirando, hasta que desapareciste en la distancia... Me pregunté qué pasaría si no volvíamos a vernos y comprendí que no lo podría soportar. Fue entonces cuando tomé la decisión definitiva de no casarme con Lili.

–Así que no fue como un rayo...

–Hubo algo parecido a un rayo; pero fue

antes, cuando te vi en el centro comercial, tan decidida e indómita, tan dispuesta a comerte el mundo. Liliana ya no estaba en mi cabeza. Solo podía pensar en ti.

Sydney tomó su copa de vino y echó un buen trago. Lo necesitaba.

–¿Estás seguro de que no te quieres casar con ella?

–Sí. Absolutamente.

–¿Lo dices en serio?

–Por supuesto que sí. Lo digo de corazón.

–No juegues conmigo, Rule.

–No juego contigo, Sydney.

A ella se le hizo un nudo en la garganta.

–Está bien... –dijo con voz rota–. Te creo.

Él volvió a sonreír.

–Me alegra que por fin lo hayamos aclarado. Pero casi no has probado la comida... ¿es que no te gusta?

–Sí, sí, claro que me gusta –Sydney alcanzó el tenedor–. Está deliciosa.

Comieron en silencio durante un rato. Hasta que él volvió a hablar.

–Me gusta el vestido que llevas. El verde esmeralda te queda muy bien, casi tan bien como el rojo.

–Gracias.

–¿Quieres venir conmigo a bailar?

Ella bebió otro sorbo de vino. Ahora estaba segura de su relación. Todavía albergaba el temor de que fuera una simple fantasía, pero quería pasar la noche con él. Lo quería con todas sus fuerzas. Porque deseaba a Rule.

–¿Puedo hacer una sugerencia?

–Siempre estoy abierto a sugerencias. Sobre todo, si son tuyas.

–Llévame a la Mansión Rosewood. Llévame a tu habitación. Bailaremos allí.

5

Rule se alojaba en el último piso de la Mansión Rosewood, en una suite con más de trescientos metros cuadrados de lujo puro.

El servicio del hotel les había dejado una botella de champán y un bol de cristal, lleno de naranjas de Montedoro, en la mesa del salón. Rule se quitó la chaqueta y la corbata, la invitó a sentarse en el sofá, sirvió dos copas de champán y empezó a pelar una naranja, que le dio despacio, gajo a gajo.

–Está buenísima... –dijo ella.

Él se inclinó y la besó primero con ternura y después, con pasión; hasta dejarla literalmente sin aliento.

–Qué dulce –dijo él.

Sydney lo miró a los ojos, consciente de que su comentario no se refería al sabor de la naranja, sino a su boca. Y ya estaba considerando la posibilidad de tumbarlo en el sofá y abrazarlo cuando él alcanzó un mando a distancia y lo pulsó.

La pantalla del enorme televisor se encendió de inmediato. Ella se quedó perpleja al ver las imágenes de una serie bastante conocida; pero Rule no tenía intención de ver ninguna serie: cambió de canal hasta llegar a una cadena de música, donde en ese momento ponían una canción romántica.

–Ven aquí.

Rule la tomó de la mano y la llevó a la terraza, donde las luces del centro de Dallas brillaban en la oscuridad de la noche de abril.

Y bailaron.

Fue un sueño. Los dos juntos, abrazándose en silencio, disfrutando de la música, sin pronunciar una sola palabra.

No tenían necesidad de hablar.

Entonces, él le puso un dedo debajo de la barbilla y ella lo miró a los ojos, intentando recordarse que aún no creía en el amor a primera vista, que no creía que pudiera conocer a una persona y saber, en ese mismo momento, que era el amor de su vida.

Para conocer a una persona, se necesitaba tiempo.

Tiempo para entender su carácter y tiempo para descubrir si su relación tenía alguna posibilidad a largo plazo.

Pero, cuando Rule la miraba de esa forma, estaba más que dispuesta a creer.

–Te veo, Sydney. Veo tu alma.

Sydney sonrió. Le había recordado a Trevor, que decía lo mismo cuando jugaban al escondite y ella se escondía mal a propósito.

–Sé que suena algo ridículo –continuó él–, pero es verdad.

–No me reía de eso. Es que me has recordado a Trev.

–Ah, bueno... me alegra que te recuerde a tu hijo –declaró sin dejar de mirarla–. Y me alegro de ver en ti, Sydney, de saber que eres lo que he estado buscando, aunque no me diera cuenta hasta ayer. Sé que, contigo, seré un hombre mejor y más feliz. Sé que no me aburriré a tu lado. Sé que siempre serás un desafío para mí. Y quiero dártelo todo; absolutamente todo lo que tu corazón pueda desear.

–Me estás tentando, ¿lo sabes?

Él le dio un beso en los labios.

–Eso espero, porque no había conocido a nadie como tú. Me asombras, Sydney. Quiero estar siempre contigo. No te quiero perder.

Rule la volvió a besar. Y Sydney se sintió deliciosamente perdida. No conocía el camino que pisaba. Ella, Sydney Gabrielle O'Shea, que siempre había sabido lo que hacía y adónde quería ir, se estaba dejando llevar.

Se preguntó qué pasaría si perdía el rumbo; quién la ayudaría a retomarlo. Sus padres habían muerto. Su querida abuela había muerto. Sus novios anteriores se habían marchado. Solo tenía a Trevor y a Lani.

Y ahora, a Rule.

Después de haberse convencido de que jamás encontraría al hombre que buscaba, aquel príncipe había conseguido conquistar su atención y llegar al fondo de su alma con sinceridad, ternura y deseo.

Bailaron un poco más, sin dejar de besarse. Ella le pasó los brazos alrededor del cuello y acarició su cabello oscuro. Él rompió el contacto un momento, pero solo para mirarla a los ojos, volverla a besar y abrazarla con más fuerza. Sydney soltó un suspiro. Adoraba la presión de su duro pecho en los senos.

Un momento después, Rule se volvió a apartar y le besó la mejilla y la frente antes de morderle el lóbulo de la oreja con suavidad.

Sydney deseó derretirse contra su cuerpo y formar parte de él, mental y físicamente, de algún modo. Entonces, Rule le bajó la tira izquierda del vestido y le lamió el hombro, causándole un estremecimiento de placer.

Ya no bailaban. Estaban en una esquina de la terraza, detrás de una planta.

Rule le bajó la otra tira y dejó que el vestido cayera al suelo. Sydney, que no llevaba sostén, sintió la caricia del aire fresco de la noche.

Cuando cerró la boca sobre el pezón y se lo empezó a succionar, ella hundió los dedos entre su cabello y se sintió desvanecer. Estaba muy excitada. Sentía una corriente eléctrica que surgía de su pecho y terminaba entre sus piernas.

Rule siguió un poco más, con un ritmo lento y rítmico que le arrancó un gemido y su rendición absoluta.

–Ven, vamos dentro –declaró de repente.

Ella tembló.

–Sí. Oh, sí...

Sydney intentó alcanzar el vestido para taparse, pero Rule sacudió la cabeza y le volvió a succionar el pezón.

–Eres tan preciosa...

Entraron en el salón y se dirigieron al dormitorio. Rule la tumbó en las blancas sábanas de la cama con suma delicadeza, como si tuviera miedo de que se fuera a romper; como si fuera lo más importante del mundo.

A continuación, se levantó y se quitó la camisa, los pantalones y los calzoncillos antes de sentarse en la cama para librarse de los calcetines y los zapatos. Tenía un cuerpo tan bello que Sydney se lo comió con los ojos. Sus piernas, cubiertas de vello negro, eran largas, fuertes y poderosas; los músculos de sus brazos, de su pecho y de su estómago, estaban perfectamente definidos.

Se tumbó en la cama con ella y se siguieron besando hasta que Sydney no pudo esperar más. Lo necesitaba. Y estaba preparada para él; para aquella noche, para la noche del día siguiente y para todas las que pudieran llegar.

Aún se preguntaba si aquello era un sueño.

Pero si lo era, quería seguir dormida.

–Son tan delicados... –dijo él, cerrando las manos sobre sus senos–. Son perfectos.

Ella le creyó. Seducida por la magia de sus caricias, estaba dispuesta a creer cualquier cosa que le susurrara.

Rule bajó una mano, la metió por debajo de las braguitas y la empezó a acariciar. Ella soltó un grito ahogado. Su cuerpo parecía vibrar con el calor y la excitación. Estaba húmeda, ardiendo y al borde del clímax.

Si hubiera sido posible, se habría aferrado a esa sensación y se habría quedado en ella para siempre; pero sabía que no era posible y, además, ya era tarde. Antes de que pudiera reaccionar, sus dedos mágicos la arrastraron al orgasmo y Sydney no pudo hacer otra cosa que abandonarse al placer y gritar su nombre.

–Rule...

–Sí, sigue así.

Sydney se dejó llevar hasta que las últimas oleadas de placer, desaparecieron. Sin embargo, Rule no había terminado. Y a ella le pareció muy bien. Habría estado encantada de que la tocara eternamente.

–Oh, Sydney...

Rule la acarició y Sydney le pasó un dedo por los labios.

–¿Sabes que besas muy bien? –dijo–. Pero ahora me toca a mí.

Rule no puso objeción alguna. Sydney quería tocarlo entero, por todas partes; y cuando cerró la mano sobre su sexo y él suspiró, ella recibió el sonido con satisfacción, como si fuera un trago de buen vino.

Lo deseaba con todo su ser. Y lo deseaba entero. Ya.

–Te necesito, Rule. Quiero hacer el amor contigo.

–Espera...

Ella gimió, frustrada.

–No quiero esperar.

–Sydney...

–¿Qué?

Él se apartó un momento, volvió a la cama y le dedicó una sonrisa. Llevaba un preservativo en la mano.

Sydney se ruborizó.

–No me lo puedo creer... ¿Cómo es posible que no lo haya pensado? Nunca soy tan irresponsable, tan estúpida.

–No te preocupes. Esto es cosa de dos. Basta con que uno lo recuerde –observó él–. Y por otra parte, reconozco que tu olvido es un halago para mí. Significa que he conseguido excitarte y que dejes de pensar.

–Pero debería haberlo pensado de todas formas.

Él sacudió la cabeza.

–Estás tan bella cuando te entregas.

–Yo no soy bella, Rule. Los dos lo sabemos.

–Claro que lo eres. Anda, dame tu mano y deja de discutir conmigo.

Sydney se la dio y él le puso el preservativo en la palma.

–¿Haces los honores?

Ella soltó una carcajada.

–Por supuesto.

Rule se tumbó en la cama. Sydney bajó por su cuerpo, aspirando su aroma y cubriéndolo de besos, hasta alcanzar su objetivo. Cuando llegó, lamió varias veces su sexo y se lo introdujo en la boca, arrancándole gemidos de placer.

Sydney estaba dispuesta a llegar hasta el final, a devolverle lo que él le había dado.

Relajó la garganta para acomodar todo su pene y se lo chupó lentamente antes de sacárselo de la boca y de empezar a lamer una vez más, cambiando de ritmos, de intensidades y de posiciones.

Súbitamente, él llevó las manos a su cara y la obligó a mirarlo a los ojos.

–Pónmelo –le ordenó–. Pónmelo, ahora.

Ella se lo puso con cuidado y se arrodilló en la cama con intención de quedarse arriba, a horcajadas sobre su cuerpo. Pero no protestó cuando él la alcanzó, la tumbó de espaldas y le separó las piernas.

–Sydney...

Sydney cerró los ojos y él la penetró con suavidad.

Fue una sensación gloriosa.

No se parecía a nada de lo que ella había sentido hasta entonces.

Rule se empezó a mover. Sydney cerró las piernas alrededor de su cintura y se aferró a su fuerte cuello.

Estaba perdida, volando, ardiendo. Y al mismo tiempo, se sentía libre.

Definitivamente, no había nada que se pareciera a aquel momento de magia y de belleza. Nada como ellos, juntos, convertidos en un solo ser.

Nada en absoluto.

–Sydney... –susurró Rule–. Sydney...

Ella giró la cabeza, aún con los ojos cerrados.

–Estaba dormida...

Él le dio un beso en la mejilla.

–Lo sé, pero tienes que despertar.

Sydney abrió los ojos de golpe.

–¿Qué hora es?

–Más de las tres de la madrugada.

Rule estaba de lado, apoyado en un codo, con la sábana por encima de la cintura. Sydney gimió, se sentó y se apartó el cabello de la cara.

–Tienes razón. Debería volver a casa.

–Espera.

Ella sonrió.

–¿Qué quieres?

–Yo...

Sydney se llevó una sorpresa. Sus ojos brillaban de forma extraña, como si estuviera nervioso. Él, un príncipe de Montedoro, estaba nervioso.

–¿Te encuentras bien, Rule?

Rule la tomó de la mano y se la giró para darle el más dulce y cariñoso de los besos en la palma. Sydney se estremeció. Durante un momento, tuvo la sensación de que le iba a decir algo completamente inesperado. Y cuando ya se había convencido de que la imaginación le estaba jugando una mala pasada, él le puso algo en la palma y le cerró los dedos.

–Cásate conmigo, Syd. Sé mi esposa.

6

Aún sorprendida por las palabras de Rule, Sydney abrió la mano y se quedó mirando lo que contenía.

Era un anillo de compromiso.

Una esmeralda enorme y perfecta, engarzada en un aro de platino y con dos esmeraldas más pequeñas a los lados.

Cuando salió de su asombro, alzó la mirada y dijo:

–Aclárame una cosa.

–Lo que quieras.

–¿Esto es real?

Él rio y le acarició el pelo.

–Sí, cariño mío, es absolutamente real. Sé que es una locura y que todo ha pasado muy deprisa, pero es cierto. Cuando te vi por primera vez, supe que eras la mujer adecuada para mí; y todo lo que ha pasado desde entonces me lo ha confirmado.

–Pero tú... yo... no podemos...

–Sí, claro que podemos. Y si quieres, hasta podemos viajar a Las Vegas hoy mismo y casarnos. Yo no quiero esperar. Quiero que seas mi esposa de inmediato. Además, debo volver a Montedoro el martes y me gustaría que Trevor y tú vinierais conmigo.

–Espera un momento, Rule...

Él sacudió la cabeza.

–No quiero esperar. No me hagas esperar.

–Pero mi trabajo y mi casa están aquí, en Texas –alegó–. ¿Puedes casarte con una mujer de Texas?

–Por supuesto.

–¿No sería mejor que te casaras con alguien de tu clase? Una duquesa, una condesa, alguien con título.

–Mi madre se casó con un actor estadounidense y les fue muy bien. Los tiempos cambian, Sydney. Me puedo casar con quien quiera... Te he elegido a ti y espero, de todo corazón, que tú me elijas a mí.

–No puedo, yo no...

–Cálmate, cariño.

–¿Que me calme? ¡Me acabas de pedir que me case contigo hoy mismo!

Él volvió a reír.

–Tienes razón, no soy quién para recomendar calma. Pero creo que una bocanada de aire te sentaría bien. Una bocanada larga y profunda.

Sydney pensó que estaba en lo cierto, así que respiró hondo y soltó el aire muy despacio.

–¿Mejor?

Ella miró el anillo.

–Creo que me voy a desmayar.

–No, tú no eres de la clase de mujeres que se desmayan.

Rule la abrazó y ella apoyó la cabeza en su hombro.

Adoraba la calidez y la solidez de su cuerpo; adoraba su aroma, delicado y al mismo tiempo, increíblemente masculino.

Lo adoraba todo en él. Y sabía que aquella sensación podía ser amor.

Pero no podía aceptar su oferta de matrimonio. No estaba completamente segura; necesitaba más tiempo.

–Todo ha sido demasiado rápido, Rule. No podemos casarnos de repente.

Él asintió.

–Podemos –insistió él–. Te he estado esperando toda una vida y no quiero esperar más. Sé lo que siento por ti.

–Sí, bueno... pero de todas formas, estás hablando de matrimonio. No me quiero casar sin estar segura de que va a ser duradero.

–Ni yo me casaría contigo en otro caso –le aseguró.

Ella lo miró con intensidad.

—Es por las leyes de tu país, ¿verdad? Tienes que casarte y tienes que casarte pronto.

—Sí.

—Pero has dicho que puedes esperar hasta junio...

—En efecto.

—Entonces, ¿por qué no esperamos unas cuantas semanas? Así podremos estar juntos y conocernos mejor.

—No necesito más tiempo, Sydney. Tú eres mi mujer. El tiempo no va a cambiar eso... como mucho, solo servirá para afianzar los sentimientos que ya albergo hacia ti. Pero no necesito afianzar nada. Quiero vivir la vida que siempre he deseado, la que tienen mis padres. La vida que tuvo Max con Sophia, antes de perderla.

Sydney guardó silencio.

—Quiero aprovechar cada momento contigo, Sydney. Porque el destino puede ser muy cruel... mira lo que le pasó a mi hermano; pensó que su esposa y él tenían toda una vida por delante y ahora, ella está muerta. No quiero desperdiciar ni un día ni una hora ni un segundo. Quiero empezar hoy mismo.

—Oh, Rule...

—Di que te casarás conmigo. Dilo.

Sydney deseó decirlo, pero dudaba.

—Ni siquiera estoy segura de que lo nuestro pueda durar, Rule. Te he investigado en

Internet. Tienes fama de ser un mujeriego. Y por otra parte, sospecho que nunca has salido con una mujer como yo, una profesional capaz, inteligente y con éxito en su trabajo, pero de aspecto mediocre.

–Tu aspecto no es mediocre.

–Bueno, puede que no. Soy atractiva, es verdad, pero no precisamente una modelo.

–Para mí lo eres. Y eso es lo que importa. Además, eres encantadora y brillante. La gente se fijará en ti y querrá seguirte... no creo que seas consciente de tu poder. No creo que seas realmente consciente de la imagen que proyectas. Tienes una fuerza y una determinación que actúan como un imán.

–Pero...

–Yo también te he buscado en Internet –la interrumpió–. Sé que terminaste la carrera a los veinte años, que ganaste muchos casos para tu bufete y que, además de ambición, demostraste tener sensibilidad e integridad. Y por si eso fuera poco, eres una madre maravillosa que, a pesar de sus éxitos, pone a su familia en primer lugar... ¿Cómo no voy a querer que seas mi esposa? Eres lo que estaba buscando. Cásate conmigo.

–Me haces parecer tan especial...

–Porque eres especial.

–Rule...

–Dilo.

Ella intentó poner en orden sus sentimientos.

–¿No podrías mudarte aquí? ¿Vivir en Texas?
Rule la besó en la frente.

–Desgraciadamente, eso no es posible. Tengo obligaciones con mi país; obligaciones que no puedo dejar de lado.

–Sabía que dirías eso.

–Pero volveríamos a menudo. Mis negocios me obligan a viajar a Estados Unidos con mucha frecuencia –dijo–. ¿La idea de vivir en Montedoro te resulta tan terrible?

–No me resulta terrible, sino abrumadora –le confesó–. Además, tendría que dejar mi trabajo en Teale, Gayle y Prosser.

Él le acarició el brazo con delicadeza.

–Si no recuerdo mal, me dijiste que te estabas planteando la posibilidad de cambiar de vida. Que estabas harta de trabajar para multinacionales y que querías aprovechar tu talento para ayudar a la gente que realmente lo necesita.

–Sí, lo dije. Y muy en serio.

–Como esposa mía, tendrás ocasión de apoyar muchas causas importantes. Tu trabajo podría marcar la diferencia.

–¿Qué tipo de causas?

–Yo no te lo puedo decir, cariño... eres tú quien debe descubrirlo.

Sydney pensó que Rule tenía razón en ese sentido; era una mujer inteligente que aprendía deprisa y que se acostumbraría enseguida a su nueva vida. En cuanto a Trevor, ni siquiera notaría el cambio de país y de ciudad; todavía no iba a la escuela, así que no se quedaría sin amigos.

–Pero Lani...

–¿Qué le pasa?

–Que la perdería.

–No la perderías. Un amigo es un amigo, por muy lejos que se encuentre. ¿Y quién sabe? Puedes pedirle que se venga con nosotros. Quizás acepte.

–¿No te importaría?

Rule sacudió la cabeza.

–Por supuesto que no. La conozco poco, pero me agrada y quiero que seas feliz.

–Puede que lo encuentre interesante... ¿sabes que escribe?

–No, no me habías dicho nada.

–Pues escribe. Ahora está trabajando en una novela. Y pensándolo bien, es posible que la idea de vivir en Montedoro le resulte atractiva... sería un sitio nuevo para ella, lleno de cosas que contar.

–Entonces, pregúntaselo.

Rule la volvió a besar, pero Sydney estaba algo distante.

–¿Qué pasa, Syd?

–¿De verdad quieres que vayamos a Las Vegas?

–Sí, eso es exactamente lo que quiero. Sé mi esposa; hazme el hombre más feliz del mundo –contestó–. Llévate a tu amiga y a tu hijo y nos casaremos hoy mismo. Y luego, nos iremos a Montedoro.

Ella no supo qué decir.

—Creo que a Trevor le gustaría que nos casáramos —continuó Rule—. Sé que tú tienes mucho que ofrecerle, pero nuestro matrimonio mejoraría su situación; para empezar, podrías pasar más tiempo a su lado... y espero que, con el tiempo, podamos considerar la posibilidad de que lo adopte.

—¿Quieres adoptar a mi hijo?

—Claro que sí. Y tener hijos contigo —respondió, sonriendo—. Pero no te preocupes, ya no quiero ocho. Me contentaré con uno o dos.

—Oh, Rule...

—Dilo, Sydney.

—No puedo mudarme a Montedoro de repente, Rule. Tengo que avisar a mis socios con tiempo. No sería justo que me fuera de la noche a la mañana.

—¿Dos semanas serían suficiente?

—No, debo hacer demasiadas cosas. Está la mudanza, el trabajo... Yo estaba pensando en tres meses.

—¿Y si te consigo más clientes, como compensación? Me refiero a clientes verdaderamente importantes, claro.

Ella se quedó boquiabierta.

—¿Lo dices en serio?

—Sí, tengo muchos contactos en el mundo de los negocios.

–Bueno, supongo que eso serviría para acelerar las cosas. Si mis socios del bufete se quedan contentos, me podría ir en un mes.

–En ese caso, empezaré a trabajar en una lista de clientes potenciales y después, aunque sobra decirlo, me encargaré de las presentaciones oportunas. Sospecho que tus socios del bufete te facilitarán las cosas.

–Siendo así... No estoy segura de que un mes sea suficiente, pero lo intentaré.

La cara de Rule se iluminó.

–¿Eso significa que te vas a casar conmigo?

–Sí. Claro que sí, Rule. Definitivamente, sí.

Sydney pasó los brazos alrededor de su cuello y lo besó.

–Vaya, Syd... parece que cuando das con un hombre, te lo tomas en serio.

Eran las cinco menos diez de la tarde del domingo. Rule le había dicho que volvería a las ocho y que volarían a Las Vegas en un avión privado. Ella le había prometido que estaría preparada para entonces.

–¿No te parece una locura? –preguntó Sydney.

–De ninguna manera. Supe que era tu hombre en cuanto lo vi.

–¿De verdad?

–Sí. Es lo que estabas buscando.

–En mis fantasías más alocadas... –bromeó.

–Que se han hecho realidad. Es inteligente,

refinado y encantador, además de inmensamente atractivo... y parece una buena persona –comentó su amiga–. Además, se lleva bien con Trevor y, encima, es príncipe. ¿Qué más puedes pedir? Sinceramente, creo que has tomado la decisión correcta.

Sydney sonrió.

–Oh, Lani... eres la mejor amiga que podría tener.

–Si tú lo dices... –ironizó.

–¿Vendrás a Las Vegas con nosotros?

–Por supuesto. No me lo perdería por nada del mundo.

–¡Oh, me alegra tanto... !

Sydney se acercó a ella y la abrazó.

–¿Tenemos que llevar muchas cosas? –preguntó Lani.

–No, solo lo necesario para pasar la noche. Mañana me tomaré el día libre, pero tengo que estar en el bufete el martes y empezar a arreglar las cosas para mudarme a Montedoro.

–Oh, Dios mío... te vas a casar con un príncipe y te vas a mudar a Europa. No me lo puedo creer.

–Ni yo. Me pregunto constantemente si será de verdad...

–Pues lo es. Anda, enséñame ese anillo.

Sydney alzó la mano.

–Es precioso, absolutamente precioso –continuó Lani–. Pero te voy a echar mucho de menos. ¿Que voy a hacer sin ti?

–No es necesario que me eches de menos. Puedes venir a vivir con nosotros.

–¿Con vosotros? ¿De forma permanente?

–Sí. Me encantaría.

Lani parpadeó.

–¿Estás hablando en serio?

–Completamente. Ya lo he hablado con Rule.

–Yo, viviendo en Montedoro con la esposa de un príncipe... No puedo negar que suena interesante.

–Bueno, no tienes que tomar la decisión ahora mismo. Piénsatelo.

Lani le dio una palmadita en el hombro.

–Me lo pensaré. Y gracias.

–No me des las gracias. Yo también te echaría de menos si te quedas en Texas. Soy yo quien estaría enormemente agradecida si decidieras acompañarnos.

–Está bien, te prometo que lo pensaré... pero será mejor que hagamos el equipaje. Se está haciendo tarde y tenemos que volar a Las Vegas.

Durante el vuelo, Rule le contó que tenía dos primos segundos en Las Vegas, Aaron y Fletcher Bravo, dueños de uno de los casinos de la ciudad.

–Son los hijos de Blake Bravo, aunque de madres distintas. Si fueran hermanos míos, no los querría más.

Ella reconoció el nombre al instante.

–¿Blake Bravo?

–Ah, veo que has oído hablar del infame Blake...

Sydney asintió.

–Falleció en Oklahoma hace diez años. Su historia salió en todos los periódicos.

Rule también asintió.

–No me extraña. Hay pocos hombres que secuestren al hijo de su propio hermano a cambio de una fortuna en diamantes y que se casen con un montón de mujeres de todo el país sin divorciarse de ninguna.

–Fue un hombre muy ocupado... –ironizó ella.

–Yo no lo definiría con tanta amabilidad. Pero, en cualquier caso, Aaron y Fletcher son hijos suyos.

El vuelo tardó tres horas, pero ganaron dos por el cambio horario, de modo que aterrizaron en el Aeropuerto Internacional McCarran a las diez y diez de la mañana.

El conductor de la limusina que los estaba esperando metió el equipaje en el maletero mientras el guardaespaldas de Rule, que había viajado con ellos, se sentaba en el vehículo. Minutos después, llegaron al hotel High Sierra, cuyo gerente era Aaron Bravo; el establecimiento se encontraba en Las Vegas Boulevard, justo enfrente del Casino Impresario, dirigido por Fletcher.

Aaron los esperaba en la entrada. Era un hombre alto y atractivo, de cabello castaño, que los recibió con suma amabilidad y los presentó a su esposa, Celia, una pelirroja de grandes ojos avellanados.

Celia los acompañó a la suite, dividida en un salón, una cocina americana y cuatro dormitorios con sus respectivos cuartos de baño. El guardaespaldas de Rule, que se llamaba Joseph, se iba a alojar en la habitación contigua.

Como tenían que obtener la licencia matrimonial, Rule y Joseph se dirigieron al Ayuntamiento y Sydney, Lani y Trevor se quedaron en la suite. Una hora después, los dos hombres volvieron con la licencia.

–¿Tengo tiempo para relajarme un rato? –preguntó Sydney–. Celia me ha recomendado vivamente el spa del hotel...

–Sí, hay tiempo de sobra. La boda es a las cuatro –contestó Rule–. ¿Por qué no os vais las dos? Yo me encargaré de Trevor.

Sydney dudó; estaba a punto de casarse con él, pero aún no se había acostumbrado a la idea de dejar a Trev a su cargo. Por suerte, Lani se dio cuenta de lo que pasaba y decidió echarle una mano.

–Aún no he terminado el capítulo que estoy escribiendo. Ve tú, Syd. Yo me quedaré con Rule y el niño.

–¿Estás segura?

–Desde luego que sí.

Trevor, que estaba jugando en el suelo con su camioncito, llamó inmediatamente a Rule.

–¡Ven a jugar, *Ru*!

Sydney los dejó en la suite y se marchó al spa. De camino, se detuvo en la floristería del hotel y encargó un ramo de rosas amarillas para llevarlo a la ceremonia nupcial. Cuando ya había disfrutado de un buen masaje y de una sesión de manicura y pedicura, Celia se presentó con la esposa de Fletcher, que se llamaba Cleo, y las dos mujeres la acompañaron a la boutique del High Sierra.

Sydney eligió un vestido sin mangas, de seda blanca, con zapatos a juego y un velo corto. Celia se encargó de que llevaran su ropa a la suite, la ayudó a vestirse para la ceremonia y la acompañó a la floristería para recoger el ramo.

Poco antes de las cuatro de la tarde, las dos mujeres entraron en la sala del hotel donde se celebraban las bodas. Todos estaban allí. Aaaron, un hombre de cabello oscuro que debía de ser el marido de Cleo, Fletcher, Lani, Trevor y, por supuesto, Rule.

No iba a ser una ceremonia precisamente multitudinaria, pero el corazón de Sydney se aceleró cuando empezó a sonar la *Marcha nupcial*. Solo habría sido más feliz si su abuela, Ellen, hubiera estado viva y presente en la sala.

Sonrió y empezó a caminar por el pasillo central. Estaba segura de haber elegido a la persona adecuada. Se iba a casar con un hombre magnífico; con un hombre sexy, inteligente, divertido y honrado que sería un buen padre para Trevor y un buen marido para ella.

Se iba a casar con un hombre de honor.

Con un hombre incapaz de mentir.

7

–Yo os declaro marido y mujer –dijo el juez de paz–. Puedes besar a la novia, Rule.

Rule le alzó el velo y la miró.

A continuación, inclinó la cabeza y le dio un beso tierno y perfecto; un beso que contenía la promesa de su amor, de su devoción y de un futuro lleno de felicidad.

Sydney cerró los ojos y deseó que aquel momento no terminara nunca.

Después de la ceremonia, fueron a cenar a un salón privado del restaurante del High Sierra. La comida fue excelente y la compañía, aún mejor.

Hasta Trevor se lo pasó en grande, porque pudo jugar con los tres hijos de Celia y de Aaron y con los tres de Fletcher y Cleo, que también estuvieron presentes.

Cuando terminaron de comer y de brindar, les sirvieron una tarta enorme, coronada con capullos de rosas amarillas.

Celia se dedicó a hacer fotografías de Rule y Sydney mientras se daban trozos de tarta el uno al otro.

Al cabo de un rato, los niños empezaron a dar muestras de cansancio. Lani se ofreció a llevar a Trev a la suite y, poco después, Celia y Cleo se marcharon con sus respectivos hijos. Aaron y Fletcher se quedaron unos minutos porque Rule quería hablar con ellos para invitarlos a pasar unos días en Montedoro, invitación que aceptaron. Y por fin, los recién casados se quedaron a solas.

Rule le dio un beso en los labios y dijo:

–Oh, esposa mía, mi princesa...

Ella rio.

–¿Ya está? ¿Me he convertido en princesa por el simple hecho de casarme contigo?

Rule asintió.

–Sí. Aunque siempre has sido una princesa en mi corazón.

Ella volvió a reírse.

–¿Sabes que eres un encanto?

Justo entonces, la expresión de Sydney se volvió sombría.

–¿Qué ocurre?

–Nada... es que acabo de pensar en tu madre y en tu familia. Se van a llevar una buena sorpresa.

–Una sorpresa feliz.

–Entonces, no les has dicho nada...

–Se lo conté a mi padre. Se lo conté... todo –le informó–. Supongo que, a estas horas, mi madre ya sabrá que me he casado con la mujer de mi vida.

–¿Qué has querido decir con eso de que se lo contaste todo? –preguntó con desconfianza–. Suena extrañamente misterioso.

Él le acarició la mejilla.

–Pues no hay ningún misterio. Hablé con él esta mañana, antes de llevarte al aeropuerto. Me dio su bendición y me dijo que arde en deseos de conocer a su nuera y a su hijo.

–¿No le ha molestado que no te casaras con Lili?

–Mi padre cree en el amor, Sydney. Solo quiere que sea feliz. Y sabe que seré feliz si estoy contigo.

–¿Y tu madre?

Rule la volvió a besar.

–Sé que ella también se alegrará de que sea feliz.

La puerta del salón se abrió en ese mismo momento.

Era un camarero del hotel, que se apresuró a disculparse.

–Oh, discúlpenme. Volveré más tarde.

–No se preocupe, ya nos íbamos –dijo Rule–.

¿Te apetece que probemos suerte en el casino, Sydney?

–Nunca he sido buena con los juegos de azar...

Rule sonrió.

–No digas eso en voz alta. La diosa Fortuna te podría oír.

Rule habló con el camarero para que se hiciera cargo del velo y del ramo de Sydney y los llevara a la suite. El camarero se comprometió a ello y Rule le dio una propina muy generosa.

–Lleve también el resto de la tarta, por favor –intervino Sydney.

–Como desee, señora.

Durante las dos horas siguientes, se dedicaron a jugar a la ruleta en el Casino Impresario. Syd tuvo más suerte que en toda su vida y, cuando se alejaron de la ruleta, había ganado más de mil dólares.

Mientras caminaban, se inclinó sobre Rule y susurró:

–Joseph nos está siguiendo.

Él le dio beso en la cabeza.

–Joseph nos sigue todo el tiempo. Es su trabajo.

–¿Bromeas? ¿Quieres decir que ha estado presente cada vez que he salido contigo? –preguntó, sorprendida.

–Sí, siempre.

–¿Cómo es posible? No lo había visto antes...

–Porque tiene que ser discreto y permanecer invisible.

–Pues lo hace muy bien –observó.

–Joseph se alegrará mucho cuando sepa lo que has dicho. Se enorgullece de su trabajo –afirmó–. Pero dime, ¿a qué quieres jugar ahora?

–¿Probamos con el *blackjack*?

–Eso está hecho.

Dejaron la mesa de *blackjack* poco después de las diez de la noche, con Sydney algo más rica y más feliz.

–¿No decías que no tienes suerte? –bromeó Rule.

–Creo que es por ti. Tú me das suerte.

Ya habían llegado al High Sierra y se dirigían a los ascensores cuando Rule la tomó entre sus brazos para besarla una vez más.

Y vieron un destello.

–Vaya, me gustas tanto que hasta creo ver estrellas –dijo ella, sonriente.

Él no sonreía.

–No son estrellas. Son los chacales de siempre.

–¿Cómo?

–Los paparazzi –explicó–. Será mejor que nos demos prisa.

Rule aceleró el paso, pero un hombre les acercó un micrófono y empezó a bombardearles con preguntas.

–¿Disfruta de su visita a Estados Unidos, Alteza? ¿Quién es la mujer vestida de novia? ¿Se han casado?

–Sin comentarios –dijo Rule.

Joseph apareció justo entonces y apartó al periodista. Rule aprovechó la ocasión para entrar en un ascensor con Sydney.

–Bueno, parece que ya estamos a salvo –declaró ella.

–Maldita sea, debería haber imaginado que pasaría esto –protestó.

Joseph los alcanzó cuando aún no habían llegado a la puerta de la suite.

–¿Ya está arreglado? –preguntó su jefe.

–No, señor; hay demasiados periodistas. Les he pedido que se abstengan de hacer fotografías, pero me temo que ya han hecho unas cuantas.

Rule soltó una maldición y abrió la puerta.

La suite estaba en silencio. Trevor llevaba un buen rato en la cama y Lani se había retirado a su dormitorio.

–Siento lo que ha pasado, Sydney –se disculpó él.

–¿Por qué? Ha sido muy divertido...

–De todas formas, debí imaginar que algún paparazzi nos vería en el casino y que se correría la voz –dijo.

Ella le acarició la mejilla.

–Tampoco es para tanto. No me importa que me saquen contigo en una revista.

–Pero no es lo que había pensado.

–¿Qué quieres decir?

–Tenía intención de mantener nuestro matrimonio en secreto durante unas semanas, hasta que viajes a Montedoro. Habríamos hecho una declaración pública, razonablemente discreta, y uno de los fotógrafos de palacio se habría encargado de hacernos fotografías y de distribuirlas entre los periodistas.

–Oh, vamos... solo estábamos en el vestíbulo del hotel –dijo ella, restándole importancia–. No nos han pillado en nada indiscreto.

–No, supongo que no.

–Olvida el asunto y piensa en lo mucho que nos hemos divertido. Unas cuantas fotografías no van a cambiar eso. Además, he ganado casi dos mil dólares... es la primera vez que gano algo en toda mi vida. Por lo visto, casarme contigo ha tenido el mismo efecto que tatuarme un trébol de cuatro hojas en la frente.

Él soltó una carcajada.

–Pues en tu frente no hay ningún trébol...

–Te equivocas. Está ahí, pero no lo puedes ver –bromeó–. Insistí en que fuera un tatuaje completamente invisible.

–Ah, sí, espera un momento, ya lo veo... –Rule le dio un beso en la frente y otro en la punta de la nariz–. Y me alegra que te hayas divertido.

–No sabes cuánto.

Rule la tomó en brazos y la llevó hacia el dormitorio principal. Mientras atravesaban el salón, vieron que el camarero del hotel había cumplido su palabra y les había subido el velo, el ramo de flores y la tarta de boda, que había dejado en la mesa, metida en una caja.

Ya en el dormitorio, ella cerró la puerta y Rule la llevó hasta la enorme cama y la dejó en el suelo.

Después, se volvieron a besar. Fue un beso largo, sin prisas y tan intenso que a Sydney se le doblaron las piernas. Cuando rompieron el contacto, él le dio la vuelta y ella, que adivinó sus intenciones, se apartó el cabello para que le pudiera bajar la cremallera del vestido.

Sydney se lo quitó a continuación y se acercó a una silla para dejarlo en el respaldo.

–Ven conmigo –dijo él con suavidad.

–Enseguida.

Ella caminó hasta el tocador, donde dejó los pendientes y el collar de perlas que había heredado de su abuela. Y por último, se quitó el sostén, los zapatos, las medias blancas de encaje y una liga azul que había comprado en la boutique.

Solo entonces, se giró hacia él.

–Te toca –dijo.

Él silbó y la miró con deseo.

–No te muevas. Vuelvo enseguida.

Rule entró en el vestidor del dormitorio y salió en cuestión de segundos, con dos preservativos que puso en la mesita de noche.

–No serán necesarios –dijo ella.

Rule la miró con sorpresa.

–¿Estás segura?

Sydney asintió.

–Los dos queremos hijos, ¿no?

–Desde luego.

–En tal caso, ¿se te ocurre mejor momento que el presente?

Rule le dedicó una sonrisa.

–Me asombras, Sydney O'Shea Bravo-Calabretti.

–Pues no deberías asombrarte, Rule. Ahora sé lo que quiero. Te quiero a ti y quiero tener una familia grande. Quiero más hijos. Lo digo en serio.

Él dio un paso hacia ella, pero Syd alzó una mano.

–Todavía no. Primero tienes que quitarte la ropa.

Él no se lo discutió. Se desnudó rápidamente, sin perder un segundo. Y cuando ya había terminado, ella se acercó y lo abrazó.

–Creo que soy el hombre más feliz del mundo.

–Y yo, la mujer más feliz de la Tierra.

Rule la besó y ella supo que jamás se cansaría de sus besos. En él había encontrado todo lo que había estado buscando; lo que ya había renunciado a conseguir cuando lo vio por primera vez en el centro comercial.

Sus besos los llevaron inevitablemente a las caricias. Rule investigó cada curva y cada línea de su cuerpo. Le succionó los pezones despacio, con calma y luego descendió hasta su entrepierna, donde le arrancó un orgasmo entre gemidos.

Sydney aún sentía las últimas oleadas de placer cuando él hizo justo lo que ella deseaba, que la penetrara.

Soltó un grito de abandono y de felicidad y se preguntó si habría algo mejor en la vida; pero le pareció imposible. Por fin había encontrado al hombre de sus sueños; o más bien, él la había encontrado a ella.

Si alguien le hubiera preguntado en ese momento, habría dicho que nada ni nadie los podía separar.

Rule no supo qué le había despertado.

Se giró hacia la mujer que estaba dormida junto a él. La lamparita de noche estaba apagada y la habitación, a oscuras. Podía oír la respiración suave y regular de Sydney y vislumbrar sus rasgos en las sombras.

Él sonrió. Estaba realmente enamorado de ella.

Sabía que se iba a enfadar cuando descubriera la verdad, pero era una mujer inteligente y también sabía que lo comprendería y que le perdonaría por lo que había hecho. A fin de cuentas, todo había salido bien. Ella quería estar con él y él quería estar con ella y con su hijo. Sabrían superarlo y seguir adelante.

Sintió el deseo de tocarla y de volver a hacer el amor, pero prefirió no molestarla. Había sido un día largo y necesitaba dormir.

Se tumbó otra vez y se quedó mirando el techo.

Siempre se había preciado de ser un hombre honrado, y se sentía incómodo por no haber sido totalmente sincero con ella. Incluso había considerado la posibilidad de no decirle nada; a fin de cuentas, no era tan importante.

Aún lo estaba pensando cuando su teléfono móvil empezó a vibrar en el bolsillo de los pantalones. Rule se levantó con mucho cuidado, para no despertar a Sydney y se acercó a la silla donde había dejado la prenda.

Él teléfono había dejado de vibrar, pero tenía un mensaje de voz.

Era de su padre.

Rule entró en el cuarto de baño y lo escuchó. «Rule, llámame en cuanto puedas, decía. Tengo que hablar contigo sobre Liliana».

Sorprendido, calculó la diferencia horaria con Montedoro. Allí serían las once y pico de la mañana, una hora perfecta para llamar. Pero no podía hablar en el cuarto de baño, porque corría el peligro de que Sydney se despertara, así que volvió al dormitorio, se puso los calzoncillos y los pantalones y salió de la habitación. Después, se dirigió a la terraza de la suite y cerró la puerta corredera de cristal.

Su padre respondió de inmediato.

–Hola, Rule. Supongo que debo felicitarte...

Rule se sentó en una de las sillas de la terraza.

–Sí. Soy el hombre más feliz del mundo.

–¿Cómo está el niño?

–Trevor es una maravilla. Es mejor de lo que había imaginado –respondió–. Pero lo verás pronto y podrás juzgar tú mismo.

–Lo estoy deseando. ¿Cuándo los vas a traer?

–Sydney dice que necesita un mes. Yo volveré a Montedoro, me quedaré una semana para solventar los asuntos pendientes y volveré a Texas.

–Me han contado que has tenido un encontronazo con la prensa...

Rule no se molestó en preguntar cómo lo sabía. Se lo podía haber dicho Joseph o cualquier otra persona. Las noticias volaban.

–Sí, nos alcanzaron en el hotel y nos hicieron varias fotografías. Me temo que ya no hay nada que hacer... Vieron el vestido de novia de Sydney y habrán supuesto que nos hemos casado –dijo.

–Eso es seguro. Lo publicarán en cualquier momento.

–Lo sé.

–Precisamente te he llamado porque Liliana está aquí, en palacio. Y no sabe que te has casado con otra mujer.

–Es cierto...

Rule se levantó, se acercó a la barandilla y se apoyó en ella.

–Y tu madre quiere hablar contigo. Siempre ha dicho que eras el más considerado y cariñoso de sus hijos.

–¿Insinúas que se ha llevado una decepción?

–Bueno, no te preocupes por eso. Lo superará.

–Pero guardarás nuestro secreto, ¿no?

Su padre suspiró.

–Naturalmente. No se lo he dicho a nadie; ni siquiera a tu madre.

–Supongo que debí llamar a Lili e informarle de lo que iba a hacer, aunque solo fuera porque somos amigos desde la infancia... pero no encontré el momento oportuno. Va a ser muy duro para ella.

–¿Y estás seguro de que esa mujer es la que estabas buscando?

Rule respondió con firmeza.

–Sí, lo estoy.

–Sé sincero conmigo, Rule. ¿Te has casado con ella por amor? ¿O te has casado por el niño? –insistió.

–Me he casado por amor.

–Pero no confías tanto en ella como para decirle toda la verdad.

Rule se sintió dolido. Desgraciadamente, estaba en lo cierto.

–He tomado una decisión, padre. Sabré afrontar las consecuencias.

Su padre permaneció en silencio durante

unos segundos. Rule supuso que le iba a dar uno de sus sermones sobre la lealtad, la responsabilidad y la honradez, pero se llevó una buena sorpresa cuando volvió a hablar.

–Lo comprendo, hijo; comprendo perfectamente tu dilema. Sin embargo, tienes que hablar con Liliana tan pronto como sea posible y en persona. No merece enterarse por terceros. Es una víctima inocente de las circunstancias.

–Estoy de acuerdo contigo. Pensaba volver a Montedoro el martes, pero intentaré adelantar el viaje al lunes, es decir, a hoy.

–Haz lo que puedas.

Rule se despidió de su padre y cortó la comunicación.

Cuando se dio la vuelta para volver al interior de la suite, descubrió que Sydney estaba al otro lado de la puerta corredera. Se había puesto una de las batas blancas del hotel y lo miraba con ojos llenos de preguntas.

8

Rule se dijo que Sydney no podía haber oído la conversación. Estaba en la terraza y el cristal que los separaba era demasiado ancho; además, no había alzado la voz en ningún momento. Pero cuando abrió la puerta, tenía miedo de que hubiera oído algo que lo incriminara.

–Te he despertado...

–No, no me has despertado tú –dijo ella–. Ha sido tu ausencia.

Sydney lo tomó de la mano y lo llevó al interior de la suite. Después, lo miró a los ojos y él tuvo la misma sensación que tenía siempre cuando estaban juntos, que había encontrado a la mujer adecuada, que era el amor de su vida. Pero lo estaba poniendo en peligro con su falta de sinceridad.

–¿Ocurre algo, Rule?

Rule no contestó. Simplemente, la llevó al dormitorio y cerró la puerta.

–¿Qué pasa? –insistió ella.

Él le puso las manos en la cara. Adoraba su boca ancha y su nariz grande, una nariz que le daba un aspecto interesante e imperioso a la vez, como exigiendo respeto.

–Te vas a enfadar conmigo –dijo.

–Me estás asustando, Rule. Dime lo que pasa.

Él respiró hondo.

–Mi padre me ha llamado por teléfono y me ha pedido que vuelva a Montedoro de inmediato. Cree que le debo una explicación a Liliana y que tengo que hablar con ella en persona, antes de que se entere por terceros... cree que soy yo quien le debe decir que ha estado esperando en vano y que me he casado con otra.

Sydney le soltó la mano.

–¿Y qué opinas tú, Rule?

–Que mi padre tiene razón.

Ella se pasó una mano por el pelo, nerviosa. Él sintió el deseo de acariciárselo, pero no se atrevió.

–¿Insinúas que la princesa Lili estaba esperando a que pidieras su mano?

–Sí, supongo que lo esperaba. Y no puedo permitir que se entere por la prensa. Sería verdaderamente imperdonable.

–¿Verdaderamente imperdonable? –ironizó Sydney.

–Bueno... solo imperdonable. Ten en cuenta que Lili es como una hermana para mí. Y nadie quiere herir los sentimientos de su hermana.

–Comprendo.

–Sydney...

Rule intentó abrazarla, pero ella se apartó.

–Dime una cosa, Rule. ¿Por qué esperaba que te casaras con ella?

–Ya te lo he dicho, Syd. Lili y yo somos amigos desde la infancia y nos queremos mucho. Además, nuestras dos familias siempre han pensado que sería la mujer adecuada para mí, en muchos sentidos.

–¿En qué sentidos?

Rule estuvo a punto de soltar un suspiro de impaciencia.

–En asuntos referentes al interés del Estado, por así decirlo. Montedoro y Alagonia han tenido sus más y sus menos a lo largo de los años.

–¿Quieres decir que habéis estado en guerra?

–No, no. Los países pequeños como los nuestros no suelen declararse la guerra. En Montedoro ni siquiera tenemos un Ejército permanente –explicó Rule–. Pero han surgido discordias... la más reciente, cuando el padre de Lili, el rey Leo, se quiso casar con mi madre. Ella le dio largas porque no estaba enamorada de él y porque temía que Leo pudiera tomar el control de mi país. Y entonces, conoció a mi padre.

–No me lo digas... fue amor a primera vista –declaró con humor.

–Es lo que afirman mis padres. El rey Leo se enfadó tanto que, en venganza, nos impuso sanciones comerciales. Afortunadamente, todo terminó cuando conoció a lady Evelyn DunLyle, la madre de Liliana, y se enamoró de ella... Evelyn falleció hace unos años, pero fue muy amiga de mi madre y contribuyó a normalizar las relaciones diplomáticas. Ahora nos llevamos tan bien que queremos a Liliana como si fuera de nuestra propia familia.

–En otras palabras, me estás diciendo que tu matrimonio con ella habría mejorado esas relaciones y que ahora, tras dejar a Lili en la estacada, temes que vaya llorando a su padre y lo complique todo.

–Yo no la he dejado en la estacada –afirmó con vehemencia–. Nunca le he dado a entender que quisiera casarme con ella. Te doy mi palabra, Sydney. De mí solo ha recibido besos en la mejilla, besos de hermano.

–Pero se hizo ilusiones y pensó que se iba a casar contigo, ¿verdad? Cree que será tu esposa antes del veinticuatro de junio.

Él asintió, resignado.

–Sí.

–Tu explicación me resulta difícil de creer, Rule. Si es verdad que no le has dado esperanzas, ¿por qué esperaba que te casaras con ella? No tiene ni pies ni cabeza. Salvo que sea idiota, por supuesto.

–Lili no es idiota. Solo es romántica, delicada y demasiado... imaginativa.

–Es decir, idiota.

–No, ni mucho menos. Es una persona excelente, de muy buen corazón.

Sydney sacudió la cabeza.

–Le diste esperanzas, ¿verdad?

–No –insistió–. Aunque reconozco que debí ser más tajante en mi negativa.

–Oh, vamos, Rule... –dijo ella, clavándole sus ojos verdes–. Quizás sea cierto que no la has animado en ningún sentido, pero permitiste esa situación porque te convenía. Pensaste que, si no encontrabas a la mujer adecuada, podrías casarte con ella a los treinta y tres y solventar el problema familiar.

Él alzó las manos en gesto de rendición.

–Está bien... sí, es verdad, eso es exactamente lo que hice.

–Y no estuvo bien, Rule.

–No, no lo estuvo. No he sido justo con ella. Razón de más para que viaje a Montedoro y me disculpe en persona.

Sydney suspiró.

–Es lo menos que debes hacer.

Rule sintió pánico. Si Sydney se enfadaba tanto con él por el asunto de Lili, perdería la razón cuando supiera lo de Trevor. Además, empezaba a avergonzarse de sí mismo. De repente, su vida estaba llena de mentiras. Incluso había estado a punto de mentir sobre su viaje a Montedoro para no tener que explicarle lo de Liliana.

–Nos iremos después de desayunar –dijo ella–. Tú puedes volver directamente a Montedoro. Lani, Trevor y yo tomaremos un vuelo comercial.

–No. Os llevaré a Dallas.

–No hace falta, Rule. Soy perfectamente capaz de...

Rule la interrumpió con un tono de voz que no admitía discusiones.

–No. He dicho que os llevaré a Texas y os llevaré. Montedoro puede esperar.

Media hora después, estaban tumbados en la cama del dormitorio. Pero separados y sin rozarse siquiera.

Sydney sabía que Rule iba a hacer lo correcto; tenía que viajar a su país y hablar con aquella mujer. Pero no le agradaba en absoluto. Se sentía decepcionada y enfadada porque su luna de miel había terminado de mala manera.

Por primera vez, fue consciente de lo que significaba haberse casado con un príncipe. Al día siguiente de su boda, se veía obligado a volver a Montedoro para hablar con una prin-

cesa e impedir un posible conflicto diplomático. Con una princesa a la que quería como
si fuera una hermana. Con una princesa que,
según había dicho, era guapa, romántica y delicada. Y ella no era ni guapa ni delicada.

Cerró los ojos con fuerza y se preguntó si
habría cometido un error al haberse casado
con él. Se había dejado llevar por el corazón,
exactamente igual que con Ryan y Peter.

Pero Rule no era como ellos.

Rule no le había mentido. Le había dicho
la verdad sobre Liliana el sábado anterior, antes de pedirle que se casara con él. Y cuando
su padre lo llamó para pedirle que volviera a
Montedoro, decidió ser sincero en lugar de in-
ventarse una excusa para ahorrarse el mal trago de hablar con ella.

Respiró hondo e intentó tranquilizarse. Notaba la presencia de Rule a su lado; no podía
oír su respiración, pero sabía que estaba despierto, tenso y tan preocupado como ella misma por lo sucedido.

No se sentía con fuerzas para perdonarle.
No se sentía capaz de abrazarse a él y decirle
tranquilamente, con una sonrisa y un beso,
que se fuera a Montedoro.

Pero entendía su situación.

Puso una mano en el espacio vacío que había entre ellos y la movió lentamente hacia su
cuerpo. Él hizo lo mismo. Y sus manos se encontraron.

Sydney se quedó inmóvil, pero no rompió el contacto.

Y poco después, se durmió.

Rule se había encargado de que un coche los estuviera esperando cuando llegaran a Dallas. Mientras cargaban el equipaje en el vehículo, bajó del avión y se despidió de ellos.

Trev se arrojó a sus brazos.

–¡Adiós, *Ru*! ¡Beso!

Rule le dio el beso que le había pedido.

–Nos veremos pronto, Trev.

–¡Pronto! ¡Pronto!

–Sé bueno con Lani y con tu mamá.

–Lo seré..

Rule dejó a Trev en brazos de Lani y se giró hacia Sydney.

–¿Puedo hablar contigo un momento? ¿A solas?

–Por supuesto.

Lani entró en el coche con el pequeño y cerró la portezuela. Rule alzó una mano y acarició brevemente a Sydney.

–Todavía no me has perdonado, ¿verdad?

Ella no contestó a la pregunta. Apartó la mirada y dijo:

–Que tengas buen viaje.

–Maldita sea, Sydney...

Rule cerró los brazos alrededor de su cuerpo y la besó. Sydney se quiso resistir, pero no pudo; sin saber cómo, se encontró apretada contra él y devolviéndole el beso con pasión, desesperadamente.

Cuando se apartaron, ella no supo si darle una bofetada o hacerle el amor allí mismo.

–Los besos no resuelven nada, Rule.

Él asintió.

–Lo sé, Sydney. Lo sé perfectamente –declaró–. Pero no me podía ir sin darte un beso de despedida.

Ella lo miró y pensó que no había dicho la verdad. A veces, un beso podía arreglar muchas más cosas que todas las palabras del mundo.

–Dile a la princesa que...

–¿Sí?

–Que estoy deseando conocerla.

Él la tomó de la mano y le dio un beso en la palma como el primer día, cuando cenaron en la Mansión Rosewood.

–Volveré pronto. Solo estaré fuera una semana.

Sydney pensó que una semana no era suficiente. Ya se lo había dicho, pero quiso insistir otra vez.

–Necesito un mes para atar los cabos sueltos en el bufete, Rule. Y eso, si cumples tu palabra de buscarles clientes importantes para que se queden contentos.

–Cumpliré mi palabra. Pero aún espero que puedas acelerar las cosas.

–No puedo. Será mejor que te hagas a la idea.

–Está bien, lo intentaré... Y cuando vuelva, será mejor que tú me hagas sitio en tu casa –declaró con ternura–. Porque no puedo vivir sin ti.

Ella alzó los ojos al cielo, en gesto de desesperación. Sus palabras la habían emocionado.

–¿Que no puedes vivir sin mí? Vamos, Rule...

Él sonrió.

–Bueno, tal vez pueda vivir sin ti, pero no quiero. Te amo con todo mi corazón, Sydney. Lo sabes de sobra.

–Y tú sabes de sobra que te quedarás en mi casa. Yo tampoco quiero vivir sin ti. Por muy enfadada que esté.

–Excelente.

–A fin de cuentas, nos acabamos de casar...

Rule le volvió a besar la mano. Y lo hizo de un modo tan intenso y dulce que ella se estremeció de placer.

–Una semana. Solo tardaré una semana, como mucho –aseguró–. Te echaré tanto de menos que te llamaré todo el tiempo y acabarás harta de mí.

–¿Harta de ti? Eso es imposible, Rule –replicó en un susurro–. Correré al teléfono siempre que suene...

–Una semana. Solo una.

Rule la besó en la boca y se dio media vuelta.

Ella lo miró mientras él subía por la escalerilla del avión y agitó la mano cuando él se giró para despedirse otra vez.

Luego, desapareció en el interior del aparato.

***

El avión privado de Rule aterrizó en el aeropuerto de Niza a las cinco de la mañana; pero el trayecto a Montedoro era tan corto que, una hora más tarde, ya había llegado a sus habitaciones de palacio.

A las ocho, Caroline de Sthal, su secretaria privada, le llevó los cinco periódicos que leía todos los días. Tres de los cinco habían publicado las fotografías que les habían hecho a Sydney y a él en el vestíbulo del hotel, y los tres abrían la edición con titulares sobre su boda.

Echó un vistazo al reloj y calculó que en Dallas debía de ser la una de la madrugada. Sydney ya se había acostado.

Pero la llamó de todas formas.

–Buenas noches, Syd.

–Por si no te habías dado cuenta, es más de la una –protestó, medio dormida.

–Te extraño. Ojalá estuviera contigo.

–¿Qué es esto? ¿Una llamada obscena?

Él rio.

–Si quieres que lo sea...

–¿Ya estás en palacio?

–Sí, en mis habitaciones. Caroline, mi secretaria, me acaba de subir los periódicos. Somos la noticia del día.

–¿Qué periódicos?

Rule le dio los nombres y añadió:

–Seguro que los puedes leer en Internet. Se nota que han investigado, porque se refieren a ti por tu nombre y en uno de ellos se dice que eres un lince de la abogacía.

–Oh, no... quería hablar con mis compañeros del bufete antes de que se corriera la voz –se quejó–. ¿Ya has hablado con Lili?

–No, pero voy a hablar con ella esta misma mañana.

–Entonces, buena suerte... Llámame después y cuéntame lo que ha pasado.

Rule se la imaginó en la cama, con el pelo revuelto y los ojos entrecerrados y sintió lástima de ella.

–No sé si es buena idea.

–¿Por qué?

–Porque estarás durmiendo y te despertaré.

–Ya me has despertado, Rule –replicó–. Y no pegaré ojo hasta saber cómo ha ido tu encuentro con Lili.

Rule se sintió culpable.

–No debería haber llamado...

–Sí, claro que sí. Pero llámame en cuanto hables con ella. Lo digo en serio.

–Está bien –dijo–. Sydney, yo...

Sydney no dejó que terminara la frase.

–Llámame.

–De acuerdo.

Ella cortó la comunicación y Rule se quedó solo, separado de su esposa por medio mundo de distancia.

Sin más compañía que su sentimiento de culpabilidad.

Dos horas después, Rule estaba en el salón de la suite de Liliana. Llevaba treinta minutos allí, sentado en un sillón, esperando a que apareciera. No sabía si ya había tenido noticia de su matrimonio con Sydney, pero albergaba esperanzas al respecto porque lady Solange Montano, que era prima y secretaria de Lili, lo había tratado con mucha amabilidad cuando lo invitó a sentarse.

Una de las puertas, la que daba a las estancias privadas de la suite, se abrió en ese momento. Lili salió vestida de blanco, con unos pantalones anchos y una chaqueta larga. Sus ojos azules brillaban de alegría y su cabello, tan rubio como siempre, le caía por encima de los hombros. Estaba preciosa. Al verla, Rule se sintió peor que nunca. La quería mucho y le desagradaba la idea de hacerle daño.

–Rule...

Liliana caminó hacia él y lo abrazó.

Rule contempló su cabello dorado y deseó estar en cualquier otra parte, lejos de allí, para no tener que decirle que se había casado con una morena fascinante, que le había robado el corazón.

–Me alegro tanto de verte, Rule...

Él carraspeó, nervioso.

–He venido tan pronto como me ha sido posible, Lili. Tengo algo importante que decir.

–Oh, vaya... ¿en serio? –dijo con una sonrisa de felicidad–. Por fin..

Rule tuvo miedo de que se desmayara. Al fin y al cabo, era una mujer frágil.

–Creo que será mejor que nos sentemos.

–Sí, por supuesto. –Liliana lo llevó al sofá azul y se sentaron–. ¿Y bien? ¿Qué es lo que tienes que decirme?

Él no sabía por dónde empezar.

–Lili, yo... lo siento mucho.

El brillo de los ojos de Lili se apagó un poco.

–¿Que lo sientes? ¿A qué te refieres?

–Sé que siempre has pensado que tú y yo nos casaríamos. Sé que hice mal al permitir que las cosas siguieran de ese modo y...

–Rule –lo interrumpió.

–Sí.

–No vas a pedir mi mano, ¿verdad?

–No, Lili. Me temo que no. He venido para decirte que ya estoy casado.

Lili palideció de repente. Parecía que se iba a desmayar.

Y Rule la tomó entre sus brazos.

9

Lili no se desmayó. Se mantuvo sentada en el sofá, perfectamente erguida, y preguntó en voz baja:

–¿Cómo se llama?

–Sydney. Sydney O'Shea.

–¿No es de Montedoro?

–No. La conocí en los Estados Unidos, en Texas.

Lili tragó saliva.

–Sydney O'Shea. De Texas –repitió.

–Yo...

Ella sacudió brevemente la mano, como restándole importancia.

–No, por favor. No necesito explicaciones. Espero que seas feliz en compañía de esa mujer –dijo Liliana muy afectada, pero consiguió mantener la calma y hasta dedicarle una sonrisa tensa–. Y ahora, si no te importa, me gustaría quedarme a solas.

–Lili...

Rule se levantó. Deseaba abrazarla y aliviar su dolor en lo posible, pero sabía que habría estado mal. En esas circunstancias, solo podía empeorar la situación.

Tenía que marcharse y dejarla sola antes de que rompiera a llorar delante de él.

–Vete. Por favor.

Rule inclinó levemente la cabeza, dio media vuelta y se fue.

En cuanto llegó a sus habitaciones, llamó a Sydney.

–¿Qué tal te ha ido? –preguntó ella.

–No muy bien. Me ha echado.

–¿Hay alguien con ella? ¿Alguien con quien pueda hablar?

–Sí, una prima; pero creo que no mantienen una relación estrecha.

–Pero tendrá algún amigo, ¿no?

–Por Dios, Sydney. ¿Qué importa eso ahora? No es asunto tuyo ni mío. No podemos hacer nada al respecto.

–Rule, esa mujer necesita hablar con alguien. Con una persona que comprenda sus sentimientos y que la pueda animar.

Rule sintió el deseo de tomarse una copa. Aunque fueran las once de la mañana.

–No la conoces, Sydney. ¿Cómo puedes saber lo que necesita?

–Y tú, ¿cómo puedes ser estar tan ciego? –replicó–. Lo sé porque cualquier mujer querría lo mismo en su situación... un hombro en el que llorar. Un amigo.

–Sydney, sabes que te adoro y que siento haberte metido en este lío, pero no conoces a Lili y no puedes saber lo que necesita –dijo con el más frío y peligroso de sus tonos–. No todo el mundo es igual.

–Me estás empezando a irritar, Rule –le advirtió.

–Sí, me he dado cuenta. Y tú a mí.

Se hizo un silencio tenso que Sydney rompió segundos después.

–Será mejor que cuelgue antes de decir algo desagradable.

–Sí, estoy de acuerdo. Sigue durmiendo, Syd.

–Dudo que ahora pueda dormir.

Ella colgó el teléfono y él se quedó mirando el cuadro que decoraba la pared principal del salón. Quería estrangular a alguien. Preferiblemente, a su esposa.

Momentos después, la puerta se abrió y Caroline le informó de que Su Alteza y el príncipe Evan deseaban hablar con él en la salita azul de su ala del palacio.

Por lo visto, iba a ser a una mañana movida.

**

Sus padres no se andaban con ceremonias cuando estaban en privado.

Su madre le dio un abrazo y le dijo que lo perdonaba por haberse casado con una texana sin avisarla. Su padre lo felicitó y volvió a reiterar su deseo de ver pronto a Sydney y a su hijo; pero afortunadamente, fue fiel a su palabra y no hizo ninguna referencia al secreto que Rule había compartido con él unas semanas antes.

Y cuando su madre le preguntó cómo se habían conocido, Rule fue tan sincero como lo podía ser.

–Nos conocimos en un centro comercial. En cuanto la vi, supe que era la mujer de mi vida... así que la seguí y la convencí de que comiéramos juntos. Desde entonces, me dediqué a insistir hasta que accedió a casarse conmigo.

Su madre asintió. A fin de cuentas, había elegido a Evan de un modo parecido, al verlo en una fiesta de Hollywood.

–Nos tenías preocupados, ¿sabes? Teníamos miedo de que no te casaras antes de tu cumpleaños. O de que te casaras con nuestra querida Lili y vuestro matrimonio acabara mal.

Rule miró a su madre con sorpresa.

–Si creíais que no debía casarme con Lili, ¿por qué no me dijisteis nada?

Su madre se encogió de hombros con elegancia.

–¿Para qué? ¿De qué habría servido? No nos habrías hecho caso.

Rule seguía enfadado por su conversación con Sydney y estuvo a punto de contestar mal a su madre, pero se refrenó.

Justo entonces, sus padres se miraron y Evan dijo:

–Esperamos que hables pronto con Liliana.

–Ya he hablado con ella.

–¿Por qué no lo habías dicho? –preguntó su madre.

–Acabo de decirlo... –se defendió.

–¿Cuándo has hablado con ella?

Rule miró la hora.

–Hace... cuarenta y cinco minutos.

–¿Le has hablado de Sydney?

–Sí.

Sus padres se volvieron a mirar.

–¿Qué ocurre? ¿Es que he hecho mal?

–No, no, has hecho bien.

–Entonces, no entiendo qué...

–¿Está sola? –lo interrumpió.

–No tengo ni idea. Solange Montano me abrió la puerta, así que doy por sentado que estará con ella, en su suite.

–Montano no sirve para eso –declaró su madre–. Lili necesita una amiga, alguien con quien pueda hablar.

Rule apretó los dientes. Sydney había dicho exactamente lo mismo.

–Lo siento mucho –se disculpó–. Es culpa mía.

Su madre se acercó y le acarició la mejilla.

–No, cariño. Tú has hecho lo que tenías que hacer. Pero tendrías que haberme llamado después de hablar con Lili... En fin, será mejor que vaya a verla. Me necesita.

Su madre se marchó de inmediato y los dejó a solas.

–Ardo en deseos de pegar a alguien –confesó Rule.

Evan asintió.

–Conozco la sensación, hijo.

–He roto el corazón a Lili y mi esposa se ha enfadado conmigo.

–No te preocupes por Lili; lo superará. Deja ese asunto en manos de tu madre. La quiere como si fuera su hija y sabrá qué hacer –declaró–. Pero, ¿por qué se ha enfadado Sydney? ¿Es que le has dicho lo del niño?

Rule sacudió la cabeza.

–No, todavía no. Y no tengo intención de decírselo pronto –le confesó–. Sydney está enfadada conmigo por Lili... cree que me he portado mal, que permití que se hiciera ilusiones para casarme con ella en el caso de que no encontrara a nadie mejor.

–Vaya, tu esposa es una mujer muy perceptiva.

Rule asintió.

–Sydney es muy especial. No se parece a ninguna de las mujeres que he conocido.

–Eso es bueno, ¿no?

–Depende. A veces me confunde tanto que no sé ni dónde estoy.

–Las mujeres buenas tienen esa virtud –ironizó.

Rule se sentó en el sofá y volvió a sacudir la cabeza.

–Sydney cree en la honradez, la verdad y la integridad. Le he decepcionado porque piensa que debí ser más claro con Lili. Y si ha reaccionado de esa forma por un problema menor, no quiero ni imaginar cómo reaccionaría al saber lo de Trevor.

Su padre se sentó a su lado.

–Tienes un buen problema, hijo.

–Papá, yo me creía un hombre sincero, un hombre que siempre hacía lo correcto y que...

–¿Quieres que te dé un consejo?

–Me vas a decir que se lo diga.

Evan sonrió.

–¿Quieres o no quieres un consejo?

–No se lo puedo decir. La honradez lo es todo para ella. Tendría que habérselo dicho al principio, cuando nos conocimos; antes de pedirle que nos casáramos.

–¿Y por qué no se lo dijiste?

–Porque me habló de sus relaciones anteriores y pensé que tenía buenos motivos para desconfiar de los hombres. Si se lo hubiera dicho antes de casarme con ella, no me habría dado una oportunidad. Y si me la hubiera dado, no habría sido antes del veinticuatro de junio.

–Comprendo.

–Estaba entre la espada y la pared, así que tomé la decisión que me pareció mejor en su momento.

–¿Estás muy ocupado?

Rule arqueó una ceja.

–¿Ocupado? ¿A qué viene eso ahora?

–A que deberías tomarte unas vacaciones.

–¿Cómo?

Su padre volvió a sonreír.

–Soluciona todos los asuntos urgentes, retrasa los demás y vuelve a Texas. Ese es mi consejo, Rule. Arregla las cosas con Sydney, pasa el tiempo necesario con el niño y estrecha los lazos con ellos... Ah, y vuelve a Montedoro en cuanto esté preparada.

Aquella mañana, Sydney vio a dos periodistas en el jardín delantero de la casa. Cuando subió al coche para dirigirse al bufete, se detuvo un momento en el vado, bajó la ventanilla y dejó que la fotografiaran y que la interrogaran durante sesenta segundos.

Sydney declaró que era cierto, que se había casado con el príncipe y que eran muy felices, pero se negó a compartir sus planes con la prensa.

En determinado momento, uno de los reporteros le preguntó si conocía a Liliana de Alagonia; Sydney dio una respuesta negativa, añadió que tenía muchas ganas de conocerla y concluyó el encuentro con la advertencia de que, la próxima vez que entraran en su propiedad, llamaría al servicio de seguridad de la zona residencial donde vivía.

Al llegar al bufete, se reunió con tres de sus socios, que ya se habían enterado de su boda con Rule.

Ninguno se mostró especialmente sorprendido cuando les informó sobre su intención de dejar Teale, Gayle y Prosser. Pero tampoco les gustó. Como le hicieron saber, ella era un miembro muy importante del equipo y tendrían dificultades para encontrar a alguien que la pudiera sustituir.

Las cosas se pusieron aún más tensas cuando supieron que pretendía dejarlos en un mes. Sus socios le recordaron que había firmado un contrato con el bufete y que tenía obligaciones que cumplir, pero cambiaron radicalmente de actitud al saber que les iba a conseguir nuevos contratos con clientes de primer nivel. Solo tuvo que pronunciar los nombres que Rule le había dado para que las caras serias se convirtieran en sonrisas.

Al final, la reunión fue un éxito. Sus socios quedaron satisfechos con las promesas de Sydney y ella salvó su reputación como profesional.

Después, se dirigió a su despacho y se puso a trabajar.

Como Rule no la había llamado desde la noche anterior, se sintió insegura y se dijo que quizás había sido demasiado dura con él. Pero el asunto de Liliana lo merecía; a fin de cuentas, le había dado la noticia de repente, sin tiempo para que lo pudiera asumir y, acto seguido, se había ido a Montedoro porque no quería hacer daño a Lili. Casi todo el mundo habría reaccionado mal en esas circunstancias.

A las cinco de la tarde, la llamaron para que fuera a la sala de juntas. Y se llevó una sorpresa: todos sus compañeros estaban allí, desde los socios del bufete hasta las recepcionistas y las secretarias. Habían organizado una fiesta en su honor con champán, tarta y montones de regalos.

Sydney se quedó atónita.

Les dio las gracias a todos y dio un breve discurso sobre lo mucho que el bufete significaba para ella y lo mucho que los echaría de menos. A continuación, se tomó dos pedazos de tarta, se bebió una copa de champán y se dedicó a charlar con sus colegas.

Salió del bufete a las nueve de la noche. Para entonces, estaba agotada. Había dormido muy poco desde el viernes anterior, cuando su vida cambió en un instante por el simple hecho de ir a un centro comercial para comprar una cacerola a Calista Dawyer.

Al llegar a casa, Lani le echó una mano con los regalos de la fiesta.

–Tienes aspecto de estar cansada –le dijo–. ¿Por qué no los dejamos en la mesa? Yo los guardaré mañana, cuando me levante.

Sydney dejó la última caja y se sentó en una silla.

–¿Qué tal tu día?

–Bien. Trevor se echó una siesta de tres horas y yo pude escribir diez páginas más –contestó–. Ha preguntado por Rule... quería saber cuándo vuelve. Dice que tiene muchas ganas de jugar con él.

Sydney se alegró de que su hijo se llevara tan bien con su padrastro, pero no sirvió para que se sintiera menos insegura e inquieta. Todo había pasado tan deprisa que tenía un sentimiento de irrealidad.

–Me prometió que volvería en una semana.

–Bueno, eso está bien. No es mucho tiempo... –comentó su amiga–. Pero, ¿os ha pasado algo, Sydney? Pareces triste.

Sydney se encogió de hombros.

–No, no pasa nada. Son cosas sin importancia.

–Y supongo que no te apetece hablar de ello...

–Ahora, no.

Lani decidió no presionarla.

–¿Tienes hambre?

Sydney sacudió la cabeza.

–Comí en el bufete y luego me tomé dos pedazos de tarta. Subiré un momento a ver a Trevor y luego me daré un buen baño caliente.

–Buena idea.

Cuarenta y cinco minutos después, Sydney se acostó. Puso el despertador a las seis y media de la mañana, apagó la luz y se quedó dormida casi de inmediato.

Rule no llamó durante la noche.

Ni a la mañana siguiente.

Sydney supuso que estaría enfadado y lo maldijo por lo que, en su opinión, era una actitud infantil Pero no podía negar que su actitud era tan infantil como la de él. Al fin y al cabo, ella también podía llamar por teléfono y no lo había hecho.

Confundida, se volvió a preguntar si no habría sido demasiado dura con Rule. Y no encontró respuesta. Solo sabía que lo echaba terriblemente de menos y que su ausencia le había dejado un vacío en el corazón. Ardía en deseos de abrazarlo, de apretarse contra su cuerpo, de fundirse con su piel.

Sin Rule, estaba perdida.

A la mañana siguiente, Sydney recibió dos llamadas telefónicas en el despacho. Eran los representantes de dos compañías petroleras; los dos estaban interesados en trabajar con Teale, Gayle y Prosser y los dos llamaban por recomendación de Rule.

El humor de Sydney mejoró al instante.

Rule no la había llamado por teléfono, pero

estaba cumpliendo su palabra y la estaba ayudando a dejar el bufete con la cabeza bien alta. Indudablemente, era una buena señal. Además, Sydney pensó que tampoco era tan extraño que tuvieran sus diferencias; llevaban poco tiempo juntos y, en consecuencia, no se conocían mucho.

Al final del día, ya había organizado la primera reunión entre el bufete y los representantes de las dos empresas. Luego, se fue a casa, cenó y se acostó.

El teléfono de su dormitorio sonó a las seis y media de la mañana del martes, justo en el momento en que sonaba su despertador. Aún medio dormida, apagó la alarma y alcanzó el auricular.

–¿Dígame?

–Te he despertado...

Sydney reconoció la voz al instante.

–Hola, Rule.

–¿Sigues enfadada conmigo?

Ella se apartó el pelo de la cara.

–Yo podría hacer la misma pregunta –dijo.

Rule guardó silencio durante un par de segundos.

–Sé que te prometí que llamaría todos los días...

–No, esa no fue tu promesa. Dijiste que llamarías constantemente –le recordó–. Llamar constantemente no es llamar cada día.

–¿Me perdonarás?

Sydney soltó una carcajada sin poder evitarlo.

El simple hecho de oír la voz de Rule bastaba para que el mundo le pareciera perfecto.

–Bueno, digamos que existe la posibilidad.

–Me alegro...

–Te echo de menos, Rule. Mucho.

–Y yo a ti.

–¿Cómo es posible que te extrañe tanto? No tiene ni pies ni cabeza. ¿Cuánto tiempo ha pasado desde que nos conocimos? ¿Cinco días?

–Cuatro días, diecinueve horas y... tres minutos –puntualizó él con humor–. Pero es normal que me eches de menos, Sydney. Eres mi esposa. Tu trabajo consiste en echarme de menos cuando estoy lejos de ti.

–Entonces, hago muy bien mi trabajo.

–Excelente.

Sydney suspiró.

–Lo siento, Rule. Siento haber discutido contigo.

–Y yo.

–Ayer me llamaron dos representantes de compañías petroleras. Los he puesto en contacto con mis socios.

–Eso es magnífico.

Sydney no quería arriesgar a estropear el momento con la mención de Liliana, pero necesitaba saber lo que había pasado.

–¿Cómo está Lili?

–Bueno... tú tenías razón. Tendría que haberme encargado de que alguien se quedara con ella –le confesó.

–Oh, no... ¿se encuentra bien?

–Dentro de lo que cabe, sí. Cuando le dije a mi madre que había hablado con ella y que le había informado de la situación, fue a sus habitaciones con intención de animarla. Pero Lili no estaba. Su secretaria dijo que se había ido llorando.

–Dios mío...

–Todo el mundo se asustó y la empezó a buscar, pero la encontraron enseguida y en buen estado, según me han dicho.

–¿La encontraron?

–Sí. Uno de los empleados se cruzó con ella en el pasillo que separa las habitaciones de Maximilian y las de Alexander. Al parecer, restó importancia a su desaparición y dijo que solo había salido a dar un paseo.

–¿Un paseo?

–Bueno, eso dijo ella.

–¿Es que es amiga de tus hermanos? Quizás estuvo hablando con alguno de ellos...

–Lo dudo.

–¿Por qué?

–Porque Max está con sus hijos, en su casa –contestó–. Y en cuanto a Alex, nunca se ha llevado bien con Lili.

–Pero eso no significa que no pueda ser un caballero –observó Sydney–. Si la vio y estaba llorando, intentaría animarla.

–Sydney... mi hermano casi no ha salido de sus habitaciones desde que volvió de Afganistán. Pero tienes razón; es posible que se encontraran y que Alex quisiera darle ánimos, aunque a mí no me conste.

–Pero se encuentra bien, ¿no?

–Sí. Al final, estuvo hablando con mi madre. Lili le prometió que lo superaría y que no tenía intención de acudir a su padre para que tomara represalias contra Montedoro. Incluso añadió que se había dado cuenta de que yo no soy el hombre que necesita y le pidió a mi madre que me deseara una vida de felicidad.

–¿Crees que es sincera?

–Mi madre lo cree y no se suele equivocar con esas cosas.

–Entonces, todo ha terminado bien.

–Eso parece. Lili se fue ayer a Alagonia, pero no hemos sabido nada del rey Leo... en principio, me atrevo a afirmar que las relaciones de nuestros dos países seguirán siendo tan buenas como lo han sido en los últimos tiempos.

–Me alegro mucho, Rule. Confieso que estaba preocupada por lo que Lili pudiera hacer. Y como no llamabas, me preocupé aún más.

–Lo siento, Sydney. He sido un estúpido.

–No digas eso, Rule; yo también podría haber llamado... Pero dime que volverás el martes o el miércoles, como me prometiste.

–Me temo que no va a ser posible...

Sydney se sintió profundamente decepcionada. Tanto, que tuvo que hacer un esfuerzo para no decir algo que pudiera dañar otra vez su relación.

–¿Por qué, Rule?

–Porque estaré antes. Llego mañana.

Ella sonrió de oreja a oreja.

–Oh, Rule... dímelo otra vez.

–¿Que llego mañana? Vaya, parece que no estabas exagerando.

–¿Con qué?

–Con lo de echarme de menos.

–Claro que te echo de menos –declaró con vehemencia–. Quiero estar todo el tiempo contigo. Nos acabamos de casar y te conozco muy poco, pero quiero estar contigo todos los días, eternamente.

–Bueno, ya no falta mucho. Pero siento decir que llegaré tarde, alrededor de las diez de la noche... –le advirtió.

–No te preocupes por eso. Tengo tanto trabajo que no creo que llegue a casa antes de las nueve y media.

–Yo también tengo trabajo, ¿sabes?

–¿Ah, sí?

–Sí. Voy a hablar con tus socios para presentarles a varios clientes que les podrían interesar. Así sabrán que te lo deben a ti.

Sydney se sintió la mujer más feliz del mundo.

–No sabes cuánto me alegro de que vuelvas a casa, Rule. Durante los próximos días voy a tener que pasar mucho tiempo en el bufete, pero te prometo que eso cambiará. Cuando deje ese empleo, no volveré a aceptar otro que me aleje tanto tiempo de mi hijo y de mi marido. Os quiero demasiado.

–Y yo a vosotros, Sydney.

–Ah... Trevor ha preguntado por ti. Quería saber cuándo vuelves.

Rule sonrió.

–Dile que ya estoy de camino.

10

Sydney estaba mirando por la ventana del salón cuando la negra y larga limusina aparcó en el vado de la casa. En cuanto vio el coche, su corazón se aceleró tanto que casi podía oír sus latidos.

Soltó un grito de alegría y corrió a abrir la puerta. Después, bajó los escalones a toda prisa y se arrojó en los brazos de Rule, que en ese momento salía del vehículo.

Él le dio un beso apasionado, uno que empezó con desesperación y que terminó con ternura y delicadeza.

Segundos después, Rule rompió el contacto y dijo:

–Creía que no llegaría nunca...

Ella se rio.

–Pero has llegado. Y hasta existe la posibilidad de que no vuelva a permitir que te alejes de mí –bromeó–. Anda, entra en la casa.

El chófer sacó el equipaje de Rule y los siguió, al igual que Joseph.

Cuando ya había dejado las maletas en el dormitorio principal, el chófer de despidió y se fue; pero Joseph se quedó con ellos. Esta vez, no llevaba sus sempiternas gafas de sol. En cambio, llevaba una bolsa de viaje.

Rule miró a Sydney con incomodidad.

–¿Qué pasa? –preguntó ella.

–Me temo que Joseph tendrá que quedarse con nosotros. Tiene la obligación de acompañarme todo el tiempo.

Sydney se giró hacia el guardaespaldas.

–Espero que no le importe, pero tendrá que dormir en otra habitación.

El duro e impasible Joseph estuvo a punto de sonreír.

–No se preocupe por mí, señora. Si tiene dormitorio de invitados, dormiré en él. Y si no lo tiene, me contentaré con un sofá.

Sydney señaló la escalera.

–La habitación de invitados está arriba, al fondo del pasillo. La cocina está abajo... pero por favor, siéntase como si estuviera en su casa. Si tiene hambre, abra el frigorífico tranquilamente y coma lo que quiera.

–Muchas gracias, señora.

Sydney miró a Rule.

–¿Y tú? ¿Tienes hambre?

Rule le lanzó una mirada tan intensa que Sydney supo que su hambre no tenía nada que ver con la comida.

–No, he cenado en el avión.

Sydney los llevó al piso de arriba, enseñó a Joseph su dormitorio y señaló el cuarto de baño de Trevor.

–Desgraciadamente, tendrá que compartirlo con mi hijo...

–Gracias. Me las arreglaré.

Antes de entrar con Rule en el dormitorio principal, Sydney llamó a la puerta de Lani y le informó de que el guardaespaldas se iba a alojar en la habitación de invitados.

Lani, que estaba leyendo un libro en la cama, se quitó las gafas y la miró.

–Gracias por la advertencia... ah, y no te quedes despierta toda la noche.

Syd sonrió.

–No, mamá –dijo con ironía.

–Saluda a Rule de mi parte.

–Por supuesto.

Momentos después, Sydney volvió con su esposo. Había entrado en el dormitorio y estaba junto a la ventana, mirando la calle.

–Lani te manda un saludo.

Rule se giró hacia ella.

–Tu casa me gusta mucho. Es agradable, de habitaciones grandes y con un montón de ventanas...

A Sydney se le hizo un nudo en la garganta.

–Sí, aquí somos felices. Vivir en un palacio va a ser muy extraño.

–Tengo otras propiedades. Casas de campo, pisos de la ciudad... podemos vivir en cualquiera de ellas.

–Ya veremos –dijo con debilidad.

Rule extendió una mano hacia ella.

–¿Ocurre algo, Sydney? ¿Es que ahora tienes miedo de mí?

–No, no es eso. Es que estoy un poco nerviosa...

Él sacudió la cabeza.

–Ven conmigo. Me encargaré de aliviar tus temores.

Sydney echó el cerrojo a la puerta, para asegurarse de que nadie los molestara y aceptó la mano de su esposo.

Su contacto la alivió al instante.

–He dejado mis maletas en tu armario –dijo él.

–Déjalas donde quieras –declaró ella–. Oh, Rule... parece que ha pasado una eternidad desde que te fuiste.

–Pero ya estoy aquí.

–Y me alegro tanto...

Rule la besó y el nerviosismo de Sydney desapareció por completo. Fue como si el mundo se limitara a las caricias de sus labios y a las de sus manos, que descendieron suavemente por su cuello y le empezaron a desabrochar la blusa.

Sydney suspiró y lo atrajo hacia sí. Rule le quitó la blusa y el sostén y le bajó los leotardos que se había puesto al llegar a casa. Y mientras ella apartaba la última prenda con los pies, él se desnudó por completo.

–Espera un momento –dijo ella.

Rule gimió, frustrado.

–¿Sabes que me estás matando?

Sydney le puso un dedo en los labios.

–Solo será un momento.

–Un momento es demasiado.

Sydney se inclinó y apartó la sábana de la cama.

–Ya está.

–Sydney...

Rule se acercó por detrás y le puso las manos en los pechos. Ella suspiró al sentir el contacto de sus dedos y la presión de su sexo en la espalda.

Cuando por fin se tumbaron y se empezaron a besar, Sydney se sintió la mujer más feliz de Texas. Ya no le importaba nada que no fuera el calor del cuerpo de Rule y la destreza de sus caricias.

Segundos después, él le quitó las braguitas, inclinó la cabeza sobre su pubis y empezó a lamer suavemente. Pero Sydney no lo soportó mucho tiempo. Necesitaba más. Así que cambió de posición y dijo:

–Tómame.

Sydney gimió cuando la penetró; gimió de placer y por la simple belleza del instante, absolutamente perfecto. Rule le mordió el cuello con dulzura y ella cerró las piernas a su alrededor y se apretó un poco más contra él, pidiéndoselo todo, exigiéndoselo todo, entregándose por completo.

Ya no tenía dudas. La magia de hacer el amor con Rule bastaba para borrar su inseguridad y sus temores. En esos momentos, lo habría seguido a cualquier parte y habría sido feliz con cualquier cosa.

Lentamente, roce a roce, el placer fue creciendo en su interior. Y la intensidad del orgasmo le arrancó un grito tan fuerte que Rule le tuvo que tapar la boca.

Sydney soltó una carcajada contra sus dedos. Él se unió a sus risas cuando llegó al clímax y, por fin, se quedaron en silencio, inmóviles, mirándose.

–Rule... –susurró ella.

–Sydney –susurró él.

Sydney se quedó dormida.

Y cuando despertó, Rule la estaba mirando, apoyado en un codo.

–Me siento tan bien cuando despierto y estás a mi lado... –le confesó ella–. Quiero que todos los días sean así.

–Y lo serán, cariño. Sigue durmiendo.

–Todavía no. Háblame de tus padres.

–¿De mis padres? –preguntó con extrañeza.

–Sí. ¿Les ha molestado que te casaras conmigo?

Rule sonrió.

–Al contrario. Están muy satisfechos.

Sydney no se lo creyó.

–Eso no es posible. Ni siquiera me conocen. ¿Cómo pueden estar satisfechos, si nos conocimos hace unos días y nos casamos de repente? No dudo que me acepten, pero me extraña que les satisfaga.

–Les satisface porque me conocen muy bien, Syd. Saben que he encontrado a la mujer de mis sueños y que soy feliz con ella –comentó–. A decir verdad, se sienten tan aliviados como agradecidos.

Ella le acarició la oreja. Le parecía la más bonita del mundo.

–Sí, supongo que eso lo puedo comprender... obviamente, estaban preocupados con la posibilidad de que no te casaras a tiempo.

–Sí, lo estaban.

–Pero, ¿no habrían sido más felices si te hubieras casado con la princesa de Alagonia? –se interesó.

–No, en modo alguno. De hecho, me han confesado que nunca estuvieron a favor de esa boda. Dicen que Lili no era adecuada para mí.

–Y si no estaban a favor, ¿por qué no te lo dijeron antes?

Rule sonrió.

–Qué curioso... Es lo mismo que le dije a mi madre.

–De todas formas, deberían cambiar la ley que os obliga a casaros tan jóvenes. En mi opinión, es ridícula.

–Bueno, mi bisabuelo la cambió...

–Entonces, ¿por qué sigue en vigor?

–Porque el padre de mi madre la volvió a imponer.

–No lo entiendo...

–Mi bisabuelo se casó a una edad avanzada –explicó Rule–. Tuvo ocho hijos, pero solo uno legítimo, el padre de mi madre, mi abuelo. Y mi abuelo solo tuvo una hija...

–Tú madre, claro.

Él asintió.

–La familia se estaba muriendo, así que mi abuelo volvió a dictar la ley para asegurarse de que no se volviera a producir la misma situación. Si a mi madre le hubiera pasado algo, él se habría quedado sin descendencia y Montedoro habría vuelto a ser protectorado de Francia.

–Y luego, tu madre acató la ley, se casó joven y tuvo un montón de hijos.

–Sí, no hay más que vernos ahora...

–Todo un palacio lleno de herederos posibles –bromeó.

–Como ves, esa ley tiene su utilidad.

Ella frunció el ceño.

–Pero tiene que haber alguna forma de burlarla... No sé, quizás os podríais casar con alguien antes de cumplir los treinta y tres y divorciaros a continuación.

Él la miró con espanto.

–¿Es que intentas librarte de mí?

Sydney rio y lo besó en la boca.

–Por nada del mundo.

–De todos modos, me temo que no nos podríamos divorciar. Mi familia es católica, así que el príncipe heredero está obligado a casarse por la Iglesia. Y ya sabes que la Iglesia prohíbe el divorcio...

–¿Quieres decir que ahora tendremos que casarnos por el rito católico?

–No, no... eso solo es una obligación para el heredero al trono. Los demás se pueden casar por lo civil –contestó–. Pero si yo me convirtiera en príncipe heredero por algún motivo, no nos quedaría otra opción.

–¿Y habrías preferido tú? ¿Te habría gustado que nos casáramos por la Iglesia?

–Sí –contestó con sinceridad.

–Pues nos casaremos otra vez...

–¿Lo dices en serio?

–Por supuesto.

Rule le dio un beso en la punta de la nariz.

–En tal caso, me encargaré de organizarlo en cuanto lleguemos a Montedoro.

Estuvieron hablando un par de horas sobre asuntos diversos, desde el comercio de naranjas hasta los motivos por los que Alex y la princesa Lili no se llevaban bien. Según Rule, su hermano siempre había pensado que Liliana era superficial y un poco tonta; y Liliana, que Alex era arrogante y deprimente.

Sydney también se enteró de que el hijo de Max se llamaba Nicholas y de que su hija se llamaba Constance. Y Rule dijo que la economía de Montedoro había dependido de las ganancias de los casinos hasta que su abuelo y más tarde su madre se encargaron de diversificar las fuentes de ingresos.

–En la actualidad, el juego solo supone el cuatro por ciento de nuestros ingresos anuales –le informó.

Al cabo de un rato, Sydney se cansó de la conversación sobre su familia y quiso saber algo más sobre las mujeres de la familia de Rule.

–Bueno, ya te dije que admiro a mi madre...

–No, no me refiero ni a tu madre ni a tus hermanas, Rule. Me refiero a tus relaciones amorosas. Yo te conté lo de Peter y Ryan, pero tú no me has dicho nada.

Rule asintió y le habló de una princesa griega de la que se había enamorado cuando tenía catorce años.

–Tenía un hueco que adoraba entre los dientes delanteros –le contó–. Ceceaba un poco al hablar y soñaba con viajar a los Estados Unidos para ser una estrella de Broadway.

–¿Y lo consiguió?

Él sacudió la cabeza.

–Me temo que no. Cantaba muy mal.

–¿Tan mal que la dejaste de amar por eso?

–No, no fue por eso. Simplemente, yo era muy joven y cambiaba muy deprisa de opinión en cuestión de amores –contestó–. A los dieciocho años, me enamoré de una chica a la que conocí en París y, más tarde, de una irlandesa a la que conocí en Londres... era preciosa. De ojos azules y pelo negro, pero tenía un defecto.

–¿Qué defecto?

–Un carácter infernal –contestó con humor–. Al principio me gustó mucho, pero al final terminó por cansarme.

–Pero seguro que había un montón de actrices y modelos dispuestas a echarte el lazo –dijo Sydney.

–Dicho así, haces que parezca un Casanova...

–¿Y no lo eres?

–No, en absoluto. He estado con muchas personas, pero no me interesaba la seducción por la seducción. Estaba buscando a la mujer adecuada –contestó en voz baja–. Te estaba buscando a ti.

Ella sintió una punzada en el corazón.

–Oh, Rule...

Él le dio un beso en la frente, en la mejilla y, por último, en los labios.

–Anda, vuelve a dormir. Cierra los ojos, mi amor.

Sydney asintió y los cerró.

***

Al día siguiente, Sydney dejó a Rule en la cocina, desayunando con Trevor y Lani y se marchó al despacho.

Era sábado y todo estaba tranquilo, así que pudo trabajar sin interrupciones. Luego, volvió a casa, comió, pasó la tarde con su esposo, su hijo y su mejor amiga y, por fin, al caer la noche, hizo el amor con Rule y se quedó dormida.

Pero, antes de dormirse, pensó que ahora lo tenía todo. Su vida era, exactamente, la que había soñado.

El domingo amaneció soleado y con temperaturas por encima de los veinticinco grados, bastante cálidas para mediados de abril. Llevaron a Trevor al parque y Rule se dedicó a columpiarlo un rato. Sydney se había sentado a descansar un poco cuando una anciana se sentó a su lado y comentó:

—El niño se parece mucho a su padre.

Sydney le dedicó una sonrisa.

—Sí, ¿verdad?

Más tarde, cuando ya habían comido, Sydney cayó en la cuenta de que la anciana del parque estaba en lo cierto. Lani se lo había comentado en un par de ocasiones, pero no le había prestado atención. Se parecían físicamente. E incluso tenían algunos gestos comunes, como su forma de sonreír y de ladear la cabeza.

Sin embargo, no le dio importancia. Como

los niños lo imitaban todo, supuso que Trev estaría imitando a su padrastro. Y en cuanto al parecido físico, dio por sentado que el donante de semen tendría la misma complexión que Rule y el mismo color de pelo y de ojos.

Pero había parecidos que no tenían nada que ver con el físico y los gestos; parecidos que le extrañaban bastante más.

Cuando acudió al banco de esperma, Sydney estudió las fichas con las descripciones de los donantes y eligió uno en particular porque tuvo la impresión de que era, exactamente, el tipo de hombre al que le habría gustado conocer. Un hombre como Rule. Un hombre inteligente, culto, atractivo y cariñoso.

Sydney se estremeció al pensar en ello. Al parecer, la vida podía ser tan sorprendente como extraña. Había elegido un donante en función del hombre de sus sueños y la fantasía se había hecho realidad.

El lunes era día de trabajo, así que Sydney volvió al bufete. Rule apareció poco después de las once y ella le presentó a sus compañeros de trabajo y a dos de los socios, que aceptaron la invitación de comer con ellos en la Mansión Rosewood.

Fue una comida de trabajo muy productiva. Rule se comprometió a ponerlos en contacto con varios clientes potenciales. Cuando terminaron, él volvió a casa y los demás regresaron al bufete, incluida Sydney.

Sus días se volvieron algo rutinarios. El trabajo ocupaba el tiempo de Sydney de lunes a viernes, pero pasaba todas las noches y casi todos los fines de semana con su marido. Rule dedicaba tanto tiempo a Trevor que el lazo que los unía se hizo más fuerte; jugaba con él durante horas y, cuando se acostaba, le leía cuentos.

En cuanto a la prensa, siguió publicando noticias de los recién casados. Sydney no las leía, pero algunos de sus colegas sentían curiosidad y a veces encontraba alguna revista con fotografías suyas; pero los paparazzi se calmaron cuando el príncipe prometió que darían una rueda de prensa al llegar a Montedoro.

Rule tuvo que viajar un par de veces a Nueva York y a su país, por motivos de trabajo. Fueron viajes breves, aunque no tanto como para que Sydney no lo echara de menos. Se sentía vacía cuando despertaba en mitad de la noche y no lo encontraba a su lado. Y Trevor también lo extrañaba.

Un viernes de finales de abril, Sydney llegó tarde a casa. Lani y Rule, que acababa de volver del Principado, la estaban esperando para cenar; hasta el siempre impasible Joseph se encontraba presente. Lani les sirvió una pierna de cordero y Rule abrió una botella de vino.

Durante la comida, Lani hizo un anuncio

importante. Dijo que iba a aceptar su invitación y que se marcharía con ellos a Montedoro.

Sydney saltó de la silla y abrazó a su amiga con fuerza.

–Cuánto me alegro, Lani... no he insistido porque no te quería presionar, pero esperaba que tomaras esa decisión.

Su amiga rio.

–¿Creías que iba a desaprovechar la ocasión de vivir en un palacio del Mediterráneo? No me lo perdería por nada del mundo.

Hasta Joseph sonrió y rompió su silencio habitual:

–Es una buena noticia.

–La experiencia lo es todo para una novelista –declaró Lani–. Y por otra parte, ¿qué iba a hacer yo sin ti?

Sydney la abrazó con más fuerza.

–Lo mismo que nosotros sin ti, Lani.

Aquella noche, Sydney se despertó al oír un ruido; eran las tres de la madrugada y tardó unos momentos en reconocer su origen.

Trevor estaba llorando.

–¡Mamá! ¡Mamá!

Rule también se despertó.

–Iré yo –dijo.

Sydney le dio un beso, se levantó de la cama y se puso una bata.

–No te preocupes. Déjamelo a mí.

Cuando entró en la habitación del pequeño, lo encontró sudoroso.

–Duele, mamá, duele...

Lani apareció segundos después.

–¿Puedo hacer algo?

–No le pasa nada; son los dientes. Vuelve a la cama.

–Está bien, pero llámame si me necesitas.

–Lo haré.

Lani bostezó y se marchó.

Sydney tomó la temperatura a su hijo, pero solo tenía unas décimas. Le dio un analgésico y se sentó con él para calmarlo un poco. Rule se presentó al cabo de un rato, sin más ropa que unos pantalones de pijama.

–¿Qué le pasa?

–Que le están saliendo los dientes. Le he dado un analgésico. Le hará efecto enseguida –respondió.

–¡Duele, *Ru*! –dijo el niño.

Trevor extendió las manos hacia Rule, que se inclinó sobre él, lo tomó en brazos y empezó caminar por el dormitorio.

Al verlos tan unidos, Sydney sintió una angustia extraña.

Tardó unos momentos en comprender que aquella angustia no era otra cosa que celos. Trevor y Rule se habían vuelto inseparables con el paso de los días.

Sydney se dijo que sus celos eran absurdos y que debía alegrarse de que el niño y su padrastro se llevaran tan bien. Además, Rule no era la única persona que mantenía una relación especial con el pequeño; Lani pasaba tanto tiempo con él que casi se había convertido en una segunda madre.

Pero no se sintió mejor.

Y al analizar el origen de sus celos, se dio cuenta de que se sentía culpable. Culpable por trabajar demasiado tiempo y no estar nunca con Trev. Culpable porque, en general, solo lo veía por la mañana, cuando se iba al bufete y por la noche, cuando volvía del trabajo.

No era extraño que ahora, cuando se encontraba mal, Trevor buscara el afecto y la comprensión de Rule. Al fin y al cabo, le dedicaba casi todo su tiempo.

Por suerte, eso iba a cambiar. E iba a cambiar gracias al propio Rule que, además de ser un marido excelente, le estaba ofreciendo la posibilidad de empezar una nueva vida, con tiempo para ser mejor madre y, a la vez, mejor esposa.

Cansada de pensar, se echó hacia atrás y cerró los ojos.

Minutos después, Rule se acercó y le susurró al oído:

–Vamos a la cama, bella durmiente.

Ella abrió los ojos.

–¿Y Trev?

–Trev ya se ha dormido.

Sydney miró la cama y vio que su hijo estaba tapado con la manta y aferrado a su dinosaurio de peluche preferido.

–Está bien...

Cuando llegaron al dormitorio y se acostaron, Rule le acarició el pelo.

–Trabajas demasiado, Syd.

–Pero falta poco para que termine... nos podremos ir dentro de una semana, más o menos –afirmó.

–Lo estoy deseando.

Sydney pasó un dedo por sus oscuras cejas.

–Tengo un secreto que decirte, Rule.

Él se inclinó y le dio un beso en la frente.

–Me encantan los secretos. Especialmente, los tuyos.

–No te rías, por favor.

–No me reiré.

–Trev y tú os parecéis mucho...

–Sí, es verdad. ¿Ese es tu secreto?

Ella sacudió la cabeza.

–No, aunque está directamente relacionado. Tenéis el mismo color de pelo y los mismos ojos y hasta ladeáis la cabeza de la misma forma... ¿Recuerdas lo que te dije cuando nos conocimos? ¿Que tu cara me resultaba familiar?

–Sí, lo recuerdo.

–Pues he estado pensando mucho últimamente y me he dado cuenta de que no es extraño en absoluto.

–¿Por qué no?

–Porque el donante de esperma que elegí se parecía mucho a ti...

–¿Ese es tu secreto?

–Sí –Sydney le acarició la mandíbula–. Lo elegí porque su descripción encajaba con la del hombre de mis sueños, con el hombre al que esperaba encontrar algún día, con el hombre al que ya había renunciado.

Rule la miró de forma extraña y se apartó de ella.

Sydney se preocupó.

–¿Qué ocurre? ¿He dicho algo que te haya molestado?

–No, por supuesto que no –contestó, distante–. Estoy bien.

–Pues no lo pareces.

Él la tomó de la mano.

–Estoy bien –repitió.

Sydney sonrió en la oscuridad.

–Me alegro. Pero, ¿estás seguro de que nunca has donado esperma?

–¿Bromeas?

–Sí, claro. Aunque a veces me asombra que Trevor y tú os parezcáis tanto... resulta extrañamente inquietante.

Rule no dijo nada.

–Siempre albergué la esperanza de conocer al donante –continuó Sydney–, pero había establecido la condición de que su identidad se mantuviera en secreto. A pesar de ello, dejé mi dirección y mi teléfono en el Secure Choice Cryobank por si alguna vez cambiaba de opinión y deseaba ponerse en contacto conmigo. Pero no he sabido nada de él... lo cual me recuerda que debería pasar por la clínica y cambiar mi dirección de contacto.

Rule estaba tan callado que Sydney se preguntó si había hecho mal al contarle la historia. Quizás sentía celos del donante. Sin embargo, su inseguridad desapareció cuando él le pasó un brazo por debajo del cuello y la atrajo hacia sí.

–Duerme un poco, Sydney.

Sydney cerró los ojos y siguió dando vueltas al asunto.

No creía posible que Rule, un príncipe, pudiera ser donante de semen; y mucho menos, que pudiera ser el padre biológico de Trevor. Ni siquiera encajaba con su forma de ser; era demasiado conservador como para contribuir de esa forma al nacimiento de un niño al que no conocería jamás.

Pero su actitud le había parecido muy extraña.

Cualquiera se habría dado cuenta de que ella había mencionado el asunto con intención de halagarlo, para que supiera que era todo lo que podía desear en un hombre. Y no obstante, Rule se había mostrado serio y tenso, casi a la defensiva.

11

A la mañana siguiente, cuando se levantó y se preparó para ir al despacho, Sydney seguía pensando en la conversación con Rule.

Pero se dijo que sus sospechas eran ridículas; no tenía motivos para desconfiar de su esposo. Y lo último que necesitaba en ese momento, con todo el trabajo que le quedaba en el bufete, era malgastar energías.

Además, ahora tenía un problema mucho más importante. Llevaba una semana de retraso con la regla. Cabía la posibilidad de que su objetivo de fundar una familia se encontrara más cerca de lo que habían imaginado; pero también cabía la posibilidad de que fuera un efecto secundario del estrés, así que decidió esperar unos días antes de decírselo a Rule. No quería que se hiciera ilusiones en vano.

Cuando bajó a la cocina, vio que Trev se encontraba mejor. Sus décimas habían desaparecido y estaba desayunando tranquilamente.

Sydney se acercó y le dio un beso de despedida.

–¡Vuelve pronto, mamá!

–Claro, hijo.

Aquella tarde, Sydney terminó antes que de costumbre y pudo volver a casa a tiempo de bañar a Trevor y de acostarlo. Como todavía era pronto, Rule la invitó a cenar y la llevó a la Mansión Rosewood.

–Por nosotros y por nuestra familia –dijo él, alzando su copa–. Por nuestra vida juntos.

Sydney brindó con su marido y se sintió la mujer más afortunada de todo Texas; pero tras un par de sorbos, dejó la copa de vino a un lado y no lo volvió a probar. Debía ser cauta. Podía estar embarazada.

Aunque aún no se atrevía a pensar en ello.

Cuatro días después, el primer viernes de mayo, Sydney se despidió definitivamente de Teale, Gayle y Prosser.

Cuando se marchó, su mesa estaba limpia y sus clientes, a cargo de otros abogados de la empresa. Además, había quedado bien con sus socios por la dedicación que les había demostrado y por la disposición de Rule a conseguirles clientes nuevos.

Dedicó toda la semana siguiente a la mudanza. Lani, que era una de las personas más organizadas de la Tierra, ya había empezado con ella; pero quedaba mucho por hacer y Sydney se entregó a la tarea con su entusiasmo habitual. Ya habían decidido que los muebles se quedarían en la casa y que la pondrían en venta.

Y por fin, el segundo viernes de mayo, subieron al avión privado de Rule para viajar a Montedoro.

Los padres y el hermano de Lani se acercaron al aeropuerto a despedirlos. Pero no fueron los únicos. Como los paparazzi se habían enterado, los sometieron a sus cámaras y a un montón de preguntas sobre asuntos demasiado personales que, naturalmente, no encontraron respuesta. Rule los instó a asistir a la rueda de prensa que pensaban dar en el Principado y Joseph se encargó de apartarlos del camino.

El vuelo fue largo. Despegaron de Love Field a las dos de la tarde y aterrizaron en Niza a las ocho de la mañana siguiente por la diferencia horaria de Dallas y Montedoro, que era de siete horas. A continuación, subieron a la limusina que los estaba esperando y se dirigieron al palacio entre más paparazzi.

Cuando lo vio por primera vez, Sydney se quedó sin habla. Se alzaba en lo alto de un promontorio, sobre el mar. Era blanco como una paloma y estaba lleno de torretas, balcones y arcos.

El chófer los llevó hacia una entrada privada y, poco después de las nueve, se encontraron en las habitaciones de Rule.

Sydney se sintió aliviada al observar que los alojamientos de su esposo no eran tan lujosos e impresionantes como el resto del edificio. Tenían techos altos y suelos de tarima, con alfombras, pero los muebles eran relativamente modernos y el ambiente resultaba acogedor.

Los empleados de palacio ya se habían encargado de llevarse el equipaje y guardar sus cosas cuando Lani se marchó a la suite que le habían preparado, probablemente para escribir sus primeras impresiones sobre Montedoro. Trevor se puso a jugar en la alfombra del salón y Rule salió un momento para hablar con su secretaria, Caroline.

Sydney abrió uno de los balcones y se dedicó a contemplar los barcos que surcaban el Mediterráneo bajo una brisa tan suave como una caricia en la piel.

No podía creer que estuvieran allí. Le parecía un sueño casi tan fantástico como el hecho, a esas alturas evidente, de que se había quedado embarazada. No tenía náuseas matinales, pero tampoco las había sufrido con Trevor; lo que tenía eran pechos más grandes y más sensibles, igual que con Trevor.

Iba a tener otro hijo.

Se llevó una mano al estómago y sonrió. Había llegado el momento de hacerse la prueba de embarazo que había comprado la semana anterior en una farmacia. Y el momento de decirle a Rule que su familia estaba a punto de aumentar.

—¡Mamá! ¡Ven a jugar!

Sydney miró a su hijo.

—Está bien, ya voy...

Rule los encontró jugando en el suelo cuando volvió al salón.

—¡*Ru*! ¡Estamos haciendo castillos!

—Sí, ya lo veo —comentó Rule—. Y muy bonitos...

—Mamá me ayuda.

Rule sonrió de oreja a oreja y miró a Sydney.

—Mis padres están impacientes por conocerte.

—Y yo por conocerlos a ellos. Pero antes, deberías darme algunas pistas sobre el protocolo de palacio, ¿no crees?

Rule sacudió la cabeza.

—No será necesario —contestó—. Tenemos que estar en sus habitaciones a las seis. Les haremos una visita corta, os conoceréis un poco y, luego, cenaremos. Entre nosotros no hay protocolos de ninguna clase. Somos familia, Sydney.

—Entonces, me parece bien.

—Sabía que dirías eso —Rule se giró hacia Trevor—. ¿Y a ti, jovencito? ¿Te apetece conocer a tus abuelos?

La cara de Trevor se iluminó.

—¡Sí!

Las habitaciones de Sus Altezas eran más grandes que las de Rule, pero hasta el vestíbulo tenía el mismo ambiente acogedor. A pesar de los suelos de mármol y de las lámparas de araña de los techos, era obvio que allí vivía gente de verdad.

Sydney estaba mirando una fotografía donde estaban Rule, sus hermanos y sus padres, cuando la mujer alta y de aspecto severo que les había abierto la puerta los llevó hacia un pasillo lleno de cuadros. Eran imágenes de hombres con uniformes y medallas y de mujeres con vestidos de gala y joyas.

Rule, que llevaba a Trev en brazos, la tomó de la mano. Y cuando se acercaron al final del pasillo, se la apretó.

Sydney miró a su marido y sonrió, nerviosa.

Segundos más tarde, llegaron a una salita. La mujer alta inclinó la cabeza y se fue, dejándolos a solas con una pareja que se acercó inmediatamente a saludarlos.

—Por fin —dijo la soberana del Principado, extendiendo los brazos hacia Sydney—. Acércate, por favor.

Sydney se quedó inmóvil al ver a la madre de su marido; debía de tener alrededor de sesenta años, pero era tan bella y su sonrisa era tan radiante que casi le pareció una diosa. Si Rule no le hubiera tirado de la mano, se habría quedado allí, boquiabierta.

–Mamá, papá... os presento a Sydney.

La madre de Rule la abrazó.

–Estoy tan contenta de que hayas llegado...

–Y yo, Alteza.

–No me llames Alteza, por favor. Llámame Adrienne en todo momento... salvo en los actos de Estado, por supuesto, aunque te prometo que serán breves –comentó con una sonrisa.

Sydney suspiró, aliviada.

–Es un verdadero placer, Adrienne. Rule me ha hablado mucho de ti, y siempre con admiración y afecto.

Los ojos de Adrienne brillaron.

–No sabes cuánto me alegro de que mi hijo haya encontrado a la mujer de su vida. Y justo a tiempo...

–Ah, disculpadme, aún no os he presentado a Trevor –intervino Rule.

Su madre se giró hacia el niño.

–Hola, Trevor, yo soy...

Adrienne parpadeó con sorpresa, dejó la frase sin terminar y lanzó una mirada al príncipe Evan. Sydney no supo lo que había pasado; pero fuera lo que fuera, la mujer se recobró enseguida y añadió:

–¿Qué tal estás?

–Bien...

Rule le frotó la espalda.

–Venga, saluda a tu abuela. Dile que estás encantado de conocerla.

–Hola, abuela –dijo el niño–. Encantado...

Adrienne soltó una carcajada extraordinariamente musical.

–Igualmente, Trevor.

Se sentaron y, casi de inmediato, reapareció la mujer de aspecto severo y les ofreció algo de beber. Mientras bebían, Evan se interesó por los padres de Sydney y ella respondió que habían fallecido cuando era una niña y que se había criado con su abuela. Más tarde, quisieron saber algo más sobre su trabajo de abogada y ella contó unas cuantas anécdotas sobre su experiencia en Teale, Gayle y Prosser.

Fue una conversación algo formal, aunque agradable. Y Sydney se sintió muy orgullosa de Trevor, que se mantuvo en silencio y se dedicó a mirar a los mayores con verdadero interés. Para entonces, ya era evidente que se había ganado el cariño de Adrienne y de Evan.

Tras veinte minutos de charla, el niño extendió las manos hacia su abuela y dijo:

–¡Abrazo!

Sydney tuvo miedo de que el pequeño manchara el precioso vestido de la soberana, pero a ella no le importó. Lo tomó entre sus brazos, le dio un beso y se encargó de él hasta la llegada de Lani, que se lo llevó tras las presentaciones oportunas.

La cena fue magnífica. Les sirvieron varios

platos y un vino francés, del que Sydney solo tomó un sorbito; si estaba embarazada, tenía que cuidarse.

Mientras comían, Syd tuvo ocasión de conocer a dos de los hermanos de Rule, Maximilian y Alexander. Max le cayó bien desde el principio; era casi tan guapo como Rule y tenía un carisma indiscutible. Pero con Alexander fue algo más difícil; parecía enfadado por algo o, quizás, sumido en una depresión. Sydney supuso que sería una consecuencia de su largo secuestro en Afganistán.

Más tarde, cuando ya habían regresado a sus habitaciones, Rule y su esposa celebraron la llegada a Montedoro con dos sesiones de amor.

La primera vez, contra las altas y bellamente labradas puertas del dormitorio; la segunda, en la cama.

Estaban descansando cuando ella comentó:

—Tu madre me ha dicho que tenéis una biblioteca en palacio, con muchos libros sobre la historia de Montedoro.

—Sí, en efecto.

—Y también me ha dicho que la bibliotecaria sabrá responder a cualquier pregunta que haga sobre tu país...

Él sonrió.

—¿Es que quieres ser historiadora?

Sydney sacudió la cabeza.

—No, pero quiero saber más de Montedoro.

Lo necesito para saber dónde encajo y cómo puedo ser más útil a mi nuevo país.

–Eres muy ambiciosa...

Rule le acarició los senos.

–¿Sabes que pierdo inteligencia cuando haces eso?

–No lo puedo evitar. Tus senos me encantan.

–Me alegro, porque los vas a ver muy a menudo...

Él le pinzó un pezón con suavidad y ella soltó un gemido de placer.

–Están más grandes, ¿no?

Sydney decidió que era la ocasión perfecta para anunciar que iba a tener un bebé. Pero antes, quiso divertirse un poco.

–Ah, así que te gustan porque están más grandes...

–¿Lo están?

Ella se puso de lado, se apoyó en un codo y lo miró a los ojos.

–Sí, lo están. Es un milagro –ironizó.

Rule, que empezaba a comprender lo que sucedía, declaró con nerviosismo:

–¿Es posible que... ?

Sydney sonrió de oreja a oreja.

–¿Qué, Rule?

–No te burles de mí, por favor.

–Está bien... Sí, creo que sí. Creo que vamos a tener un niño.

La respuesta de Sydney dejó aún más perplejo a Rule.

–¿Solo lo crees?

–Bueno, es que todavía no me he hecho la prueba de embarazo –le confesó–. Pero llevo tres semanas de retraso en el periodo y tengo los mismos síntomas que tuve cuando me quedé encinta de Trevor.

–¿Y cuándo te la vas a hacer?

–¿Mañana por la mañana?

Rule le pasó un dedo por los labios.

–Sydney...

–¿Sí?

–Nada, solo quería pronunciar tu nombre. Sydney, Sydney, Sydney...

Rule se apretó contra ella y la besó.

–Entonces, ¿estás contento?

Él le acarició el pelo.

–¿Que si estoy contento? Estoy encantado...

–Serás un gran padre, Rule. No hay más que verte con Trev.

–Porque Trev es un chico magnífico, el hijo que siempre soñé –afirmó–. Y tú, la esposa que siempre quise.

–Hablando de Trevor, ¿te has dado cuenta de la sorpresa que se ha llevado tu madre cuando lo ha visto?

Rule se puso tenso.

–¿Sorpresa? ¿Qué sorpresa?

–Oh, vamos... es obvio que ha notado lo mucho que se parece a ti.

–Pues no sé...

–¿Seguro que no te has dado cuenta?

Él se encogió de hombros y guardó silencio.

–Su sorpresa solo duró un momento... pero quién sabe, puede que lo haya imaginado.

–Anda, ven aquí y dame un beso.

–Hum, déjame que lo piense –dijo, haciéndose de rogar–. Aunque reconozco que es una oferta tentadora.

–Te voy a enseñar lo tentadora que es.

Rule cumplió su palabra con un beso tan tierno y apasionado que le arrancó un gemido de placer. Y casi inevitablemente, las caricias los llevaron a hacer el amor por tercera vez en la misma noche.

Mientras se amaban, ella pensó que las cosas no podían ir mejor.

En ese momento parecía que no había nada que los pudiera separar.

Una hora después, Rule estaba mirando el techo del dormitorio.

Su esposa se había quedado embarazada.

Los dos estaban seguros. La prueba del día siguiente sería una simple formalidad. Iban a tener un bebe.

El segundo hijo de Sydney.

Y su segundo hijo.

Al pensar en Trevor, se acordó de la reacción de su madre. Aunque se hubiera hecho el loco con su esposa, él también lo había notado. Y tenía el convencimiento de que Su Alteza lo llamaría a primera hora de la mañana para mantener una conversación en privado.

La situación empezaba a ser peligrosa. Si él no le daba las respuestas que buscaba, Adrienne presionaría a Evan hasta descubrir cómo era posible que el hijo de Sydney O'Shea fuera la viva imagen de Rule.

Al final, de uno u otro modo, se saldría con la suya. Y conociendo a su madre, insistiría en que fuera sincero con Sydney. Adrienne creía en la integridad y en la honradez por encima de todas las cosas.

Rule supo que su secreto estaba a punto de dejar de serlo.

Ahora tenía lo que siempre había deseado: una mujer maravillosa, un hijo sano y feliz y la posibilidad de ser padre por segunda vez.

Faltaba por saber cómo reaccionaría Sydney cuando supiera la verdad.

Le temblaban las manos.

Dio la espalda a la prueba de embarazo, que había dejado en la encimera de mármol del lavabo, y se llevó las manos a la cara.

–Qué tontería... –se dijo en voz alta.

Sabía que su nerviosismo era absurdo. O estaba embarazada o no lo estaba. Y en cualquier caso, sabría la respuesta en un momento.

Pero estaba nerviosa de todas formas.

–¿Sydney?

Rule pronunció su nombre y llamó a la puerta en el momento preciso en que la prueba de embarazo empezó a pitar.

–¿Sydney? ¿Te encuentras bien?

Sydney alcanzó la prueba y apagó el dispositivo.

–¡Sydney! –exclamó Rule, preocupado.

Por fin, ella se giró y abrió la puerta. Rule, que estaba tan guapo como siempre, la miró con preocupación.

–Estoy bien, no te preocupes...

Él la abrazó y ella apoyó la cara en su pecho.

–Me estaba haciendo la prueba, ¿sabes? Ya tengo el resultado, pero estoy tan nerviosa que no me atrevo a mirar.

–Oh, Sydney...

Rule le acarició la espalda y le dio un beso en los labios.

–¿Qué te parece si la miramos juntos?

Ella se mordió el labio.

–¿Qué pasará si me he equivocado y no estoy embarazada?

Él suspiró.

–No pasará nada en absoluto –declaró con afecto–. Pero solo hay una forma de salir de dudas, ¿no te parece?

–Mira tú. Yo no me atrevo.

Rule rio con suavidad y le dio un beso en la frente.

–Si quieres que mire, tendrás que soltarme.

Sydney lo soltó a regañadientes y dio un paso atrás.

–Hazlo. Ya.

Rule se acercó a la encimera, alcanzó el dispositivo y frunció el ceño como si no supiera interpretar el resultado.

–Mira la pantallita... –declaró, exasperada–. No es tan difícil. Tiene que decir si estoy o no estoy embarazada.

–Pues no sé qué decir...

–Como me sigas tomando el pelo, te tiraré ese trasto a la cabeza –lo amenazó.

–Está bien, de acuerdo... aquí dice que... oh, vaya, qué sorpresa.

–¡Basta ya, Rule! ¡Dímelo de una vez!

En respuesta, Rule devolvió el dispositivo a la encimera, tomó a Sydney entre sus brazos y le empezó a dar vueltas y más vueltas, entre carcajadas.

Luego, se detuvo y le susurró al oído:

–Estás embarazada.

Sydney lo cubrió de besos.

–Oh, casi no lo puedo creer... ¡Es cierto! ¡Es realmente cierto! Vamos a tener un niño... ¿No te parece asombroso?

–Absolutamente asombroso.

Rule la levantó en brazos y la llevó a la cama, donde festejaron el positivo con su celebración preferida.

***

Más tarde, Sydney preguntó a Rule si le importaría mantener en secreto la noticia de su embarazo.

–Solo durante unas semanas –dijo–. Cuando se sepa, habrá mucho alboroto... y quiero disfrutar de este tiempo contigo.

Rule le dio un beso.

–Como quieras.

–¿No te molesta?

–En absoluto. Por ti haría lo que fuera, cualquier cosa –aseguró.

Rule se sentía tan bien con ella que casi se olvidó del asunto de Trevor. Y como su madre no lo llamó ni al día siguiente ni al otro, su preocupación disminuyó un poco más.

Fuera cual fuera el motivo, parecía que Adrienne había renunciado a interrogarlo sobre su extraño parecido con el niño. Quizás, porque había llegado a la conclusión de que era una simple coincidencia. Quizás, porque no quería interferir. O quizás, porque se dijo que el propio Rule se lo contaría cuando estuviera preparado.

Y su hijo se sentía tan aliviado como agradecido.

El martes, dieron la conferencia de prensa que habían prometido y anunciaron formalmente su matrimonio.

El miércoles, visitaron al arzobispo para que organizara la boda religiosa en la catedral y, tres días después, justo el sábado siguiente a que llegaran a Montedoro, Rule y Sydney se casaron por segunda vez.

Luego, Rule se tuvo que ir a París por motivos de negocios y estuvo fuera tres días. Sydney, Lani y Trevor se quedaron en el Principado, y Sydney aprovechó la circunstancia para conocer mejor a su suegra. Cuando Rule volvió, su esposa le comentó que Adrienne se había interesado por el padre del pequeño.

–¿Y qué le has dicho? –preguntó Rule.

–La verdad, por supuesto –respondió–. Que acudí a un banco de esperma porque quería ser madre.

–¿Se lo tomó bien?

–Creo que sí. Sonrió y dijo que soy una mujer muy decidida.

–Porque lo eres.

Al día siguiente, Liliana de Alagonia volvió a Montedoro y Sydney tuvo ocasión de reunirse con ella. Las dos mujeres se llevaron bien desde el principio, aunque a Rule no le sorprendió; a fin de cuentas, eran buenas personas. Y tampoco le sorprendió que ocurriera lo mismo entre su esposa y sus hermanas.

Al cabo de un tiempo, empezaron a hablar sobre la posibilidad de vivir en algún lugar más tranquilo que palacio. Sydney dijo que prefería tener su propia casa cuando naciera el niño, así que se pusieron en contacto con un arquitecto y le encargaron la renovación y ampliación de una de las casas de campo de Rule.

Eran muy felices, pero Rule no dejaba de pensar en su gran secreto. Y se sentía tan culpable que todos los días se decía que se lo diría al día siguiente; pero nunca encontraba el momento oportuno.

Al final, tomó la decisión de no decir nada. Su padre era la única persona que lo sabía y, como Adrienne no le estaba presionando, guardaría el secreto. Además, se había convencido de que el silencio era la mejor solución. No se quería arriesgar a decírselo a Sydney y crear un problema que pudiera poner en peligro su amor y su matrimonio.

Y entonces, el último miércoles de mayo, la verdad salió a la luz.

12

Sucedió dos semanas y cinco días después de que Rule llevara a su nueva familia al Principado de Montedoro.

Caroline estaba esperando a su jefe en el despacho de palacio, con un periódico en la mano. Era un ejemplar de *The Sun*, un diario sensacionalista del Reino Unido que siempre publicaba escándalos de famosos.

–Hay un artículo particularmente insidioso en su edición de hoy. Me ha parecido que deberías verlo.

Rule se preocupó al instante. Caroline lo mantenía informado sobre todo lo que se publicaba sobre él y sobre su familia; pero en general, se limitaba a subrayar lo que le parecía relevante y le dejaba los periódicos en la mesa. El simple hecho de que le diera *The Sun* en mano significaba que era un asunto importante.

–Gracias, Caroline.

–De nada.

Caroline salió del despacho y cerró la puerta. Rule se sentó con un mal presentimiento y abrió el periódico.

Estaba lleno de fotografías de Trevor y de él, en distintas situaciones. Su parecido era tan evidente que las imágenes no dejaban lugar a dudas; cualquiera habría llegado a la conclusión de que él era el padre del niño o, por lo menos, un familiar bastante directo.

Pero el artículo que acompañaba al reportaje fotográfico era invención pura. Su autor había llegado a la conclusión, equivocadamente, de que Sydney y él habían mantenido una relación amorosa en el pasado. Y para explicar los dos años transcurridos desde el nacimiento del niño, decía que Rule había abandonado a Sydney y que había vuelto con ella más tarde, al darse cuenta de que el amor verdadero era más importante que la clase social.

A Rule le pareció un artículo indigno e insultante, pero se dijo que eso carecía de importancia.

Las fotografías eran concluyentes. Ahora, todos sabrían que Trevor era hijo suyo.

Dejó el periódico a un lado, apoyó los codos y se llevó las manos a la cabeza. Se había quedado sin opciones. No tenía más remedio que ser sincero con Sydney y decirle la verdad. Aunque se arriesgara a perderla para siempre.

Media hora después, Rule entró en el despacho de su padre para hablar con él. Pero Evan no estaba solo; había llamado a Donahue Villiers, el abogado de la familia, y a Leticia Sprague, secretaria de prensa de palacio y una de sus personas de confianza.

Tras discutir el asunto, decidieron que Donahue diera los pasos necesarios para demandar al periódico y exigir una rectificación de la noticia. Leticia sugirió que Rule hiciera una declaración pública donde rechazara tajantemente la historia del periódico y mostrara su indignación al respecto.

–Antes de seguir adelante, creo que la familia debería mantener su propia reunión –intervino Evan–. No podemos tomar ese tipo de decisiones sin conocer la opinión de Su Alteza y, naturalmente, de Sydney.

Donahue y Leticia salieron del despacho poco después, y Rule lanzó una mirada de desesperación a su padre.

–No es el fin del mundo, hijo.

Rule abrió la boca para decir algo, pero Evan alzó una mano.

–Lo superarás –continuó–. Deberías pensar en la parte positiva.

–¿Es que hay una?

–Por supuesto que sí. El artículo es tan absurdo que ese periódico va a salir mal parado.

–Como si a la prensa sensacionalista le importaran las denuncias...

Evan lo miró con solemnidad.

–No te sientas culpable. Te convertiste en donante por una buena causa. Fue el acto de un hombre de buen corazón.

–Fue una estupidez. Lo hice para rebelarme contra las leyes de los Bravo-Calabretti.

–Pero no habrías conocido a tu mujer si no te hubieras rebelado contra esas leyes, ¿verdad? –contraatacó–. Y ahora no tendrías un hijo ni estarías esperando otro.

Rule sacudió la cabeza.

–No lo entiendes... Sydney no sabe lo que pasó, no se lo he dicho.

–Entonces, tienes que decírselo de inmediato.

–Pero la podría perder...

–Lo dudo. Esa mujer te ama. Se quedará contigo.

Rule se mantuvo en silencio. No sabía qué decir.

–Creo que también ha llegado el momento de decírselo a tu madre.

–Oh, no...

–Ya no puede esperar. Adrienne se dio cuenta de que Trevor es hijo tuyo y me presionó, dando por sentado que yo sabía algo.

Le dije que me habías pedido que guardara el secreto y que no se lo podía decir sin faltar a mi palabra.

—Gracias, papá.

Su padre soltó una risita sin humor.

—Si hubiera insistido, no me habría quedado más opción que decírselo. Adrienne es mi vida, Rule. Por suerte, tu madre comprendió la situación y decidió dejar las cosas como estaban.

—Entonces, sabe que Trevor es hijo mío...

—Sí, lo sabe. Como te he dicho, ya se había dado cuenta cuando habló conmigo... Tu madre merece una explicación, Rule.

—Pero Sydney tiene que saberlo antes.

Evan asintió.

—Por supuesto.

Sydney no estaba en sus habitaciones cuando Rule fue a verla a las once menos cuarto de la mañana, con el ejemplar de *The Sun* en la mano. Lani le dijo que había ido a la biblioteca de palacio y que volvería a las once.

Mientras esperaba, se dedicó a jugar con Trevor. Y cuando por fin apareció, pidió a Lani que se llevara al niño para hablar con su esposa.

Ya se habían quedado solos cuando Sydney preguntó:

—¿Qué ocurre?

Rule le dio el periódico.

Ella lo abrió y soltó un grito de incredulidad.

–Oh, Dios mío...

–Sydney, yo.

–Espera, deja que lea todo el artículo.

Sydney leyó el artículo y lanzó el periódico
al suelo, indignada.

–Es lo más repugnante y estúpido que he
leído en toda mi vida. ¿Cómo es posible que
escriban algo así? Los vamos a denunciar, ¿verdad?

–Esa es la idea.

–Menudo montón de mentiras –declaró con
vehemencia–. No hay una sola verdad en todo
ese periodicucho.

–Bueno... me temo que hay más verdad de
la que parece.

Ella lo miró con incomprensión.

–¿De qué estás hablando?

Rule tragó saliva.

–Tengo que decirte una cosa, Sydney.

–¿Cómo?

–Será mejor que te sientes.

Rule intentó tomarla del brazo, pero ella se
alejó.

–Me estás empezando a asustar. Di lo que
tengas que decir.

–Te lo diré, Syd. Es algo importante. Algo
que te debería haber confesado hace tiempo...
cuando nos conocimos.

Sydney lo miró con desesperación.

–Rule, dímelo de una vez.

Rule cayó en la cuenta de que no había ninguna forma sutil de decirlo, así que lo dijo sin más, directamente.

–Fui donante del Secure Choice Cryobank. Me elegiste a mí, Sydney; elegiste mi esperma. Trevor es hijo mío.

13

Sydney se quedó pálida.

–No puede ser.

–Sydney...

Él la intentó abrazar y ella se apartó como si le diera asco.

–No, no es posible... No dijiste nada, en ningún momento. Te pregunté si habías sido donante. Te lo pregunte y tú...

–Te mentí. Lo sé.

Sydney sacudió la cabeza, apartó el ordenador portátil que Lani había dejado en el sofá y se sentó.

–Ven aquí y siéntate –ordenó a Rule.

Él obedeció. En ese momento, estaba seguro de que la había perdido para siempre.

–Supongo que me localizaste gracias al criobanco, ¿verdad?

–En efecto.

–¿Cuándo?

–Hace tres años.

–¿Cuando estaba embarazada? ¿Lo sabes desde entonces?

–Sí, lo sé desde el principio.

Ella se llevó la mano a la boca. Parecía a punto de perder el control, pero se tranquilizó y siguió hablando.

–Lo sabías desde el principio y no hiciste nada... pero de repente, apareces en mi vida y afirmas que me has seguido a un centro comercial porque mi determinación había despertado tu curiosidad. Me seguiste, ¿no?

–Sí, te seguí.

–Oh, Rule...

Sydney se llevó una mano al estómago.

–¿Estás bien? –Rule se preocupó e intentó levantarse.

–No, quédate sentado. Y no te acerques a mí.

–Pero...

–No estoy enferma, Rule. Me encuentro bien –afirmó–. Aunque no encuentro palabras para expresar lo que siento.

–Lo sé.

–¿Por qué me lo dices ahora? ¿Por qué precisamente ahora? –Sydney parpadeó y lo miró como si acabara de entender lo que sucedía–. Ah, claro, ese maldito artículo... Trevor se parece tanto a ti que tienes miedo de que alguien investigue y descubra la verdad. No te podías arriesgar a mantenerme en la ignorancia.

–En efecto.

–Qué estúpida he sido... Lo sabía. Me di cuenta de que Trevor era hijo tuyo y me negué a creerlo porque tú lo negaste.

–Quise decirte la verdad, Syd.

–Pero callaste. ¿Por qué?

Rule suspiró.

–Al principio me callé porque no habría tenido ninguna oportunidad contigo si te lo hubiera dicho –contestó.

–No podías estar seguro de eso.

–Lo estaba. Después de lo que me habías contado sobre tu abuela, a quien admirabas por su integridad y su honradez... después de lo que me habías dicho sobre esos canallas, Ryan y Peter...

–De acuerdo –lo interrumpió–. Supongamos que tenías motivos para no decir nada entonces. Pero, ¿por qué mentiste después, cuando te pregunté si habías sido donante?

–Porque éramos tan felices que no quería perder esa felicidad.

–Rule, ¿me lo habrías dicho si ese periódico no hubiera publicado esa historia? –preguntó con enfado.

Rule decidió ser sincero.

–No lo creo. Te lo quería decir; sabía que debía decírtelo. Pero siempre encontraba una excusa para callar. No te quería perder.

–Ah, que no me querías perder... –ironizó–. Pues no lo has hecho muy bien, ¿verdad?

–No.

Sydney lo miró en silencio durante unos segundos.

–¿Por qué te hiciste donante? No tiene sentido; no encaja con tu personalidad.

–Eso no importa ahora.

–A mí me importa. Intento entender.

–Sydney...

–Dímelo.

–No sé, supongo que lo hice como un acto de rebeldía... Quería algo; quería que mi vida fuera algo más que la suma de sus partes. Quería tener una vida como la de mis padres, como la de Max y Sophia. Mi trabajo me gustaba, pero necesitaba que alguien me estuviera esperando cuando volviera a casa.

–Sigue –dijo con tono implacable–. Te escucho.

–Me sentía solo. Salía con mujeres, por supuesto, pero ninguna me interesaba... y tenía pocos amigos. Una noche, estando en San Antonio, me encontré con un antiguo compañero de la Universidad de Princeton. Mientras tomábamos unas copas, hablamos de los viejos tiempos y me contó que, cuando estaba en la facultad, se había hecho donante de semen para ganar algún dinero.

Rule respiró hondo y siguió hablando.

–Pero añadió que también lo había hecho por motivos humanitarios, para ayudar a las parejas que querían tener un hijo y no podían. La idea me gustó al instante. Era una forma de hacer algo bueno por los demás y, al mismo tiempo, de rebelarme contra las convenciones de mi familia... pero tienes razón, no va conmigo. En el fondo, soy un Bravo-Calabretti. E intenté detener el proceso.

–¿Y que pasó?

–Que no pude. Dos mujeres ya habían pedido mi semen.

–¿Dos? –preguntó, atónita.

–La otra no se llegó a quedar embarazada. Yo hablé con el criobanco y les dije que había cometido un error y que no quería ser donante... Pero tú ya estabas embarazada de Trevor, así que esperé un tiempo y te busqué. No pretendía nada; no quería intervenir. Solo me quería asegurar de que el niño estaba bien.

–Comprendo.

–Tardé poco en darme cuenta de que eras una madre excelente y de que podías dar a Trevor todo lo que necesitaba.

–Todo, menos un padre.

–No... ya te he dicho que no quería intervenir. No te busqué por eso.

–Oh, vamos. Siempre has querido ser padre.

Rule quiso negarlo, pero Sydney estaba en lo cierto.

–Está bien, lo admito, soy culpable. Sí, siempre he creído que un niño merece tener un padre –declaró.

–Y lo organizaste todo para que lo tuviera.

–En eso te equivocas. No fue así, Sydney. Te lo prometo... fue por ti.

–Rule...

–Fue por ti –insistió–. Trevor me importaba mucho; pero te seguí porque tú me interesabas. ¿Cómo es posible que no te des cuenta? No te dije la verdad en el centro comercial porque tuve miedo de que no me dieras una oportunidad. Y después, cuando empezamos a hablar, te encontré tan fascinante, tan absolutamente adorable, que olvidé el asunto. Te aseguro que no lo planeé. No te tendí una trampa para que te casaras conmigo.

Ella sacudió la cabeza, incrédula.

–Fue por ti, siempre fue por ti –continuó Rule–. Y aquella noche, en la Mansión Rosewood, me di cuenta de que te quería por esposa.

Los ojos de Sydney se llenaron de lágrimas, pero su voz sonó tranquila.

–Había otra forma de actuar, Rule. Pudiste hablar conmigo cuando supiste que estaba embarazada de Trevor... Yo estaba fascinada con la descripción del donante. Se parecía mucho al hombre de mis sueños.

–¿Y cómo lo iba a saber? Di por sentado que no querrías nada de mí. Normalmente, las madres solteras no se alegran de que un desconocido aparezca de repente y afirme ser el padre de su hijo.

–Pero tú me pudiste localizar porque yo

no quise que mis datos fueran confidenciales. ¿Eso no te hizo dudar? Si no hubiera querido que el padre de Trevor me encontrara, habría pedido al criobanco que mantuviera mi identidad en secreto.

–Lo sé, lo sé... pero no quería interferir en tu vida –se defendió–. Y tenía miedo de que reaccionaras mal.

–Debiste ser sincero –insistió.

–¿Ah, sí? ¿Y qué me dices de Ryan y Peter? ¿De tu desconfianza hacia los hombres? Habrías pensado que solo me interesaba Trevor y me habrías dado la espalda.

–Pero era lo correcto.

–Tal vez, pero te habría perdido. No estabas dispuesta a conceder a ningún hombre el beneficio de la duda. Era un riesgo demasiado grande, Syd... No lo niegues, por favor. No niegues que te habría perdido.

–No, no lo voy a negar. Tienes razón. Habría desconfiado de ti y me habría negado a verte –admitió–. Pero te habrías ganado mi confianza con el tiempo.

–Con un tiempo que yo no tenía. Te recuerdo que debía casarme antes de cumplir los treinta y tres.

–¿Insinúas que estabas atrapado? ¿Que no tenías elección? –declaró con sorna.

–No. Pero había encontrado a la mujer que estaba buscando y tomé la decisión que me pareció mejor en esas circunstancias.

–La decisión de mentir, Rule... –Sydney se levantó del sofá–. Me trataste como si fuera una niña, como si yo no tuviera derecho a saber la verdad y a tomar mis propias decisiones.

–No es tan importante, Syd...

–Claro que lo es. Necesito saber que confías en mí, que me tratas como a una igual.

–Y confío en ti.

–Pero si se volvieran a repetir las mismas circunstancias, harías lo mismo.

–No es cierto –dijo, sacudiendo la cabeza–. Mentí porque estaba seguro de que la verdad me costaría tu amor... aunque parece que no ha servido de nada. Con solo mirarte a los ojos, sé que ya te he perdido.

La expresión de Sydney cambió de repente. Parecía sorprendida.

–¿Perderme? No me vas a perder, Rule.

Él la miró con perplejidad.

–¿Qué has dicho?

–Que no me vas a perder. Soy tu esposa y te amo. Pero no puedes esperar que me comporte como si no hubiera pasado nada.

–Oh, Sydney...

Rule intentó abrazarla de nuevo y, una vez más, Sydney lo rechazó.

–¿Lo saben tus padres?

–Sí, mi padre lo sabe todo. Se lo confesé y le pedí que me guardara el secreto.

–¿Y tu madre?

–Mi madre adivinó que Trevor era hijo mío

en cuanto lo vio por primera vez. Supuso que mi padre sabría algo y se lo preguntó; pero al saber que yo le había pedido a Evan que guardara el secreto, decidió no insistir.

–Tu madre es una gran mujer.

–Sí, ya te dije que es admirable... Lo cual me recuerda que debo hablar con ella de inmediato. Habrá visto el periódico de esta mañana, y merece una explicación.

–En ese caso, te acompaño.

–¿Estás segura?

–Claro. Le dejaré una nota a Lani y nos iremos.

Adrienne escuchó su explicación en silencio. Cuando Rule terminó de hablar, se giró hacia Sydney y dijo:

–Siento que mi hijo te haya engañado.

–Y yo.

Rule se sintió como un niño pillado en una travesura.

–En cualquier caso, ahora tenemos que afrontar el asunto de ese periódico –declaró la soberana–. Supongo que Donahue pedirá que se retracten de lo publicado... ¿sería satisfacción suficiente para vosotros?

–Para mí, sí –contestó Rule.

–Para mí, no –respondió Sydney–. Deberíamos denunciarlos. Ese artículo no es solo un montón de mentiras... pone en duda la integridad y la honradez de Rule. Él no sería capaz de dejar embarazada a la mujer de su vida y abandonarla a continuación.

–No tiene tanta importancia –dijo Rule–. Solo es un periódico sensacionalista.

Los ojos de Syd brillaron.

–Por supuesto que tiene importancia. Es mentira y merecen que les demos una lección. Deberíamos convocar una rueda de prensa para ponerles en su sitio y decir la verdad.

–¿Quieres que confiese que soy donante de semen? ¿Que lo diga en público?

–Sí, eso es exactamente lo que quiero. La verdad.

–Pero, ¿no comprendes que será una humillación para mí? –preguntó él, perdiendo la paciencia–. ¿No te basta con las mentiras de ese periódico? ¿Pretendes que me ponga en ridículo voluntariamente?

–No, yo no quiero que te pongas en ridículo.

–Me temo que sería inevitable.

Adrienne los interrumpió.

–Os dejaré a solas para que toméis una decisión. Pero sea cual sea, tendréis mi apoyo absoluto.

14

Sydney y Rule no tomaron ninguna decisión; estaban tan enfadados que volvieron juntos a sus habitaciones, pero sin cruzarse ni una sola palabra.

Durante siete días, durmieron en habitaciones separadas y solo se hablaron cuando fue estrictamente necesario. Pero al lunes siguiente, ella recibió un mensaje de Jacques Fournier, el arquitecto encargado de la renovación de la casa de Rule, y no tuvo más opción que ponerse en contacto con su esposo para decirle que Fournier quería hablar con ellos.

Se reunieron de noche, en el despacho.

–Fournier quería hablar de la casa. Le he dicho que no tenía tiempo ahora y me ha pedido que lo llamemos cuando estemos preparados –dijo ella.

–Muy bien.

–Supongo que habrá leído ese artículo...

Él se encogió de hombros.

–Supongo que sí.

–No es que me importe lo que piense un arquitecto, pero...

Sydney dejó la frase en suspenso al ver las ojeras de Rule. Al parecer, lo estaba pasando tan mal como ella.

–Oh, Rule...

–Sydney...

No lo pudieron evitar. Se abrazaron con fuerza, desesperadamente. Sydney gimió y él le dio un beso en la cabeza.

–Lo siento mucho, Syd.

–Lo sé... –los ojos de Sydney se habían empañado.

–No llores, por favor.

–Quiero arreglar las cosas, pero no sé qué hacer.

–Tú no tienes que hacer nada. Eso es cosa solo mía.

–Rule, yo no quería que dieras esa rueda de prensa para que te pusieras en ridículo. Lo sabes, ¿verdad?

–Por supuesto que sí. No te preocupes por eso. Lo comprendo.

–Supongo que soy demasiado orgullosa, demasiado exigente...

–Y demasiado quisquillosa –declaró con una sonrisa.

–Sí, eso también. Si fuera más cariñosa y moderada, lo habría olvidado ya.

–Pero yo no quiero una mujer más moderada. Y no quiero que cambies. Quiero que seas quien eres.

–Oh, Rule...

Él le puso las manos en los hombros y la apartó un poco.

–¿Me perdonarás?

–Lo estoy intentando.

–Y no lo consigues...

Ella sacudió la cabeza.

–No importa. Tu perdón puede esperar. Concentrémonos en el presente.

–Te he echado tanto de menos...

–Y yo a ti. Pero tenemos que hacer algo, Rule; tenemos que superar esto por Trevor, por el bebé que llevó en mi vientre y por nuestra propia familia. Sé que tenemos que seguir adelante. Pero cuando pienso en lo que hiciste...

–No sigas, cariño. Es culpa mía. Soy yo quien debo encontrar la forma de lograr que vuelvas a confiar en mí, a creer en mí.

–Yo creo en ti.

Rule le dio un beso en los labios.

–Todo se arreglará, Syd. Solo es cuestión de tiempo.

Sydney lo miró a los ojos, dio media vuelta y salió del despacho.

Aquella misma noche, mientras intentaba conciliar el sueño, Rule tomó una decisión. Solo había una forma de recuperar la confianza de Sydney.

A primera hora de la mañana, volvió al despacho, abrió un cajón y buscó entre sus contactos en la prensa. La elección no fue difícil. Se decidió por Andrea Waters, presentadora de un programa de televisión de Nueva York, porque era una profesional seria y muy respetada en su medio. Pero era demasiado tarde para llamar a los Estados Unidos, así que tuvo que esperar varias horas.

Ya se disponía a hablar con Sydney cuando alguien llamó a la puerta del despacho. Era ella.

–Quería hablar contigo. Te he estado esperando; pero como no aparecías, he preferido venir a buscarte.

–Qué casualidad. Yo estaba a punto de ir a buscarte a ti...

–Anoche no pegué ojo –le confesó.

Rule le dedicó una sonrisa.

–Ni yo.

–Pero me he dado cuenta de una cosa...

–¿De qué?

–Mientras daba vueltas en la cama, pensando en todo lo que había pasado, comprendí que no tenías más remedio que actuar de esa forma. Es cierto, Rule; si me lo hubieras dicho al principio, no te habría concedido una oportunidad. Mi orgullo se negaba a aceptarlo, pero esta noche he comprendido que lo hiciste por amor... Y quiero recuperarte. Quiero recuperar lo que teníamos.

Rule se acercó a ella y la abrazó con fuerza.

—Te amo, Rule.

—Y yo te amo a ti, Sydney, con toda mi alma. Por eso he tomado una decisión.

—¿Una decisión?

—Querías que diera una rueda de prensa, ¿verdad?

—Olvídalo. No fue una buena idea.

—A mí tampoco me lo parecía, pero cambié de idea esta noche. Voy a conceder una entrevista exclusiva a Andrea Waters.

—¿Cómo? ¿Estás hablando en serio? —preguntó, atónita.

—Completamente. Voy a decir toda la verdad sobre ti, sobre mí y sobre nuestro hijo.

—¿Toda?

—Bueno, hasta cierto punto...

Ella alzó un brazo y le acarició la cara.

—No es necesario, Rule. No tenía derecho a pedirte que confieses tus secretos en público...

—Descuida. Creo que puedo hacerlo con cierta dignidad.

—Cancela la entrevista, por favor.

Rule sacudió la cabeza y le besó la mano.

—No la voy a cancelar.

—Entonces, quiero estar contigo en el programa cuando Waters empiece a hacer preguntas.

Él sonrió y la abrazó.

–Esperaba que me lo pidieras...

–¿Tendremos que viajar a Nueva York? –le preguntó ella.

–No, vendrá a Montedoro. Sus compañeros prepararán el equipo en una sala, nos sentaremos y charlaremos un rato.

Sydney se estremeció.

–¿Tienes frío, cariño? –preguntó él.

–¿Con tus brazos a mi alrededor? Nunca. Pero estoy algo asustada.

–Pues no lo estés. Saldrá bien.

–Bésame, Rule.

Él la miró y le dio un largo y apasionado beso.

EPÍLOGO

Su Alteza real Liliana, princesa de Alagonia, duquesa de Laille y condesa de Salamondo, se encontraba en su dormitorio de palacio. Llevaba una camiseta verde, desgastada, y se había sentado en la cama con un plato lleno de dulces y un montón de pañuelos, de los que ya había usado unos cuantos.

Acababa de ver el programa de televisión de Andrea Waters, que aquella noche había entrevistado a Rule y a Sydney. Y la entrevista le había parecido maravillosa, enormemente romántica. Jamás habría imaginado que Rule pudiera ser donante de esperma, ni que el hijo de Sydney, Trevor, pudiera ser su hijo.

Mientras miraba a la pareja, se dio cuenta de que ella quería ser tan feliz como ellos. Pero no podía ser feliz sin el hombre adecuado. Y no podía encontrar al hombre adecuado después de lo que le había pasado con Alex.

Suspiró, se limpió la nariz y se llevó otro dulce a la boca. Después, alcanzó el teléfono e hizo la llamada que había estado retrasando durante días. Alex no estaba, pero le dejó un mensaje en el contestador.

–Alexander, eres un hombre de lo más exasperante –dijo–. Lee la carta que te he enviado llámame después. Tenemos que hablar.

Lili cortó la comunicación. Ya no tenía ganas de llorar ni de tomar más dulces, pero estaba desesperada.

Y se preguntó qué iba a pasar cuando su padre lo descubriera.

MATRIMONIO REAL

CHRISTINE RIMMER

1

Cuál de tus hijos ha manchado el honor de mi hija dejándola además embarazada? –preguntó el rey Leo con voz atronadora.

El sonido de sus palabras retumbó en las paredes cubiertas de telas adamascadas. El hombre recorrió la habitación con la mirada.

Liliana, princesa de Alagonia y la joven virgen de la que hablaba, agachó avergonzada la cabeza mientras contemplaba la escena sin moverse de la puerta.

Todos se quedaron en silencio.

Ningún miembro de la familia Bravo-Calabretti abrió la boca. Acababan de ser sorprendidos por la inesperada visita mientras desayunaban y todos los miraban inmóviles desde sus hermosas y antiguas sillas. Los hijos miraron al rey Leo y después a Lili.

Estaban todos allí, en el comedor de desayunos del Palacio del Príncipe de Montedoro.

Lili vio a la princesa Adrienne y a su príncipe consorte, Evan, con sus cuatro hijos y cinco hijas. También estaban presentes el príncipe heredero con sus dos hijos pequeños y Rule, el hijo que ocupaba el segundo lugar en la línea sucesoria, con su nueva esposa y el hijo de ambos.

El rey Leo parecía fuera de sí.

–¿Quién es el culpable? ¿Quién ha deshonrado a mi única hija?

Lili bajó la mirada y se fijó en el suelo de mármol y en la lujosa alfombra. Le habría encantado poder esconderse debajo de ella, poder desaparecer y que dejaran de mirarla. Nunca se había visto en una situación tan vergonzosa y temía que fuera a complicarse aún más.

Había intentado que su padre no se enterara de que estaba embarazada. Antes, quería tener la oportunidad de hablar con el príncipe con el que había cometido el terrible error de tener relaciones sexuales. Pero la carta que le había enviado no había recibido ninguna respuesta ni le había devuelto las dos llamadas que le había hecho de manera furtiva. Y, antes de que pudiera decidir qué hacer, su padre había descubierto la verdad.

Era hija única y su padre la adoraba. La conocía muy bien y siempre sabía que algo le preocupaba antes incluso de que ella se lo dijera. Había pasado varias semanas tratando de convencerla para que le contara qué le ocurría. Le había dicho continuamente que parecía algo pálida y que ya no sonreía. Ella le había dicho que estaba bien, que no tenía nada que decirle.

Pero todo había cambiado la noche anterior. La cena había sido un desastre. Y todo por culpa del cordero. No había podido soportar el olor de esa carne y había salido corriendo del comedor.

Su padre había ido tras ella hasta el baño, donde se arrodilló en el suelo y le sostuvo la cabeza mientras vomitaba. Aún le dolía recordar la preocupación con la que la había mirado, temiendo que estuviera muy enferma.

Había tratado de calmarlo en cuanto se sintió mejor. Le dijo que algo le había sentado mal, pero su padre no se tranquilizó. Le preguntó a los criados. Todos la querían y eran muy leales. Intentaron protegerla y le dijeron a su padre que no sabían nada, pero consiguió sacarle la verdad a una joven doncella.

–Señor, lo siento mucho, señor –confesó la joven llorando–. Su Alteza está embarazada.

Después de oírlo, se había pasado toda la noche tratando de sacarle la verdad, quería saber quién había sido el malnacido que se había aprovechado de ella. Lili se había negado a decírselo.

Pero él estaba convencido de que tenía que ser uno de los príncipes Bravo-Calabretti.

Desafortunadamente y aunque ella no llegó a admitirlo, su padre había acertado.

A las dos de la mañana, padre e hija habían subido a bordo del avión real, que les había llevado hasta el aeropuerto de Niza.

Alagonia era un estado independiente situado en una isla frente a la costa de España.

Montedoro, en cambio, estaba en el continente y muy cerca de Niza. Era otro pequeño y pintoresco país situado en la famosa Costa Azul.

El vuelo directo duraba unas cinco horas que Lili había pasado en su compartimento privado, tratando de dormir. Pero su padre se había pasado todo ese tiempo haciéndole preguntas desde el otro lado de la puerta, tratando de descubrir cuál de los príncipes había sido el que se había atrevido a abusar de ella.

Había intentado dormir, pero no lo había conseguido.

Levantó de nuevo la vista y miró a su alrededor. No podía dejar de temblar y sintió de nuevo unas fuertes náuseas. Lo último que necesitaba era atraer más la atención.

Su padre seguía mirando amenazadoramente a la familia Bravo-Calabretti.

Trató de calmarse para no vomitar. También intentó no mirar directamente a la persona a la que había entregado su virginidad, la que se había negado a contestar su carta y a devolver sus llamadas. Esperaba que esa visita lo hiciera cambiar de opinión y se pusiera por fin en contacto con ella.

No se atrevía a mirarlo a los ojos para no delatarlo. Esperaba además que él entendiera su silencio y no abriera la boca para confesar.

Pensaba esperar a que su padre se tranquilizara un poco para que el padre de su hijo y ella tuvieran la oportunidad de hablar en privado. Creía que era algo que ya deberían haber hecho.

–Exijo que el culpable se levante y dé la cara –bramó su padre–. ¡Inmediatamente!

Pero no se dejaron amedrentar. Siguieron mirándolo en silencio.

Después, poco a poco, todos los adultos de la familia Bravo-Calabretti miraron al príncipe Damien. A Lili no le sorprendió que lo hicieran. Damien era el más conocido de la familia y famoso por sus romances. Sabía que todos imaginaban que había sido él.

Creía que nadie pensaría que pudiera tratarse de Rule. Durante años, todos habían esperado que se acabara casando con ella, pero Rule siempre la había tratado como si fuera su hermana. Además, estaba felizmente casado con una americana encantadora, Sydney O'Shea.

No había sido Rule ni Damien, pero eso era algo que solo sabían dos personas en ese comedor.

Al rey Leo no se le pasó por alto que todos los ojos se habían fijado en Damien.

–¡Así que has sido tú, Damien! Ya lo imaginaba –le dijo su padre mientras lo fulminaba con la mirada–. Ponte de pie –le ordenó sacando el sable que llevaba colgado del cinturón.

Contuvo el aliento al ver que agitaba el sable en el aire y se colocaba en posición de combate.

–Ponte de pie y enfréntate a mí –lo retó su padre.

Nunca se había sentido tan humillada. Su padre era un hombre justo y un buen gobernante, excepto cuando se dejaba llevar por la furia.

–Papá –le suplicó en voz baja–. Esto no tiene nada que ver contigo, déjalo estar.

Pero su padre no le hizo caso.

Damien empezó a ponerse en pie. Leo se lanzó hacia él y ella abrió la boca para decirle que se equivocaba. Pero, antes de que pudiera decir nada, el hermano gemelo de Damien, Alexander, empujó hacia atrás su silla y se levantó.

–Alteza, se ha equivocado de hombre –reconoció–. Damien es inocente. Soy yo el culpable.

Lili se llevó la mano a la boca. Las náuseas iban de mal en peor. Sabía que a Alex no le había quedado más remedio que confesar la verdad. Aun así, se quedó sin aliento al verlo de pie. Todo el mundo estaba boquiabierto, totalmente conmocionado.

No podían creer que hubiera sido Alex y no le sorprendía. Casi le costaba a ella misma creerlo.

Todos sabían que siempre había despreciado a Alex y que él sentía lo mismo por ella. Además, Alex no estaba interesado en ninguna mujer. Todo había cambiado para él en ese sentido desde que volviera de Afganistán. Allí, al parecer, había visto cosas que no podía olvidar ni superar.

Pero se había acostado con él una mañana de abril. Solo una vez. No habían necesitado nada más para plantar una nueva vida dentro de ella y para cambiar totalmente su vida.

Había perdido su virginidad con Alex. Era algo que aún le costaba creer.

Su padre parecía tan sorprendido como el resto.

–¿Alexander? –preguntó en voz baja Leo mientras iba hacia él amenazadoramente.

La princesa Adrienne, gran amiga de Lili y madre de Alex, se puso en pie. Parecía tranquila.

–Leo –le dijo con suavidad y calidez–. Me alegra tanto que hayáis venido. Creo que sería el momento perfecto para hablar de la boda, ¿no crees?

2

Hubo reuniones secretas durante todo el día.

Alexander tenía mucho trabajo pendiente, pero se había dado cuenta desde el primer momento de que iba a tener que dejar su trabajo de lado y estar presente mientras se llevaban a cabo las negociaciones para su matrimonio con Lili.

Porque tenía muy claro que iba a haber una boda y que iba a ser pronto. Lili no estaba de acuerdo, pero nadie la escuchaba. Aunque hablaba sin parar del amor y de lo importante que eran las relaciones, nadie la atendía.

–Esto es entre Alexander y yo –insistía Lili–. Me niego a casarme con un hombre que no me quiere. Está mal. No me parece correcto que hagáis planes sin escucharme cuando he dicho una y otra vez que esta es mi decisión y la de Alex. Tenemos que estar solos para hablar de ello...

No dejaba de hablar. Parecía muy nerviosa. Nadie podía hacerla callar. Se encontró de repente con sus enormes ojos azules.

–Alex –le dijo Lili–. Por favor, sabes que tenemos que hablar.

Él le devolvió la mirada sin perturbarse y sin dejarle entrever lo que sentía.

De vez en cuando, su madre acariciaba cariñosamente la mano de Lili o le daba un abrazo. Después, seguían hablando de la boda y tomando todo tipo de decisiones.

Alex trató de mantener la calma durante las interminables reuniones, pero apenas habló.

Lo cierto era que seguía conmocionado por la noticia del embarazo. Le costaba creer que Lili, a la que había conocido de toda la vida, estuviera embarazada y fuera a tener un hijo con ella. Se dio cuenta entonces de que debería haber leído su carta y atendido sus llamadas.

Había creído que lo llamaba para hablar de lo que había pasado y él había preferido ignorarla para olvidarse de lo que había pasado ese día. Siempre le había parecido una joven muy melodramática, algo que había heredado del rey Leo.

Él tampoco conseguía entender cómo podía haber pasado. Se arrepentía de lo que había hecho. No era propio de él dejarse llevar hasta el extremo de hacer que una joven inocente perdiera su virginidad por su culpa.

Pero dos meses antes, oyó a alguien llorando cerca de su apartamento en el palacio. Salió a ver quién era y se encontró con Lili. Su cara la tapaba su larga y lisa melena rubia. Recordaba perfectamente cómo le temblaban los hombros cuando sollozaba.

Lo había mirado entonces con los ojos llenos de lágrimas y se puso deprisa en pie.

–¡Alex! Es terrible. Rule... Rule se casa con otra mujer y yo...

Sabía que debería haber vuelto a entrar en su habitación al verla así, pero le había hecho un gesto para que pasara a su apartamento. Se sentó con ella en el sofá de su salón y la escuchó pacientemente mientras ella seguía llorando sin consuelo. Le había dolido saber que Rule amaba a otra mujer y a ella la veía como a una hermana pequeña.

Cuando por fin dejó de llorar, él le dio un pañuelo de papel y le dijo lo que pensaba.

–Cálmate, Lili. Tus problemas son una tontería comparados con lo que ocurre en el mundo.

Lili lo había mirado indignada y había levantado la mano para darle una bofetada. Pero, instintivamente, él le agarró la muñeca antes de que pudiera hacerlo. Y fue entonces cuando sucedió. Lo recordaba perfectamente.

Seguía sin saber cómo había ocurrido ni por qué. Pero, de repente, Lili estaba entre sus brazos. Recordaba su aroma a flores dulces y exóticas. Había conseguido abrumarlo, no tenía una palabra mejor para describir lo que le había pasado.

Con ella entre sus brazos, había recobrado la esperanza, la luz y todas las cosas buenas que creía perdidas para siempre. Su piel era muy suave y sus ojos, de un color azul incomparable.

No tardó en sentir sus labios contra los de él y, cuando notó que los separaba con un suspiro, algo cedió dentro de él. Tenía que reconocer que fue una experiencia apasionada y perfecta.

Pero en cuanto desapareció la pasión, lamentó lo que había hecho. No pudo soportarlo. No necesitaba que Lili lo mirara con cariño, no podía consentirlo.

Por eso le había dicho sin pensárselo dos veces que se fuera. Y ella lo había hecho. Se puso su ropa rápidamente y en silencio. Salió de su apartamento sin decir una palabra.

Recordó cómo se había sentido en cuanto se quedó solo. No podía creer que se hubiera dejado llevar por la pasión sin pensar en las consecuencias.

Creía que lo mejor que podía hacer para arreglar ese error era tratar de ignorarla para que los dos pudieran olvidarlo. Pero acababa de descubrir la razón por la que Lili había tratado de hablar con él.

Iban a tener un hijo y tenía que asumir su responsabilidad y hacer lo correcto.

Las dos familias ansiaban poder arreglar las cosas rápidamente para que no hubiera ningún escándalo.

Además, su matrimonio contribuiría a reforzar las relaciones entre Alagonia y Montedoro, que a veces eran algo tensas.

Durante años, todo el mundo había asumido que Lili terminaría casada con Rule. Pero el corazón de su hermano lo había llevado por otro camino y ese bebé lo cambiaba todo.

Alex creía que, desde el punto de vista diplomático, lo podía hacer tan bien como lo habría hecho su hermano mayor si se hubiera casado con Lili.

El matrimonio que estaban preparando tan deprisa iba a proporcionar un apellido al bebé que aún no había nacido y conseguiría establecer un importante vínculo entre su país y el de Lili.

Entre ellos no había nada, pero sabía que al menos su unión sería útil en más de un sentido.

A las cuatro de la tarde, en el salón de los reyes, con todas las puertas cerradas firmemente para evitar que alguien pudiera estar espiándolos, Lili seguía tratando de detener la boda.

–¿Por qué tengo que casarme? ¿Cuántas veces tengo que repetirlo? Él no me quiere ni yo a él. Ni siquiera nos llevamos bien. Esta boda será un desastre.

–Es el padre de tu hijo, Liliana –le recordó enfadado su padre–. Supongo que estás de unos dos meses. No hay tiempo que perder y me temo que no tienes otra opción.

–¿Como que no tengo elección? Por supuesto que la tengo. Ya no estamos en la Edad Media...

–Calla, Lili –la interrumpió la madre de Alex tomando su mano–. Todo saldrá bien, querida.

–Pero Adrienne... –comenzó Lili.

–Piensa un poco, Lili. Esto podría convertirse en un escándalo internacional y nadie quiere algo así. Sé que es demasiado rápido y que no es una solución ideal para nadie, pero las normas para nosotros son diferentes. Estamos sujetos a un estándar más alto. Ni tu padre, ni el padre de Alex ni yo podemos permitir que menosprecien nuestros nombres o nuestras reputaciones familiares. A nadie le conviene que el hijo que vais a tener nazca como un hijo bastardo. ¿Lo entiendes, Lili? No quieres tener un hijo ilegítimo, ¿verdad? Por derecho, gobernará Alagonia algún día. Queremos evitar que alguien ponga en cuestión entonces sus derechos de sucesión.

–Sí, yo también, pero... –comenzó Lili.

Vio que su labio inferior comenzaba a temblar y Adrienne le acarició la espalda con ternura.

–Muy bien. Entonces, diremos que están enamorados y han estado viéndose en secreto. Para que nadie especule sobre la legitimidad del hijo, diremos que se han casado.

Todos asintieron con la cabeza. Lili se echó a llorar, pero no dijo nada.

Iban a informar a la prensa y a sus respectivos gobiernos de que Lili y él les habían contado ese mismo día a sus familias que estaban juntos y que se habían casado en secreto.

Alex iba a cargar con la culpa de haber sido el que no quería una gran ceremonia pública. Iban a decirle a la prensa que, después de la terrible experiencia que había vivido en Afganistán, no podía soportar toda la pompa y circunstancia de una boda real. Así que los jóvenes enamorados habían decidido casarse en privado ante un sacerdote compasivo y discreto.

Como no podía ser de otro modo, reconocerían públicamente que las dos familias se habían quedado atónitas ante tal noticia, pero que estaban muy felices con los recién casados.

Iban a declarar que todos estaban llenos de alegría al saber que Liliana de Alagonia y Alexander de Montedoro habían unido sus destinos para siempre.

El verdadero matrimonio se iba a llevar a cabo en secreto al día siguiente. El resto del mundo leería en los periódicos que llevaban ya más de dos meses casados.

Alex no terminaba de hacerse a la idea. Iba a estar casado con Lili. Creía que esa mujer sería capaz de ahogarlo en un mar de lágrimas. Y, si por suerte o por desgracia se las arreglaba para sobrevivir a la inundación, tendría que soportarla y oír sus parloteos hasta el día de su muerte.

Pero sabía que no había otra opción. Para ellos, el matrimonio era la única solución. Creía además que, cuando ella se rindiera al ver que no iba a poder cambiarlo, lo dejaría en paz y él podría seguir con su vida. Creía que Lili se haría cargo del niño y de su propia preparación para llegar a ser algún día reina de Alagonia.

En cuanto terminaron de urdir el plan, pidieron que se les sirviera una comida ligera.

Tuvieron que esperar unas horas hasta que los abogados terminaron de preparar y redactar la infinidad de documentos que necesitaban. Cuando estuvieron listos, los firmaron las dos partes.

Alex miró el reloj y vio que ya eran las nueve de la noche. Había sido un día muy largo.

Se retiró a su apartamento en cuanto pudo. Se duchó y se metió en la cama. Para tratar de relajarse un poco, leyó unos cuantos capítulos de un libro del que estaba disfrutando mucho; describía operaciones encubiertas que habían realizado las unidades tácticas especiales de los Estados Unidos en Afganistán.

A la una de la madrugada, había terminado el libro y no había conseguido adormecerse en absoluto.

Se puso la ropa de entrenamiento y fue a reunirse con los hombres de las nuevas fuerzas especiales de Montedoro. Él había sido esencial a la hora de crear ese grupo dentro del ejército.

Podía acceder de forma discreta al cuartel general de la Unidad de Comandos Encubiertos gracias a una serie de túneles que había bajo el palacio.

Era muy tarde, pero Lili no dejaba de dar vueltas y más vueltas en la cama, no conseguía dormirse.

Sentía que la habían coaccionado y que nadie la había escuchado, ni siquiera Adrienne, para que se casara con un hombre que no le gustaba y que tampoco estaba interesado en ella. Sabía lo que Alex pensaba de ella, que era una joven inútil, tonta y que hablaba demasiado. Anhelaba encontrar la manera escapar de esa situación y no tener que casarse con él al día siguiente.

Pero sabía que no podía hacer nada. Era una princesa heredera y, tal y como Adrienne le había recordado, sus vidas se regían por normas diferentes a las del resto de la gente. Su deber le exigía dejar de lado sus propios sentimientos y deseos y casarse con el que era el padre de su hijo. Tenía que hacerlo por el bien de su bebé y por su país.

Siempre había soñado con el amor verdadero y con encontrar a la persona que la completara en todos los sentidos, pero sabía que su sueño acababa de romperse. Era algo que nunca iba a poder tener con Alex. Él no la amaba. De hecho, estaba segura de que no amaba a nadie. Quizás ni siquiera fuera capaz de amar, sobre todo después de su traumática experiencia en Afganistán.

Siempre había sido una persona fría y distante. Pero, después de que lo capturaran e hicieran prisionero en ese país, su naturaleza fría se había tornado en gélido hielo. Y la distancia que siempre había mantenido entre él y los demás se había acrecentado.

Se estremeció al darse cuenta de que iba a pasar toda su vida con él. Creía que lo único que iba a conseguir de Alex era la posibilidad de volver a hacer el amor con él. Tenía que reconocer que esa parte había sido realmente espléndida, gloriosa.

A pesar de que carecía de experiencia en ese terreno, el encuentro había sido apasionado y la había dejado muy satisfecha. No pudo evitar suspirar al recordarlo. Alex le había mostrado el cielo ese día de abril, pero después la había echado fríamente de su lado.

Le preocupaba el bebé y que tuviera que

crecer con un padre distante e insensible. Su propio padre tenía muchos defectos, pero siempre había podido contar con su amor incondicional, sobre todo tras la pérdida de su querida madre cinco años antes.

Se dio cuenta de que no podía seguir adelante con ese absurdo plan, no podía hacerlo.

Miró el reloj de la mesita. Eran más de las tres, pero necesitaba hablar con Alex y llegar a algún tipo de acuerdo con él sobre el matrimonio y el tipo de vida que iban a compartir.

Se levantó y se puso la fina bata de seda. Sin pensárselo dos veces, salió del dormitorio y atravesó el salón. Ese apartamento de invitados era donde siempre se alojaba cuando visitaba el Palacio del Príncipe de Montedoro.

En silencio, salió al pasillo y cerró la puerta con mucho cuidado. Luego echó a correr. Las zapatillas eran muy suaves y no hacían ruido sobre el suelo de mármol. Afortunadamente, no se cruzó con nadie por el pasillo. No quería tener que dar explicaciones sobre lo que estaba haciendo, deambulando sola por los pasillos del palacio y a esas horas de la noche.

Cuando llegó a la puerta de las habitaciones de Alex, sintió que le fallaba el valor. Levantó los hombros y la cabeza y dio tres golpes secos en la puerta con los nudillos.

Nada. No obtuvo respuesta.

Llamó de nuevo. Después, miró a ambos lados para asegurarse de que seguía sola, y llamó por tercera vez. Pensó que quizás la estuviera ignorando porque sabía que era ella.

Pero no iba a librarse de ella tan fácilmente. Se quitó una horquilla del pelo, la abrió un poco y la usó con cuidado para abrir el cerrojo. La puerta se abrió silenciosamente.

El salón estaba desierto. Entró de puntillas y cerró tras ella la puerta.

–¿Alex? –preguntó susurrando–. ¿Estás aquí?

Como nadie contestaba, lo intentó en un tono más alto.

–Alex, tenemos que hablar –dijo con impaciencia–. ¿Alex? ¡Alex!

No obtuvo ninguna respuesta. Respiró hondo y se acercó a su dormitorio. La puerta estaba cerrada, pero ya no iba a dejar que ese detalle la detuviera. Agarró el picaporte y la abrió.

Era la habitación donde habían... Pero no quería pensar en eso, sabía que era mejor no recordarlo. En ese momento, tenía cosas más importantes en su mente.

La cama estaba vacía y deshecha. Supuso que él tampoco había sido capaz de dormir, pero no sabía dónde podía estar. Tampoco lo encontró en el cuarto de baño.

Le había costado mucho tomar la decisión de ir a hablar con él y le daba rabia comprobar que de nada iba a servirle haber sido tan valiente. No iba a poder decirle lo que pensaba de él. Desinflada y cansada, se sentó en la enorme cama de madera tallada.

–¡Alex! –suspiró desanimada–. ¿Qué voy a hacer contigo?

No sabía si sería buena idea esperarlo. Miró a su alrededor y se fijó en la foto que tenía en la mesilla de noche.

Alex estaba en ella con su amigo americano, con el que había estado en Afganistán cuando los secuestraron. Sabía que el otro hombre había muerto allí.

En la foto, Alex y su amigo sonreían a la cámara.

Nunca había visto a Alex así. A juzgar por las casas y el paisaje desértico, supuso que les habían hecho esa fotografía en Afganistán, cuando ninguno de los dos sabía que iban a ser secuestrados y mantenidos en cautividad durado cuatro largos años.

Para Alex todo había terminado seis meses antes, cuando por fin logró escapar.

Esa imagen le recordó que Alex tenía razones suficientes para ser frío y distante. No podía siquiera imaginarse cuánto debería haber sufrido durante esos años y se dio cuenta de que debía ser más comprensiva con él.

Estaba tan distraída que no oyó la puerta exterior ni vio que alguien encendía de repente la luz en la sala de estar.

Se quedó tendida en la cama con los brazos extendidos.

–Lili, son casi las cuatro de la mañana. ¿Qué demonios estás haciendo aquí?

Su voz la devolvió a la realidad y se sentó rápidamente en la cama.

–¡Alex, me has asustado!

Llevaba puesta una camiseta empapada en sudor y unos pantalones grises. Vio entonces que estaba cansado y sudoroso, como si hubiera estado haciendo deporte. La fulminaba con la mirada, pero ella no podía dejar de mirar sus musculosos brazos y su torso fuerte y ancho. Llevaba su espeso cabello castaño muy corto. Vio también que tenía cicatrices en los brazos y en el cuello. Eran de color blanco rosáceo y contrastaban con su piel bronceada.

–Voy a hacer mucho más que asustarte si no me dices por qué estás en mi habitación.

–Ayer no quisiste hablar conmigo –le recordó ella.

–Es que no había nada de lo que hablar.

Se recordó que acababa de decidir que iba a ser más comprensiva. No quería discutir con él.

Lili se cerró mejor la bata. Se había abierto ligeramente y estaba mostrando más muslo de lo que creía apropiado. Intentó mantener cierta dignidad a pesar de las circunstancias.

–He venido a estas horas porque no me ha quedado otra opción. Alex, tenemos que hablar.

***

Alex estaba seguro de que había cerrado la puerta de sus dependencias con llave, no entendía cómo Lili había logrado abrirla y se lo preguntó por curiosidad.

–Soy una mujer con recursos.

No era una respuesta, pero que se dio cuenta de que no iba a conseguir nada más de ella.

–Vuelve a tu habitación, Lili.

–No hasta que hablemos –insistió ella enderezándose aún un poco más.

No sabía cuántas veces iba a tener que recordarle que no tenían nada de lo que hablar. Fue hacia ella, decidido a sacarla de allí, pero Lili levantó una mano.

–Si me tocas, me pondré a gritar. Saldré gritando y despertaré a toda tu familia, al servicio y a mi padre. Creo que no te conviene. Pensarían que has abusado de mí y algún criado se lo contaría a las revistas. ¡Imagínate el escándalo tan grande que podría provocar! Tus planes se irían al traste.

–No son mis planes –le recordó él.

–A lo mejor no, pero me pareció que estabas totalmente de acuerdo con ellos.

Se cruzó de brazos y no pudo evitar fijarse en sus hermosos y perfectos pechos. El gesto había hecho que la tela del camisón se tensara sobre esas deliciosas curvas y podía vislumbrar la silueta de sus pezones.

Aunque prefería no pensar en ello, recordaba demasiado bien lo que había bajo ese camisón. Cada vez le parecía más importante sacarla de allí.

—No me quedaba más remedio que estar de acuerdo con esos planes —le dijo irritado.

—Pero tenemos otras opciones —repuso ella—. Siempre las hay.

—Eres una joven muy ingenua, Lili. Y, desgraciadamente, veo que también eres desconsiderada y egocéntrica. Además, te equivocas.

Sus enormes ojos azules brillaban con decisión, nunca la había visto así.

—Puedes insultarme todo lo que quieras, pero no me iré hasta que no hables conmigo.

—Lili —susurró perdiendo la paciencia y dando un paso más hacia ella.

Ella levantó una mano para detenerlo.

—Lo decía en serio. Me pondré a gritar...

Él le sostuvo la mirada.

—No te atreverías.

—Ponme a prueba —repuso Lili con una dulce sonrisa y sin dar su brazo a torcer.

Se dio cuenta de que temía que ella hiciera lo que le había dicho. Por desgracia, no podía hacer nada para librarse de ella, así que decidió ignorarla.

Sin decir ni una palabra, se dio la vuelta y fue al baño. Se desnudó y se dio una larga ducha.

Cuando terminó, se puso el albornoz y regresó a la habitación. Lili seguía allí, sentada aún en la cama y con las manos cruzadas en su regazo.

–Espero que la ducha te haya refrescado y estés de mejor humor –le dijo ella.

–Espera sentada –repuso él.

Fue al salón y se sirvió un whisky escocés. Estaba saboreando el primer trago cuando la oyó tras él.

–No solo tenemos que pensar en mi país y en el tuyo, Alex.

Se volvió y la miró. Parecía demasiado decidida, no le gustaba verla así. También estaba muy guapa. Tenía unos ojos increíbles, labios rosados y gruesos y pelo largo y sedoso.

–Tenemos que pensar en el bebé. Es lo más importante –le dijo ella con la mano en el vientre.

–Si tanto te importa, no querrás que sea un hijo bastardo.

–Ser hijo ilegítimo no es lo peor que le puede pasar a un niño.

–Por supuesto que no, pero no es una ventaja.

–Yo no he dicho que sea una ventaja para el bebé –murmuró Lili–. Pero quiero que tenga un padre que lo ame. Si no te ves capaz de quererlo, el bebé estará mejor sin ti.

–Está bien, de acuerdo. Querré al bebé –repuso él–. ¿Ya estás contenta?

–No. Si no estás dispuesto a tratar al menos de que este matrimonio sea real, no pienso casarme contigo –le dijo Lili–. Siempre he soñado con poder casarme por amor y llegar a tener lo que mis padres compartieron. Lo mismo que tienen tus padres.

Se quedó mirándola atentamente y reflexionó sobre lo que le estaba pidiendo. Se dio cuenta de que iba a tener que decirle lo que necesitaba oír, pero le costaba muchos mentir.

–No puedo darte lo que quieres, Lili. No se trata simplemente de mí.

Supuso que Lili se echaría a llorar, siempre lo hacía, pero los ojos de Lili seguían secos.

–Lo entiendo y puedo aceptarlo –le dijo ella con calma.

Le costaba creer sus palabras. Sabía que era nerviosa, emocional y algo melodramática. Pero también tenía mucha fuerza y creía que, si deseaba algo, no descansaría hasta lograrlo.

Sabía que tramaba algo, casi podía ver cómo giraban los engranajes de su cabeza.

Estaba seguro de que no iba a tardar en exponerle sus condiciones. Pero creía que nunca podría llegar a darle lo que Lili quería. Después de Afganistán, algo había muerto en su interior.

–Lo que quiero de ti es que al menos lo intentes –le pidió Lili entonces.

–¿Que lo intente? –repitió tratando de no reírse en su cara.

–Sí. Quiero que hagas el esfuerzo de intentar ser un marido de verdad. Quiero que pases tiempo conmigo, que desayunemos juntos todos los días y que también nos veamos a la hora de la cena. Me gustaría poder pasar las veladas contigo para que me cuentes cómo ha sido tu día y yo pueda decirte qué he hecho yo. Quiero que lo compartamos todo, Alex.

No podía creerlo, no se veía capaz de compartir nada con nadie.

–Quiero que leas los libros que elija para ti...

–¿Libros? ¿Cómo? ¿Vas a decirme qué libros debo leer?

–No todos, puedes leer lo que quieras, pero me gustaría que leyeras algunos que...

–Supongo que querrás que lea esas novelas románticas con las que tanto disfrutas, ¿no?

–Bueno, con ellas se puede aprender mucho sobre el amor, la vida y las relaciones.

No sabía cómo responderle, así que no dijo nada.

–Además, yo me refería a libros para aprender a desarrollar una buena relación en el matrimonio. Creo que eso te ayudaría. Bueno, nos ayudaría a los dos. Después de leerlos, podemos hablar de ellos. Por cierto, ¿tienes algún terapeuta o un sacerdote con el que hayas estado hablando? Creo que eso te ayudaría a superar todo por lo que has pasado. Porque has cambiado mucho, Alex.

–Lo sé, Lili, pero no hablo con ningún terapeuta ni pienso empezar a hacerlo.

–Pero Alex...

–Y en cuanto a esos libros sobre el amor y el matrimonio que has mencionado...

–¿Sí?

Alex se sirvió otra copa de whisky escocés.

–No.

–¿No? –preguntó ella con cierta cautela.

–No voy a leer esos libros, ni hablar con nadie, Lili.

–¿Y qué pasa con el resto?

Sabía que no le iba a quedar más remedio que acceder a ciertas cosas y hacerle creer que estaba de acuerdo con sus condiciones. Decidió negociar de mala gana con ella y después llegar a un acuerdo. Tenía que convencerla de que iba a hacer lo que quería o que al menos iba a intentarlo.

–Puedo acceder a lo de los desayunos y las cenas –le dijo él.

–¿Y a las veladas juntos?

Se quedó unos minutos en silencio. Después, gruñó de mala gana.

–Está bien.

Lili aplaudió y una radiante sonrisa apareció en sus bellos labios.

–¡Estupendo! ¡Estoy tan contenta!

–Pero no todas las noches –repuso él–. Solo dos noches a la semana.

–Seis –contratacó Lili.

–Tres –cedió él.

–Cuatro.

–Tres –insistió él de nuevo.

Lili se quedó pensativa un momento.

–De acuerdo. Viernes, sábado y domingo.

–Cuando sea posible –le recordó él.

–Pero tres a la semana. Y tienes que intentar cumplir con las noches que te he pedido.

No dejaba de pedirle que lo intentara. Le parecía un término muy subjetivo y creía que más adelante le resultaría fácil decirle que lo estaba intentando aunque no fuera así.

–Está bien –aceptó de mala gana.

–¡Maravilloso! Y tendremos que compartir un apartamento. Este estará bien.

Había imaginado que podría convencerla para que vivieran en habitaciones distintas, pero Lili era demasiado rápida.

–Me parece bien –murmuró a regañadientes.

–Quiero que me ayudes cuando dé a luz, así que tendremos que ir a clases de preparación al parto. Y no me mires así –le dijo al ver que él fruncía el ceño–. Además, tienes tiempo de hacerte a la idea. Las clases de parto no empiezan hasta dentro de cuatro o cinco meses.

Suspiró aliviado, creía que durante esos cuatro meses podía pasar de todo. Su único objetivo en ese momento era conseguir que Lili accediera a casarse con él.

–Está bien.

–Estupendo. Durante el primer año, estoy dispuesta a vivir en Montedoro contigo.

–¡Un gesto muy generoso por tu parte! –repuso él algo contrariado.

No podía creer que estuviera haciendo planes a tan largo plazo. Lili asintió con la cabeza.

–Sé que ahora estás ocupado con tu fuerza de combate secreta... –le dijo ella en voz baja.

–La Unidad de Comandos Encubiertos no es un secreto, Lili –repuso él–. Montedoro no tiene un ejército permanente y hemos creído que era necesario tener al menos un pequeño cuerpo militar. Lo componen hombres especialmente entrenados para actuar en situaciones críticas.

–Sí, lo entiendo y sé que quieres estar aquí para terminar de ponerla en funcionamiento. Como ya te he dicho antes, sé que has sufrido mucho.

–¿Y qué tiene eso que ver con lo que estamos hablando? –le preguntó algo irritado.

Lili respiró profundamente y le habló midiendo mucho su palabras.

–Lo que quería decir es que solo llevas seis meses aquí y supongo que te gustará pasar más tiempo en Montedoro, que es tu verdadero hogar. Así podrás empezar a superarlo y curar...

No sabía de qué le hablaba. Ya estaba mejor, sus heridas habían cicatrizado por completo y había recuperado los treinta kilos que había perdido durante su cautiverio.

Creía que ya estaba curado, pero decidió no decirle nada y acabar con esa conversación cuanto antes.

–Además, siempre me ha gustado Montedoro –continuó Lili–. Pasaremos el primer año aquí. En cuanto pueda, me encargaré de liberar por completo mi agenda.

–¿Todo un año?

Sabía que Lili dedicaba mucho tiempo a participar en eventos de caridad y que trabajaba diligentemente en varias fundaciones para los más necesitados.

–¿No es demasiado tiempo?

–Puede ser, pero creo que será necesario. Quiero que nuestro matrimonio funcione. Y también tengo que pensar en el bebé. Cuando nazca, tendremos que estar completamente concentrarnos en él. Después podremos hablar de mudarnos a Alagonia.

Tenía que reconocer que estaba siendo una negociadora excelente. Pero no le preocupaba, sabía que acabaría cansándose pronto de él.

–Quiero que seamos felices, Alex.

Él sabía que eso nunca iba a suceder.

–Haré todo lo que pueda para conseguirlo –repuso Alex.

–Es todo lo que puedo pedirte.

Se fijó en sus ojos. En ese momento, le parecieron de un azul más profundo que nunca, una mezcla de violeta y azul. Y sus labios...

–Bueno, ya está todo decidido, ¿no? –comentó él para no pensar más en su boca.

–Sí –respondió ella en voz baja–. Vamos a casarnos dentro de unas horas, Alex.

Él le tendió la mano para sellar formalmente el acuerdo al que acababan de llegar, pero

Lili lo ignoró. Se acercó a él, se puso de puntillas, agarró sus hombros y le dio un dulce y breve beso en la boca. Sintió que su aroma inundaba por completo sus sentidos. Y sus labios eran más suaves y cálidos de lo que recordaba.

No le habría costado mucho apartarse de ella, podría haber dado un paso atrás, pero no lo hizo.

Se sentía capturado y desarmado. Era un prisionero demasiado dispuesto.

No pudo evitar que su cabeza se llenara de ciertas imágenes. Recordaba perfectamente a Lili de pequeña, jugando con las hermanas de Alex y corriendo entre las fuentes de los jardines. Pero esa imagen de la niña que había sido Lili se desvaneció de repente y la recordó como la había visto esa fatídica mañana de abril, con sus manos enredadas en su suave melena y mirándolo con sus ojos soñadores cargados de deseo. Recordaba la curva perfecta de su cadera, su tentador vientre, los suaves rizos dorados entre sus muslos largos y delgados y su blanca piel.

Miró entonces hacia la ventana, no tardaría en amanecer e iban a casarse ese mismo día.

Tuvo que contenerse para no agarrarla con fuerza contra su torso y darle un profundo y apasionado beso.

Afortunadamente, Lili no tardó en apartarse de él.

–Buenas noches, Alex –le dijo ella en voz baja.

Lili se dio la vuelta y salió de allí. Lo había dejado sintiéndose solo y más perdido que nunca. No entendía por qué se sentía así en vez de agradecer que por fin lo hubiera dejado solo.

3

El vestido de novia que llevaba Lili no era blanco. En realidad, ni siquiera era un traje de novia. Era un vestido muy elegante de Valentino que le llegaba por debajo de la rodilla. Era de seda azul oscura y llevaba pintadas multitud de minúsculas flores de color claro. Sus zapatos eran de ante color violeta. Se había hecho un sencillo moño y llevaba unos pendientes de brillantes.

A las nueve menos cuarto, ya estaba completamente arreglada. Se miró en el espejo de cuerpo entero de su dormitorio. Estaba lista para casarse.

Alguien llamó a la puerta. Era uno de sus asistentes.

–Su Majestad está aquí –le dijo.

–Hola, papá –lo saludó saliendo al salón.

Vio que su padre vacilaba un segundo, parecía algo avergonzado.

–¿Me perdonas? –le preguntó el rey Leo–. Sé que perdí los estribos ayer.

–Claro que te perdono.

Se acercó a ella y la abrazó con fuerza. Después, la tomó por los hombros y se alejó un poco, mirándola con admiración.

–Eres una belleza, igual que tu madre –le dijo con algo de tristeza en sus ojos–. No sabes con cuánta ilusión esperaba que llegara el día de tu boda.

Lili continuó sonriendo, pero tenía los ojos llenos de lágrimas.

–Siento que vela por nosotros y que bendice esta unión. De verdad, papá.

Su padre le acarició la mejilla.

–Quería que tuvieras una gran boda con cientos de invitados y toda la pompa y ceremonia propias de una boda de Estado. Le habría gustado que te casaras en el D'Alagón.

El D'Alagón era el palacio real de Alagonia. Se erguía orgullosamente sobre una colina desde la que se divisaba la capital y el puerto de Salvia.

–Espero que no te decepcione demasiado celebrarla en secreto y con un vestido de día.

–Lo de menos es la boda, papá, y lo sabes muy bien. Es el matrimonio lo que importa.

Leo la miró con los ojos entrecerrados y el ceño fruncido.

–Será mejor que te trate bien o tendrá que vérselas conmigo –le dijo su padre.

–Papá, no hables así. Alex ha sufrido mucho y es algo arisco, pero tiene buen corazón.

Se dio cuenta al decírselo a su padre que lo creía de verdad.

–Espero que seas muy feliz, amor mío.

Pensó de nuevo en su prometido, en sus ojos sombríos y su brusquedad cuando le hablaba. Sabía que no le iba a resultar fácil llegar a ser feliz con Alex, pero estaba decidida a intentarlo.

–Seré feliz, papá. La felicidad es algo que uno elige. Y yo lo he elegido.

Lili se casó con Alex a las diez de la mañana en la capilla de Santa Catalina de Siena, ubicada en el propio palacio. El sacerdote de confianza de la familia Bravo-Calabretti llevó a cabo la ceremonia. Asistieron solo los familiares directos y varios miembros muy serios y silenciosos de la Unidad de Comandos Encubiertos. Otros miembros de la unidad se encargaban de vigilar las puertas y asegurarse de que nadie viera lo que estaba ocurriendo dentro de la capilla.

Más tarde, tuvieron un almuerzo familiar bastante sencillo en la residencia privada de los reyes. Lili se dio cuenta de que todo el mundo parecía triste y pensativo.

Ella estaba tranquila, sabía que la boda no era lo más importante. Estaba satisfecha con el acuerdo al que habían llegado Alex y ella la noche anterior. Creía que cabía la posibilidad de que llegaran a forjar con el tiempo una unión verdadera entre los dos. Tenía bastantes esperanzas en que así fuera. Se sentó a su lado durante la comida. Alex mantuvo todo el tiempo la mirada baja y apenas habló.

Alex siempre había sido el más silencioso y estudioso de la familia. Damien y él eran dos polos opuestos. Recordaba que siempre había querido ser escritor o periodista. Sabía que Damien y Alex habían estudiado en Estados Unidos, en la Universidad de Princeton. Damien consiguió la licenciatura a duras penas. Alex, en cambio, fue el mejor de su clase. Había publicado incluso una serie de artículos académicos sobre la historia de Montedoro y sobre el futuro de su pueblo en el mundo moderno.

Tenía entendido que había sido entonces cuando decidió que quería escribir sobre Afganistán. Creía que su amigo americano, Devon Lucas, el que había muerto durante su cautiverio, había tenido bastante que ver con esa decisión.

Había oído que llevaban tres semanas en Afganistán cuando desaparecieron los dos sin dejar rastro. Pasaron tanto tiempo sin saber de ellos que los dieron por muertos, pero Alex consiguió sobrevivir y volver a casa. Fue entonces cuando vieron cuánto había cambiado. Ya no era un joven erudito y melancólico, sino todo un guerrero endurecido por la experiencia sufrida.

Después del almuerzo, Alex se fue a trabajar. No sabía muy bien en qué consistía su trabajo, pero sabía que estaban en el patio de entrenamiento cercano al palacio. Lili pasó un par de horas con sus nuevas cuñadas en el apartamento privado que Rule y Sydney tenían dentro del palacio.

Fue entonces cuando se enteró de que Sydney también estaba embarazada y que las dos iban a dar a luz en enero.

Cuando se despidió de las otras mujeres, volvió a su habitación y se cambió de ropa. Se puso una falda de seda azul claro y una chaqueta a juego. Fue al encuentro de Alex, que ya la esperaba en el despacho de la reina. Durante una hora, estuvieron recibiendo instrucciones y entrenamiento por parte de la secretaria de prensa de palacio.

Y luego, a las cinco de la tarde, fueron la atracción principal durante la rueda de prensa en el Salón Azul. Esa sala estaba en la parte del palacio donde se recibían a las visitas oficiales y donde tenían lugar todas las actividades públicas de los reyes. Los recién casados se sentaron a la mesa principal con su padre a un lado y los reyes Adrienne y Evan al otro. Frente

a ellos había decenas de periodistas, fotógrafos y cámaras.

Se enfrentaron a los micrófonos y a un montón de preguntas diciendo lo que les habían
indicado. Alex y ella siguieron las instrucciones que les habían dado un par de horas antes.

Estaban juntos en la mesa y con sus manos
entrelazadas. Era un detalle en el que había
insistido mucho la secretaria de prensa de palacio.

Le dio la impresión de que había ido tan
bien como cabía esperar. Los periodistas les
lanzaban infinidad de preguntas, a veces in-
terrumpiéndose unos a otros. Parecían impacientes, como si sospecharan que no les
estaban contando toda la verdad.

Ella trató de concentrarse en permanecer tranquila y serena en todo momento. Se
mostraba educada sin decir demasiado. Les
contó que le hacía muy feliz ser la esposa de
Alex y que le emocionaba poder hacerlo por
fin público. Añadió que le ilusionaba especialmente la cena de gala de esa noche para poder
celebrar su unión con la gente que más amaba.

La cena fue un evento muy formal para el
que se puso sus mejores joyas y un traje de
noche dorado con escote palabra de honor.
Estaban allí su padre, la familia de Alex, algunos invitados que habían llegado desde Alagonia para la ocasión, miembros del gobierno de
Montedoro y otras personalidades europeas.

La cena se le hizo interminable y los discursos y los brindis aún más. Sonreía, charlaba con todo el mundo e intentaba parecer una mujer feliz y enamorada. Pero Alex no le estaba ayudando en absoluto. Estaba muy guapo esa noche con el chaqué de gala, se sentó a su lado durante la cena, pero apenas le habló y tenía siempre un gesto serio y distante.

Después de una hora y media soportando su actitud, decidió hablar con él.

–Esto no es justo –le susurró al oído–. ¿Es que tengo que hacer yo todo el trabajo?

Alex le pasó un brazo por los hombros y no pudo evitar estremecerse.

–¡Pero es que a ti se te da tan bien, Lili! –repuso él–. Además, todo el mundo sabe que detesto las ceremonias y estos eventos de Estado. No te preocupes. Seguro que piensan que estoy así porque estoy deseando estar a solas contigo y quitarte ese vestido dorado.

Sonrió y lo miró como si de verdad estuviera enamorada, pero le costaba esconder su enfado.

–Me prometiste que ibas a intentarlo –le recordó ella.

–Y lo estoy haciendo. De verdad...

Sabía que de nada iba a servirle tratar de conseguir algo de él en esos momentos. Pero iba a intentarlo de nuevo más tarde, cuando estuvieran a solas.

La cena se prolongó hasta después de las

once. Después, hubo baile y copas en el gran salón.

Pasaban ya de las dos de la mañana cuando sus nuevas cuñadas la llevaron hasta su dormitorio. Se trataba de una tradición en Montedoro. Le ayudaron a ponerse su largo camisón blanco. Riendo y bromeando, la metieron en la cama y la taparon con las sábanas. Una a una, fueron dándole un beso y deseándole felicidad y amor eterno. Cuando terminaron, la dejaron sola.

Poco después oyó a los hermanos de Alex y a otros jóvenes. Entraron riendo y cantando con su flamante marido. Le pareció que la canción era bastante subida de tono.

Los escuchó forcejeando en la sala de estar, eso también formaba parte de la tradición. El novio tenía que defenderse mientras los hombres trataban de quitarle la ropa. Todo aquello le parecía innecesario. Para el resto del mundo, ya llevaban dos meses casados, pero todos parecían haber bebido demasiado y se habían dejado llevar por el espíritu de la noche.

Se abrió de golpe la puerta y Alex entró rodando. Estaba tan desnudo como el día en que nació. Apenas le dio tiempo a taparse bien con las mantas hasta la barbilla y a dar un grito de sorpresa.

Los otros hombres la miraron desde la puerta. Vio que algunos estaban muy borrachos.

Alex se levantó de un salto. Era un hombre

espectacular. Tenía cicatrices en la espalda, en las nalgas y en los brazos, pero no conseguían afear su musculoso cuerpo.

–Buenas noches, señores –les dijo mientras cerraba la puerta.

–¡Buenas noches! –gritaron los hombres más o menos al unísono.

Cuando cerró la puerta, se dio la vuelta y caminó despacio hacia la cama. Ella lo miraba con los ojos muy abiertos y tapándose con la manta hasta la nariz. Pero Alex pasó de largo y fue al cuarto de baño cerrando tras él la puerta.

Lili se quedó inmóvil.

Estaban por fin los dos solos en la suite. Cerró los ojos y respiró lentamente para tratar de calmar su corazón.

Después de varios minutos, se abrió la puerta del baño. Llevaba puesto el albornoz.

–Alex... –susurró ella.

Pero él pasó junto a la cama de nuevo y le dirigió una mirada que no supo interpretar.

–Buenas noches, Lili –repuso mientras abría la puerta y salía del dormitorio.

4

Lili se quedó mirando la puerta cerrada. Estaba tan sorprendida como furiosa.

Había heredado de su padre la misma sangre caliente e impetuosa. Le habría encantado salir de esa cama e ir tras él mientras le profería toda clase de insultos. Quería exigirle que honrara las promesas que le había hecho o que, al menos, se dignara a hablar con ella.

Pero parte de su carácter lo había heredado de su madre. La inglesa lady Evelyn nunca levantaba la voz, tenía otras maneras de conseguir las cosas que quería de la vida y de su apasionado y enérgico marido. Recordaba muy bien alguno de sus consejos.

–Nunca comiences una pelea desde una posición de debilidad, cariño –le había dicho una vez.

Se cruzó de brazos sin dejar de mirar la puerta que acababa de cerrar Alex. Sabía que estaba en ese momento en una posición de debilidad. Si salía tras él, no iba a conseguir nada, solo que los criados se enteraran de que su marido no estaba interesado en dormir con ella.

Tenía que reconocer que Alex acababa de demostrarle su fuerza de voluntad al hacerle ver que no le interesaba siquiera acostarse con ella, aunque esa fuera su noche de bodas.

No quería pensar en el sexo, aunque había conseguido herir su orgullo. Creía que su matrimonio, los acuerdos a los que habían llegado sobre su relación y el bebé eran lo más importante. Se colocó suavemente la mano sobre el vientre.

–Tú, querido –susurró–. Tú eres lo más importante de todo.

Durante toda su vida, había dejado que sus emociones la guiaran. Creía que era una buena manera de vivir. Pero se dio cuenta de que iba a tener que cambiar. Debía pensar en el bebé y en Alex. Pensaba que debía guiarse por el ejemplo de su madre y no por la manera de ver las cosas tan apasionada que tenía su padre.

Recordó los acuerdos a los que había llegado la noche anterior. No habían hablado de sexo ni de si iban a compartir o no la misma cama. Se dio cuenta de que, en realidad, Alex no había roto ningún acuerdo, solo el espíritu del mismo.

Pero por la mañana iba a tener que desayunar con ella y pensaba hablar de ese tema con él.

Con un suspiro, ahuecó las almohadas y apagó la lámpara de la mesita.

Lili durmió larga y profundamente.

Cuando abrió los ojos, eran más de las diez y el sol de junio entraba por una rendija entre los gruesos cortinones. Se sentó de golpe en la cama de Alex, se dio cuenta de que tenía que arreglarse deprisa para poder hablar con Alex.

–Estoy despierta, puedes pasar –dijo al ver que se abría un poco su puerta–. Buenos días, Pilar.

–Señora –repuso su doncella con una breve reverencia.

Entró y abrió de par en par las cortinas. Pilar la acompañaba a todas partes. Era muy organizada, agradable y servicial. Otra persona que también estaba siempre disponible para atender sus necesidades era Solange Moltano. Era miembro de su familia y había sido elegida para ser su dama de compañía. Pero era algo distante y fría. Nunca habían llegado a congeniar.

Pilar no dijo nada al ver que su marido no estaba allí. Le pareció ver preocupación en sus ojos, pero no tardó en esconder sus verdaderos sentimientos tras una sonrisa. Confiaba en ella, no le preocupaba que pudiera contarle a nadie lo que había visto.

Pero había muchos empleados en el Palacio del Príncipe y sabía que las noticias se difundían muy deprisa entre ellos. Les habían dicho que estaban locamente enamorados, pero no creía que fueran a creerlo si se enteraban de que ni siquiera había dormido en su cama.

Le dijo a Pilar lo que quería ponerse y fue descalza al baño. Media más tarde, estaba vestida y lista para tener una larga conversación con Alex acerca de las promesas que no parecía dispuesto a mantener.

Cuando salió del dormitorio principal, miró en las otras habitaciones. No había rastro de él.

El apartamento tenía una pequeña cocina. Cuando entró, se encontró con un hombre barbudo, grande y musculoso. Estaba mezclando algo en un cuenco. Se presentó como Rufus Thermopolis y le dijo que podía prepararle lo que quisiera tomar.

Ella le dio las gracias y le pidió huevos y tostadas. Desayunó allí mismo, en la mesa de la cocina. Le pareció mucho más acogedor poder comer allí en compañía de Rufus. Además, este acababa de meter una tarta de limón en el horno y olía fenomenal.

Se le pasó por la cabeza preguntarle por el paradero de su marido. Supuso que era de confianza, pero decidió no arriesgarse.

Le molestó que Alex ni siquiera le hubiera dejado una nota explicándole su ausencia. Le estaba dejado muy claro que tenía que enfrentarse con la realidad. Alex había cruzado la línea, pero no iba a poder seguir evitándola. Tarde o temprano, tendría que lidiar con ella.

Lili no tardó en darse cuenta de que Alex la estaba ignorando. No estaba haciendo nada por mantener los acuerdos a los que había llegado con ella. No lo vio en todo el día. De hecho, no regresó al apartamento hasta la noche. Ella lo estaba esperando en la sala de estar.

Apareció vestido con pantalones negros y un jersey. Muy a su pesar, el corazón le dio un vuelco al verlo. La miró sin decir nada, tan distante como siempre.

—Alex, estoy muy enfadada contigo. No has cumplido con tu palabra.

Él tuvo el descaro de encogerse de hombros.

—Tenía que conseguir que te casaras conmigo por el bien del niño —repuso con absoluta calma.

Se le hizo un nudo en la garganta al oírlo. Estaba muy indignada, pero recordó en ese momento a su madre, que nunca alzaba la voz, y decidió que su bebé merecía que se controlara.

—Así que me mentiste —repuso—. Me miraste a la cara y me mentiste sin ningún tipo de escrúpulos. Has hecho promesas que no tenías intención de cumplir.

–No montes ningún numerito, Lili. Por favor.

–¿Un numerito? No pensaba montar ningún número, ni siquiera he levantado la voz. Tampoco te he lanzado nada a la cabeza. Solo quiero saber por qué me mentiste –le dijo ella.

–No me dejaste otra opción.

–Siempre hay otras opciones, podrías haberme dicho la verdad, podrías haberme dicho honestamente que no tenías intención de esforzarte por el bien de este matrimonio.

–¿Para que hicieras algo estúpido como salir corriendo o montar una gran escena? No, era necesario que nos casáramos. Se lo debemos al niño. Si no te gusta, divórciate de mí.

Ella abrió atónita la boca.

–¡Deberías estar avergonzado!

–Pues no lo estoy, en absoluto. En cuanto a lo del divorcio, espera al menos a que nazca el niño para que su legitimidad nunca se pueda poner en cuestión.

–Sabes muy bien que no creo en el divorcio –le dijo ella–. El matrimonio es para siempre.

–¿Qué quieres que te diga? Tendrás que acostumbrarte a esto. Vive tu vida y yo viviré la mía.

Lili sacudió la cabeza completamente aturdida.

–Me parece increíble cómo me has manipulado. Tengo que reconocer que has sido muy listo –le dijo–. Me engañaste por completo. Llegaste incluso a negociar cada punto conmigo.

–Tenía que hacerte creer que tenía la intención de hacer lo que me pedías, que iba a intentarlo. Si te lo hubiera puesto demasiado fácil, habrías sospechado y podrías haber adivinado que no tenía ninguna intención de cumplir mis promesas.

–¡Eres imposible! ¡Incorregible! –exclamó tratando a duras penas de permanecer tranquila.

–Buenas noches, Lili –repuso él dando media vuelta.

Pero ella agarró su fuerte brazo.

–¡Espera!

–No hay nada más que decir –le dijo Alex con rotundidad.

–Sí, sí lo hay. Tengo una pregunta que llevo semanas haciéndome.

–Lili, por favor...

Tenía ganas de echarse a llorar, pero se contuvo. Sabía que tenía que ser fuerte.

–Es que no lo entiendo, Alex. ¿Por qué demonios tuviste que acostarte conmigo?

Su pregunta consiguió sorprenderlo. Vio que parecía perplejo, pero recuperó pronto la compostura.

–Soy un hombre y tú, una mujer. Son cosas que pasan –repuso con frialdad.

–No, esa respuesta no me vale. Lo que pasó

entre nosotros esa mañana fue una locura, pero también fue muy bonito.

–Lili, no sigas –le pidió Alex con algo más de nerviosismo en la voz.

Pero ella se negó a dar marcha atrás.

–Lo digo en serio. Es que no tiene sentido. No eres un romántico ni un donjuán, pero sigues siendo un príncipe y estoy segura de que podrías tener a un montón de mujeres hermosas y deseables a tu disposición. Mujeres con las que podrías haber saciado tu lujuria.

–¿Saciar mi lujuria? –repitió Alex.

–Lo que quiero decir es que podrías haberte acostado con alguien a quien no detestaras tanto, alguien que estuviera tomando la píldora o algo así.

Alex cada vez parecía más nervioso e incómodo.

–Es una pregunta ridícula –le dijo–. Espera, ¿me has hecho acaso una pregunta?

–Sí, lo he hecho. Quiero saber por qué te acostaste conmigo. ¿Por qué, Alex?

Él entrecerró sus penetrantes ojos mientras la miraba.

–Es una pregunta ridícula.

–No, no lo es. Contéstame.

–¿Por qué te acostaste tú conmigo? –le preguntó Alex entonces–. No tienes una respuesta, ¿verdad? ¿Por qué tengo que responder a una pregunta a la que tú tampoco puedes contestar?

Pero sí tenía una respuesta. Había pasado mucho tiempo pensando en ello.

–Está bien, Alex. Empezaré yo –le dijo con valentía–. Me acosté contigo porque estaba triste y desesperada, porque había perdido a Rule y tenía que admitir que él nunca había estado enamorado de mí. Yo creí que lo quería, aunque supongo que no era así. Estaba muy triste y tú me abriste tu puerta, me escuchaste. O eso creía yo. Cuando por fin hablaste fue para decirme que mis problemas eran tonterías. Eso me indignó y lamenté haber sido tan tonta como para llorar delante de ti. Levanté la mano para abofetearte y me agarraste la muñeca... De repente, me miraste a los ojos y me di cuenta de que quería perderme en ellos. Así que me dejé llevar...

Le pareció que había conseguido remover algo dentro de él, pero no tardó en volver a levantar las paredes que lo aislaban y separaban de los demás.

–Mis razones fueron similares a las tuyas –le dijo con frialdad.

–¡No digas eso! ¿Qué amor habías perdido tú? Yo estaba así por Rule.

–Bueno, no había perdido esa clase de amor. Pero he perdido...

Comprendió entonces de qué se trataba.

–A tu amigo americano, ¿no?

Sus palabras consiguieron transformarlo y la fulminó con la mirada. Durante un segundo, creyó que había conseguido acercarse un poco más a él, pero volvió a cerrarse por completo.

–Veo que tengo que decírtelo una vez más. Teníamos que casarnos por el niño y no tengo nada más de lo que hablar contigo. Podemos seguir casados y continuar con nuestras vidas por separado. Puedes aceptar las cosas tal y como son o no. Esa es tu decisión.

–No me lo puedo creer... Eres un mentiroso. Aunque siempre me has dejado muy claro lo que pensabas de mí, pensé que eras un hombre de palabra. Pero veo que me equivoqué y no puedo siquiera confiar en ti. ¿Para qué voy siquiera a intentar que este matrimonio funcione?

–¿Me lo preguntas a mí?

–Sí, por supuesto.

–Entonces esta es mi respuesta, Lili. No hay ninguna razón para intentarlo conmigo, no pierdas el tiempo –le dijo mientras daba media vuelta e iba hacia la puerta–. Buenas noches.

Esa vez, no trató de detenerlo, aunque le costó no ir tras él. No le gustaba darse por vencida. Aunque Alex le acababa de dejar muy claro que nunca iba a llegar a ser un verdadero marido para ella, deseaba ir tras él e intentar que tuvieran una relación civilizada. Y, si él se negaba, le tentaba la idea de insultarlo y lanzarle algo pesado a la cabeza.

Pero pensó entonces en su madre y decidió que tenía que ser más como ella, por el bien de su bebé. Cerró los ojos y rezó pidiendo paciencia. Aunque en ese momento sintiera que no tenía nada, creía que le quedaba al menos su dignidad.

Después, fue al dormitorio que había sido de Alex pensando que nunca iba a compartirlo con él. Sacó su lector digital y lo encendió. Tenía allí una novela romántica larga y deliciosa. La protagonista era una mujer valiente, inteligente e ingeniosa que le salvaba la vida al protagonista masculino después de que fueran abandonados en la selva. Él era guapo, rico y pensaba que lo sabía todo. Los diálogos eran muy entretenidos y ágiles. Las cosas se pusieron bastante duras para los dos y le preocupó que no terminaran juntos. Pero al final, el amor pudo con todo lo demás y la pareja terminó casándose y con un bello y feliz futuro por delante.

A veces deseaba que la vida fuera más parecida a una novela romántica.

Guardó el dispositivo de lectura y apagó la luz. No quería pensar en Alex, pero no podía evitarlo. Lamentaba no haberse dado cuenta de que le estaba mintiendo. Después de todo, lo conocía desde siempre y creía que debería habérselo imaginado. Sabía que él nunca iba a cambiar. La terrible experiencia en Afganistán lo había marcado para siempre y era aún más difícil, distante y hosco que antes de su cautiverio.

Nunca había pensado de ella que era una mujer cobarde y creía que podía llegar a ser bastante ingeniosa cuando era necesario, pero con Alex se sentía perdida y frustrada.

Le había dejado muy claro que la despreciaba y que, si tenía que hacerlo, estaba dispuesto incluso a mentirle. No podía quitarse de la cabeza que la hubiera engañado para que Lili accediera a casarse con él.

No estaba dispuesta a divorciarse, se negaba a dar su brazo a torcer. Creía que todos los problemas tenían una solución. Incluso ese, solo tenía que encontrarla.

–Arreglaré esto. Encontraré la manera de hacerlo. Voy a conseguir llegar a él... –susurró en la oscuridad casi como si fuera una plegaria.

Pero, de momento, sus oraciones no parecían estar ayudándole mucho. Aun así, no iba a darse por vencida.

Lili se levantó muy decidida al día siguiente, había tomado una decisión. No era feliz. Pero de momento no se le ocurría cómo arreglar las cosas. Creía que eran mejor que mantuviera las distancias hasta que encontrara la manera de acercarse a él.

Por el momento, iba a seguir adelante con su vida.

Como pretendían que todo el mundo pen-

sara que estaban profundamente enamorados, tenía que quedarse en ese apartamento
con él. Llevó sus cosas a otro de los dormitorios.

Estableció un pequeño despacho para ella
a un lado de la habitación. Desde allí podía
escribir cartas y discursos y realizar un segui-
miento de las organizaciones benéficas con
las que colaboraba. Tenía también mucho trabajo relacionado con su futuro como reina de
Alagonia. Trataba de mantenerse al tanto de
todo lo que tuviera que ver con su país.

Cuando terminaba con ese trabajo, se dedicaba a pintar. Usaba la otra mitad de la
habitación para ese fin. Le encantaba pintar
mariposas, mágicos bosques, cervatillos y
unicornios, que le parecían dulces y místicas
criaturas llenas de inocencia.

Cuando no estaba trabajando o pintando,
pasaba sus ratos libres con las hermanas de
Alex y con Sydney, la mujer de Rule. Por la noche, le hacían compañía sus novelas románticas, que mantenían viva en su corazón la
esperanza del amor.

Durante tres días, apenas vio a su nuevo
marido. De vez en cuando, se lo encontraba
entrando o saliendo del apartamento que com-
partían. Lili no le hacía caso, no tenía nada que
decirle.

El cuarto día tras la boda, estaba en su es-
tudio pintando un par de flamencos, cuando

apareció su padre para despedirse de ella. Estaba a punto de regresar a Alagonia y ella quería convencerlo para que volviera también con él su dama de compañía.

–No necesito a Solange. Aquí no hay sitio para nadie más y solo necesito a Pilar. Además, creo que ya ha llegado la hora de que la dejemos seguir con su vida. No necesito que me acompañe.

–¿Estás segura, cariño? –le preguntó su padre.

–Sí.

El rey Leo le preguntó si estaba bien, quería saber cómo iban las cosas con Alex.

No le quedó más remedio que mentirle y decirle que estaba feliz. No quería ni pensar en lo que haría su padre si se enteraba de la verdad.

Le dio un beso de despedida y prometió visitarlos pronto. Cuando se quedó sola, reflexionó sobre lo que acababa de hacer. Había mentido a su padre igual que Alex le había mentido a ella. Creía que su marido lo había hecho para poder casarse, porque era lo mejor para ella y para su hijo. Llegó a la conclusión de que no podía echarle en cara que la hubiera engañado, pero seguía sintiéndose atrapada y enfadada. No estaba dispuesta a darse por vencida.

Ese día recibió la visita de Arabella, la mayor de las hermanas de Alex. Era una enfermera que había estudiado en Estados Unidos y que trabajaba desde hacía mucho tiempo para Enfermeros Sin Fronteras, una organización de ayuda internacional que Lili apoyaba de manera muy activa.

–Mañana me voy a Sudán del Sur –le dijo Arabella.

Viajaba a menudo a lugares bastante peligrosos donde las personas necesitaban ayuda médica. Al oírlo, Lili dejó el pincel y la miró.

–¿Podría ir contigo?

Pasaron ocho días fuera del país. Los periodistas y los paparazzi las siguieron a todas partes durante esa semana. Era la ocasión perfecta para usar su fama y llamar así la atención de todos sobre esa causa tan importante. Más de un periodista le preguntó a Lili sobre el paradero de su marido. Ella siempre contestaba que el príncipe tenía un trabajo muy importante en Montedoro y por eso no había podido viajar con ella. Cuando le preguntaban si lo echaba de menos, contestaba con una fría sonrisa.

–Por supuesto –les decía a todos.

La mañana después de su regreso, Lili desayunó en el apartamento privado de los reyes con casi todos. Estaban Adrienne, Evan y las hermanas de Alex. También estaban allí Sydney, Rule, Max y sus hijos.

Al parecer, Alex no había podido asistir.

Supuso que Rufus le habría preparado algo temprano y que ya estaba en el patio de entrenamiento para pasar el día con los hombres de su unidad. Eso era lo que imaginaba, pero no tenía manera de saberlo a ciencia cierta. No lo había visto desde que se cruzó con él en la puerta de su apartamento un día antes de que se fuera con Arabella de viaje.

Estaba a punto de salir del comedor cuando Adrienne agarró su mano.

–Lili, me gustaría hablar un momento contigo. ¿Podrías pasarte por mi despacho a las once? –le pidió la reina con el mismo cariño de siempre.

Pero no pudo evitar sentir cierta inquietud. Asintió con la cabeza y salió del comedor con un nudo en el estómago.

Unos minutos antes de las once, Lili llegó al despacho de Adrienne. Ya la esperaban la reina y Evan. La madre de Alex le dio una cálida bienvenida y la llevó hasta la zona del despacho que tenía para recibir a visitas. Había dos grandes sofás, una mesa de centro y un par de sillones. Le pidió a su secretaria que les sirvieran el té para cuatro.

Frunció el ceño al oírlo. Supuso que esperaban a alguien más, pero no quiso preguntar.

Estaba algo tensa. Pocos minutos después apareció por la puerta el hombre con el que había cometido el terrible error de casarse hacía ya dos semanas. El estómago le dio un vuelco. Y también el corazón.

Aunque seguía enfadada con él, también le dolía ver cuánto sufría ese hombre y lo solo que estaba. Sabía que había sido él mismo quien había decidido aislarse de la gente, pero no podía evitarlo.

–Lili –le dijo con seriedad y a modo de saludo.

–Alex –repuso ella con el mismo tono.

Adrienne se levantó a abrazar a su hijo y le dijo que se sentara. Evan también se unió a ellos. Le dio un beso a Lili y le preguntó cómo se sentía.

–Estoy bien. Perfectamente, gracias –repuso Lili con su sonrisa más cálida.

No sabía por qué estaban allí los cuatro, pero Lili tenía la sensación de que no podía ser nada bueno. Entró entonces la secretaria con el té y dejó la bandeja sobre la mesa.

–Ya lo sirvo yo –le dijo la reina a su secretaria–. Gracias, Regina.

Adrienne esperó a que se fuera la secretaria para recoger algo de su mesa y sentarse después con ellos. Parecían periódicos y revistas.

Dejó lo que sostenía en la mano en la mesa.

–Queridos míos, esto no va a funcionar –les dijo sin más.

Lili sintió que el estómago le daba otro vuelco y se quedó sin aliento al ver una fotografía de Arabella y de ella. Las dos estaban en un hospital de campaña en Sudán del Sur. *La princesa Lili ayuda a los necesitados y abandona al príncipe Alex*, decía el titular.

–El artículo comenta durante unos cuantos párrafos que nunca os habéis llevado bien y concluye diciendo que nada ha cambiado y que vuestro matrimonio es una farsa –les dijo la reina.

Alex se aclaró la garganta y abrió la boca para hablar, pero su madre levantó una mano.

–Eso era solo el comienzo –continuó Adrienne–. También dice que tú, Lili, estás embarazada y que la fuente de la que han sacado la información asegura que el hijo ni siquiera es de Alex. Creen que se ha casado contigo para salvar tu reputación, Lili.

La reina dejó a un lado ese periódico y les mostró otros artículos.

–En otras revistas dicen cosas parecidas o incluso peores. Ya hemos informado a nuestros abogados para que tomen las medidas oportunas, por supuesto –les explicó Adrienne.

Lili se llevó una mano a la boca.

–¡Dios mío! ¡Mi padre va a perder la cabeza! No sé lo que puede llegar a hacer cuando lea esto.

Adrienne y Evan se miraron a los ojos.

–Ya hemos hablado del problema con Su Majestad esta mañana –le dijo Evan.

Adrienne miró a su marido con cariño.

–Tenemos un plan y Leo está de acuerdo con él –les anunció la reina.

–¿Mi padre? ¿Seguro? –repuso Lili con incredulidad.

–Quiere lo mejor para ti, Lili –le recordó Adrienne–. Bueno, para los dos.

–Todo es culpa mía –murmuró Alex con la cabeza baja.

Lili se quedó mirándolo. Pensó que quizás no lo hubiera oído bien. Le parecía increíble que lo reconociera, pero ella opinaba lo mismo. Había cometido el error de acostarse con él, pero Alex era el que la había engañado para que se casaran sin pretender ser un marido de verdad para ella.

«¿Cómo puedo fingir que estoy enamorada si mi marido se niega a acercarse a mí?», pensó Lili.

–Prometiste que fingirías estar muy enamorado de ella, Alex –le recriminó la reina a su hijo–. Sin embargo, nadie os ha visto juntos desde el día de la boda.

–Lo sé –repuso Alex–. No tengo ninguna excusa, madre. No pensé en las consecuencias.

Adrienne se volvió entonces para mirarla a ella.

–Y tú, Lili. ¿De verdad creías que sería buena idea irte sola a Sudán del Sur cinco días después de anunciarle al mundo entero que estabais enamorados y que os habíais casado en secreto?

Sintió que le ardía la cara. Estaba avergonzada.

–Yo... Bueno, no...

Adrienne se inclinó hacia ella y apretó con cariño su mano.

–No importa –les dijo la reina–. Tenemos una solución. Quiero que me deis vuestra palabra de que mostrareis al mundo lo que esperan ver, a dos enamorados.

Lili contuvo un resoplido. No iba a ser nada fácil.

–De acuerdo, estoy dispuesto. Si eso es lo que hay que hacer, lo haré –repuso Alex con seriedad.

Lo decía como si le acabaran de pedir que se cortara un brazo o que se metiera en una oscura cueva llena de serpientes venenosas. No era un comentario demasiado halagador para ella.

Pero Lili ya sabía que no podía esperar otra cosa de un hombre como Alex.

Adrienne la miró entonces.

–¿Y tú, Lili?

–De acuerdo, sea cual sea el plan, también lo haré.

5

–Una luna de miel –les anunció la reina.

Los recién casados se iban a ir de viaje de novios.

Alex no había esperado oír algo así. Iban a pasar tres semanas a bordo del *Princess Royale*, el yate familiar, por todo el Mediterráneo. Creía que sería mucho tiempo con ella y sin nada que hacer. Todos esperaban que hicieran exhibición pública de su amor para que esas imágenes las pudieran captar los paparazzi que los sobrevolaran desde helicópteros o los que se acercaran desde otros barcos y en cada puerto donde hicieran escala. Además, iban a tener que dormir en la misma habitación. Y en la suite del *Princess Royale* solo había una cama.

Se dio cuenta de que, durante tres largas semanas, Lili y él iban a ser inseparables.

No le hacía ninguna gracia, le parecía una enorme pérdida de tiempo que prefería pasar con sus hombres. La unidad lo necesitaba y él a ellos. Era un objetivo que se había marcado en cuanto volvió a su país y lo que había conseguido sacarlo de la más absoluta desesperación. Creía que, si no hacía nada más en la vida, al menos podía estar satisfecho al saber que su país iba a contar con un servicio secreto debidamente capacitado dispuesto a proteger a los miembros de la familia real y a los ciudadanos de Montedoro.

En cuanto a lo que pasaba en su matrimonio, sabía que lo había hecho mal. Había ido demasiado lejos y, en su necesidad de mantener alejada a Lili, le había dicho cosas que no debería haber dicho, como asegurarle que no tenía ninguna intención de cumplir su palabra. Sabía que debería haber sido más amable y sutil. Pero eran esas cualidades que nunca se le habían dado bien.

Además, le resultaba difícil mantener la cabeza fría cuando estaba cerca de Lili. Desde esa fatídica mañana de abril, esa joven había puesto su vida patas arriba y le atraía demasiado. Una parte de él deseaba poder entregarse a ella y dejarse llevar, pero Lili era una distracción para su objetivo y estaba demostrándole que se le daba muy bien hacerlo.

Y, como creía que no podía permitirse ese tipo de distracciones, le había hecho daño y

la había insultado. Según había comproba-
do después, su plan había funcionado, Lili lo
había dejado tranquilo durante esos últimos
días.

–Nuestro pueblo no vio vuestra boda –le
dijo entonces su madre–. Pero quiero que al
menos os vean felices durante vuestra luna
de miel. Por el bien del niño, de este país y de
Alagonia. Ese viaje servirá para que los dos le
demostréis al mundo que os casasteis por una
sola razón, por amor.

A la mañana siguiente, después del desayuno, salieron de luna de miel. Alex y Lili subieron a bordo del *Princess Royale* de la mano.
Alex era muy consciente de que estaban siendo observados y fotografiados. Había paparazzi por todas partes.

No podía dejar de pensar en lo fresca y pequeña que era la mano de Lili. Se le pasó por la
cabeza tocar algo más que esa mano. Después
de todo, era su deber estar cerca de ella para
poder así tranquilizar a todo el mundo y que
vieran que estaban de verdad juntos y muy
enamorados.

Lili se volvió hacia él mientras subían por
la pasarela y le dedicó una gran sonrisa, pero
le temblaban un poco los labios. Llevaba gafas de sol muy oscuras y no podía ver sus ojos,
pero sabía que lo miraban con frialdad, sin ca-

riño. Su larga y rubia melena brillaba bajo el sol.

Cuando llegaron a la proa, se giraron para saludar con la mano a la gente que los observaba desde el muelle. Les llegaron sus aplausos y deseos de felicidad.

Iban a salir de ese puerto de Salacia y a dirigirse sin prisas hasta Italia, para ir luego bajando a lo largo de su costa. Pararían entonces en Sicilia. Después iban a proseguir su viaje hasta Venecia, Rávena y luego algunas de las islas más hermosas de Croacia. De vuelta, se detendrían de nuevo en Sicilia y desde allí hacia Barcelona, parándose en varios puertos e islas a lo largo del camino. También estaba previsto que pasaran un par de días con el rey Leo en el palacio de D'Alagón. Y entonces, por fin, podrían regresar a casa.

Lili apenas le había dirigido la palabra. Había pensado que trataría de hablar con él sobre ese viaje y echarle además la culpa de todo a él. Pero Lili había salido del despacho de su madre sin decir nada. Tenía que reconocer que le había resultado espeluznante pasar varios minutos en compañía de Lili y no oírla pronunciar ni una sola palabra.

Cuando llegaron a su apartamento, se metió en el dormitorio principal y casi no la había visto desde entonces.

Pero había llegado ya el momento de la verdad y estaban los dos a bordo del *Princess*

Royale. Incluso iban a compartir un camarote. Se dio cuenta de que tendrían que llegar a algún tipo de entendimiento. Desde el muelle, la gente seguía aclamándoles.

Lili los saludó con la mano y sonrió. Llevaba unos pantalones pitillo blancos, sandalias de plataforma y una camisa de color crema. Estaba tan guapa que le dolía mirarla, pero no apartó la mirada. Tenía un trabajo que hacer y decidió que era un momento tan bueno como cualquier otro para comenzar. Le tocó el hombro.

Ella lo miró con el ceño fruncido y recordó entonces que tenía que sonreír. Su piel era cálida y suave. Se levantó una leve brisa y le llegó el tentador aroma de Lili.

Tomó entonces su otro hombro y notó que se tensaba, pero no dejó de sonreír. La hizo girar hacia él.

Ella trató de resistirse, para la gente que los miraba desde tierra firme gritó aún con más fuerza.

–¿Qué haces? –susurró ella sin dejar de sonreír.

–Estás muy guapa hoy –le dijo él.

Le sorprendió comprobar que no le costaba decirlo. Después de todo, no era más que la verdad.

–Vaya, gracias, Alex –repuso Lili hablándole con los dientes apretados–. ¡Eres un romántico! –agregó con sarcasmo.

La multitud aplaudió al ver que acariciaba su melena. Lili no se inmutó, pero vio que le temblaba aún más la sonrisa.

–Tu pelo es suave como la seda.

Ella sonrió con más ganas.

–¿Como la seda? –susurró–. Vamos, Alex. ¿No se te ocurre nada más original?

–¿Como el satén? ¿El terciopelo? ¿El algodón de azúcar? –probó él.

–No importa. En realidad no importa qué palabra uses, los dos sabemos que no hablas en serio.

–No te pongas de mal humor, Lili. Aceptaste hacer este viaje.

–¡No estoy enfadada! –insistió ella.

–Muy bien. Entonces... –le dijo él levantando con un dedo su barbilla–. No dejes de sonreír.

La falsa sonrisa de Lili era tan grande que era casi una mueca. Se acercó más a ella. Notó que estaba temblando entre sus manos, pero no trató de apartarse.

La besó y, cuando sus bocas se tocaron, la multitud del puerto empezó a silbar y a gritar de alegría. Pero él apenas podía oírlos, estaba completamente perdido en ese beso. No quería desear que las cosas pudieran ser diferentes entre ellos dos. No quería desearlo porque sabía que era imposible.

Su boca era lo más dulce que había probado en toda su vida. Sabía a esperanza y a felicidad, aunque tenía muy claro que no podía haber un futuro diferente para los dos.

–Bueno, creo que con esto basta por ahora –murmuró Lili contra sus labios.

No quería soltarla. Levantó la cabeza y la inclinó hacia el otro lado.

–Tenemos que dar a los paparazzi la oportunidad de conseguir unas buenas fotos...

Lili no se quejó y siguió besándolo. Incluso deslizó sus delgados brazos entre los dos y rodeó su cuello.

En tierra firme, todavía los aplaudían, gritaban y silbaban. Era consciente de ello, pero solo a medias. Estaban pasando demasiadas cosas en su cuerpo para que escuchara los gritos de la gente. Podía sentir cómo ardía su sangre y cómo lo dominaba el deseo.

Lili se apartó. Le habría gustado besarla un poco más, pero no lo hizo. Algo en su mirada le dijo que era mejor no intentarlo. Además, estaba seguro de que todos los fotógrafos ya habrían hecho su trabajo.

–Date la vuelta –le ordenó a ella con una sonrisa tierna y soñadora–. Y saluda a tu pueblo. Tan pronto como estemos bajo cubierta, podremos volver a ser nosotros mismos.

El camarote principal era muy lujoso. El baño tenía encimeras de ónice y un lavabo dorado con grifos en forma de cisne. La cama del dormitorio era tan grande como la que Alex tenía en su apartamento, la misma que había estado usando hasta que se casó con Lili y dejó que durmiera ella allí. También había un bar y una pequeña sala de estar.

Alex se sentó y observó a su esposa mientras recorría la habitación. Abrió y cerró cajones y armarios. Entró en el dormitorio, en el vestidor y en el cuarto de baño. Después, se sentó en la cama, justo en el borde, y se quitó las gafas de sol. Parecía nerviosa.

–No te preocupes, puedo dormir en el suelo –le dijo él.

Vio que se frotaba las sienes y que tenía ojeras.

–Pareces cansada. ¿Te encuentras mal? –le preguntó.

–Sí, un poco.

–Apenas desayunaste.

–Estoy bien, Alex.

–Pero el bebé...

–Está bien –repuso ella mirándolo fijamente–. Pero esto no me gusta. Es una gran mentira.

–¿Quieres que me vaya?

Lili negó con la cabeza.

–Se supone que debemos ser inseparables –le dijo ella.

–Iré a otro camarote. No voy a subir a cubierta.

–No, Alex, tienes que alojarte aquí. Entre el servicio, la tripulación y los hombres de tu unidad, hay unas treinta personas a bordo del *Princess Royale* y tenemos que convencerlos de que estamos profundamente enamorados. Si no, alguno puede traicionarnos.

–Mucho cinismo por tu parte, Lili. No te reconozco.

–He tenido un buen maestro desde que me casé contigo.

–Si a alguien le extraña que no estoy contigo, puedo decir que te dejé descansar porque estabas agotada. Así les demostraré lo cariñoso que es tu marido y lo bien que cuido de ti.

–Después del espectáculo que acabamos de dar en cubierta, imaginarán que hemos bajado a la suite para... Bueno, ya sabes, para hacer lo que hacen los recién casados. Si te vas ahora, pensarán que estamos enfadados o que lo hemos estado fingiendo todo.

Vio que el frutero que había sobre la mesa estaba lleno de naranjas de Montedoro. Tomó una y comenzó a pelarla con la mano. Era roja por dentro.

–Siempre me han gustado mucho esas naranjas de Montedoro –dijo ella–. Es la mejor naranja sanguina del mundo. Una vez, de pequeña, me comí diez del tirón.

Alex le ofreció la mitad de su naranja. Ella la tomó y se la comió gajo a gajo.

–¿Quieres otra?

–No, ahora no –repuso ella suspirando.

–Acuéstate un rato, Lili. Échate una siesta.

Vio que cruzaba las manos sobre el regazo y que su labio inferior comenzaba a temblar.

–¿Qué pasa? –le preguntó sintiéndose muy culpable–. Lili, por favor. No llores.

Había una gran cantidad de almohadones sobre la cama. Lili tomó uno y se lo tiró. Lo esquivó fácilmente mientras ella le lanzaba otro.

–¡Por supuesto que no voy a llorar, idiota! –le gritó furiosa–. ¿Por qué iba a llorar por ti? –añadió tirándole más almohadones.

–Lili, tranquilízate.

Pero siguió lanzándoselos.

–¡Me mentiste, Alex! ¡Odio que me mintieras!

–Lili, para.

Le hizo caso y dejó de tirarle almohadas, pero no dejó de acusarlo.

–Me mentiste y me engañaste.

Él recogió todos los almohadones y los dejó en la cama.

–¿No hemos hablado ya de esto? –le preguntó él.

–Sí, te limitaste a confesar que me mentiste.

Se dejó caer de nuevo en el sillón y la miró.

–¿Tengo que explicártelo otra vez? Teníamos que casarnos. Tú te negabas, hablando del amor, las relaciones, la comunicación, los sentimientos y todas esas tonterías de las que hablas sin parar.

–¿Ves? –repuso ella–. A eso me refiero. Crees que parloteo sin parar.

–Bueno, Lili, es que es verdad.

–¡No me respetas! Nunca lo has hecho, no sé por qué estoy hablando contigo.

Vio que iba a tener que mostrar algo de voluntad conciliadora para que se llevaran mejor.

–Lo que hice estuvo mal, ¿de acuerdo? –le dijo entonces–. Lo reconozco. No estuvo bien.

Lili se quedó callada y vio que tragaba saliva.

–¿Podrías repetirlo, por favor? –le pidió en voz baja.

De mala gana, hizo lo que le pedía.

–No debí mentirte, estuvo muy mal. No debería haber llegado a un acuerdo contigo cuando no tenía intención de cumplirlo.

«Aunque sé que de otra manera no te habrías casado conmigo», pensó él.

–Dices que no estuvo bien, pero algo en tu interior te dice que tenías que hacerlo, ¿verdad?

–Yo no he dicho eso –repuso él.

–No, pero lo estabas pensando. Te conozco, Alex. Te conozco muy bien.

Se quedó sin aliento al oír sus palabras. Había adivinado lo que estaba pensando. Se preguntó si de verdad lo conocería tan bien como aseguraba.

Pero no le parecía posible, creía que nadie lo conocía de verdad.

–Siento haberte engañado –le dijo directamente para cerrar el tema.

–Pero lo harías de nuevo si creyeras que tenías que hacerlo.

Se le pasó por la cabeza estrangularla, pero sabía que no era la mejor solución. Además, tenía que pensar en el niño.

–Míralo de otra manera. Querías pasar más tiempo conmigo y vas a conseguirlo. No vamos a poder separarnos durante varias semanas.

–Sí, pero lo has echado todo a perder. Ahora, ni siquiera me importa tratar de sacar algo real de este lío en el que estamos metidos.

No creía sus palabras. Sabía que Lili estaba sufriendo, pero estaba seguro de que no iba a renunciar a sus valores.

–¿No habías dicho que el matrimonio era para siempre?

–Es que estoy desanimada, Alex. Muy desanimada.

–Sí, de eso ya me he dado cuenta –le dijo–. Quítate los zapatos, túmbate y duerme un poco.

–¡Por favor, deja de pedirme que me eche una siesta!

–Todo te parecerá mejor después de descansar, ya verás –comentó mientras se arrodillaba.

–¿Qué estás haciendo?

–Dame tu pie.

Lo miró con suspicacia.

–¿Por qué?

–Te ayudaré a quitarte los zapatos.

–¿Por qué estás siendo tan amable? –le preguntó–. ¿Quién eres y qué has hecho con Alex?

–Bueno, puede que... Puede que esté intentando hacer mejor las cosas –le dijo de mala gana.

Ella lo miró fijamente y con los labios apretados. Con algo de reticencia, le ofreció su pie derecho. Lo tomó suavemente. Era suave, pequeño, perfecto y muy delicado.

Igual que lo era ella.

Le desabrochó la hebilla del tobillo y le quitó el zapato. No se le pasó por alto la forma esbelta y escultural de su tobillo, el bonito arco de su pie y que se había pintado las uñas del mismo color azul de sus ojos.

Lili le ofreció el otro pie sin que tuviera que pedírselo. Mientras la descalzaba, se le vinieron algunas imágenes a la cabeza.

Lili desnuda. Lili riendo.

Lili a los dieciséis años, cuando él regresó a casa desde Princeton después de terminar su segundo año de estudios. Le había sorprendido entonces cuánto había crecido. Recordó que él le había dicho algo muy cruel y que ella lo había abofeteado en la cara.

Dejó los zapatos en el suelo. Después, la miró a los ojos.

–Vamos, levántate un momento para abrir la cama –le dijo él mientras se ponía de pie y le ofrecía la mano.

Lili lo miró con suspicacia, pero acabó cediendo y aceptó su mano. Rodeó sus delicados dedos y tiró de ella para ayudarle a levantarse. Aunque no había nadie allí que pudiera verlos, nadie a quien impresionar fingiendo un amor que no sentían, se le pasó por la cabeza tirar un poco más de ella para acercarla y darle un beso.

Pensó que, si iban a tener que estar siempre juntos para que todo el mundo pensara que lo suyo era una apasionada historia de amor, no estaría mal dejarse llevar y hacer realmente lo que todos creían que estaban haciendo en esos momentos.

Pero una voz dentro de su cabeza le recordó que era muy peligroso, que ella quería más de lo que él podía llegar a darle. Lili quería descubrir qué había dentro de su corazón y sabía que no podía permitírselo. Después de mucho sufrimiento, empezaba a sentir cierta paz, cierto equilibrio. Había dejado de tener horribles pesadillas cada noche y no quería hacer nada que pudiera poner en peligro esa frágil armonía. Quería seguir tal y como estaba. Había descubierto que había cosas sobre las que era mejor no reflexionar.

–¿Alex? –susurró ella mientras lo miraba a los ojos.

Seguía deseando besarla, pero recordó que era innecesario, no los veía nadie y solo podría darle más problemas.

–Ese día... –comenzó ella casi sin aliento–. Ese día de abril cuando...

Sabía que besarla no era buena idea, pero hablar de aquello le parecía aún más peligroso. Soltó su mano y dio un paso atrás. Apartó la colcha para que se pudiera acostar.

–Descansa un rato. Te sentirás mejor cuando...

Pero Lili tomó su mano.

–Alex, por favor. Necesito preguntarte algo que...

«No preguntes, Lili. Por favor. No preguntes», pensó él.

Pero estaba atrapado y lo sabía. Acababa de pedirle perdón por cómo se había portado con ella y le daba la impresión de que empezaban a llevarse un poco mejor. Si quería que siguiera siendo así, iba a tener que esforzarse más.

–¿Qué quieres saber, Lili?

Vio que su rostro se sonrojaba.

–Bueno... Verás, para mí lo que ocurrió en abril estuvo muy bien. Fue... Fue maravilloso –le dijo mientras lo miraba esperanzada–. ¿También estuvo bien para ti?

Decidió decirle la verdad.

–Sí.

–Me... me sorprendió, siempre había pensado que la primera vez no iba a ser una experiencia positiva, ¿sabes lo que quiero decir?

Tuvo que aclararse la garganta antes de responder.

–Sí, a veces puede ser algo difícil o doloroso –le dijo.

Lili seguía observándolo como si quisiera

encontrar los secretos del universo escondidos en algún lugar de su cara.

–Tengo otra pregunta –le dijo tímidamente–. ¿Por qué te enfadaste conmigo después?

–No estaba enfadado contigo.

–Pero no me dijiste nada, solo querías que me fuera de tu habitación. Ni siquiera me mirabas.

–Pensé que era lo mejor, que te fueras. Creí que íbamos a poder olvidarlo y fingir que no había pasado.

–Así que te negabas a aceptarlo, Alex. ¿No sabes que negar las cosas no sirve de nada?

–Supongo que tienes razón –repuso él a regañadientes.

–¿Sigues escribiendo, Alex? –le preguntó ella de repente.

La miró con el ceño fruncido.

–¿Cómo hemos pasado del sexo a si escribo o no?

–Todo está conectado –le explicó Lili–. Todo forma parte de lo mismo.

Le parecía una tontería lo que le estaba contando, pero tuvo el sentido común de no hacérselo saber.

–La verdad es que ya no tengo ningún interés en la escritura.

–Pues creo que deberías hacerlo. Creo que todo el mundo necesita una forma de expresión. Yo no sé si podría sobrevivir sin la pintura.

Creía que el mundo no necesitaba sus acuarelas con cervatillos o unicornios, pero decidió no compartir tampoco esa opinión con ella.

–Para mí ya no tiene sentido escribir, Lili. No tengo nada que decir.

–Inténtalo, Alex. ¿Por qué no? Puede que te lleves una sorpresa.

–¿Quieres que también intente escribir? Ya estoy bastante ocupado intentando llevarme bien contigo, Lili.

Ella se le acercó entonces y colocó una mano fresca y suave en su mejilla. Esa inocente caricia lo dejó sin aliento y sintió una oleada de calor que surgía de su entrepierna. Le parecía increíble que pudiera llegar a seducirlo con una simple caricia.

Se dio cuenta entonces de que Lili había estado seduciéndolo toda su vida. Había conseguido mantener las distancias, pero durante esos últimos meses, las cosas habían ido cambiando. Poco a poco, esa mujer estaba consiguiendo penetrar sus defensas y hacerse un hueco en su interior.

Sin saber por qué, volvió a pensar en besarla. Solo un beso, un beso lejos de los objetivos de los periodistas y los paparazzi, uno solo... Pensó que no iba a hacer ningún daño.

Pero, antes de que pudiera decidir si iba a hacerlo o no, Lili se puso de puntillas, como lo había hecho en la madrugada del día de su boda, y presionó sus labios contra los de él.

Fue un beso ligero y demasiado breve. Demasiado hermoso para que pudiera describir-lo con palabras. Se apartó de él y se giró hacia la cama.

–De acuerdo, me acostaré para dormir la siesta.

A él le entraron ganas de echarse a reír y llorar al mismo tiempo. También se le pasó por la cabeza abrazarla y besarla de nuevo.

Lili fue al vestidor y salió poco después con una enorme camiseta rosa que tenía un dibujo de Minnie Mouse en la parte delantera.

–La verdad es que ya me siento un poco mejor con nuestra situación –anunció ella mientras se metía en la cama.

No se le pasó por alto que el movimiento dejó al descubierto gran parte de sus tentadores y suaves muslos.

–Estupendo –gruñó él mientras la tapaba.

–Sé que te irás en cuanto me duerma.

Él no lo negó.

–Bueno, para entonces ya habremos estado aquí el tiempo suficiente para disipar las posibles sospechas de la gente. Creerán que hemos estado haciendo el amor apasionadamente.

–¿Y que nada más terminar me he dormido? ¡Qué cruel soy! –repuso ella sonriendo.

Alex se sentó en un sillón.

–Cierra los ojos.

Ella lo sorprendió haciendo exactamente lo que acababa de pedirle. Se quedó observándola. Era agradable hacerlo. En pocos minutos, su respiración se hizo más tranquila y suave. Ya se había dormido.

Podía haber aprovechado el momento para salir del camarote, pero se quedó donde estaba, mirándola mientras dormía. Se dio cuenta de que debía tener cuidado. Creía que estaba bien tratar de llevarse bien con ella, pero no podía dejar que se acercara demasiado.

Pensaba que no podía ofrecerle lo que ella necesitaba y no podía arriesgar tampoco el frágil equilibrio que había conseguido alcanzar tras sus años de tortura y cautiverio.

No podía permitir que Lili revolucionara su vida y sembrara el caos en su interior.

Pero se quedó en esa silla, mirándola y sintiendo una gran paz en su interior. Casi se atrevía a imaginar que las cosas pudieran ser de otra manera entre ellos, pero sabía que no podía engañarse. Debía tratar de vivir en paz con ella, pero sabía que nunca iban a tener el tipo de matrimonio con el que Lili siempre había soñado.

Era algo que no podía olvidar nunca, algo que debía tener siempre presente.

6

Durante los siguientes días, se llevaron muy bien.

Pasaban bastante tiempo holgazaneando en cubierta, actuando como dos recién casados para que todos los pudieran ver. De pie en la barandilla y tocándose por los hombros, miraban hacia un mar azul e interminable. Podían verlos comprando, cenando e incluso bailando juntos en todos los puertos donde iban deteniéndose.

Eso ocurría de cara a los demás, pero Lili era muy consciente de que las cosas no habían cambiado. Cuando estaban a solas en su camarote, todo era distinto. Alex había vuelto a levantar altos muros a su alrededor. No habían vuelto a hablar con la tranquilidad y cercanía del primer día de su luna de miel. Él dormía a los pies de la cama, sobre la alfombra. Era amable con ella, pero nada más.

Odiaba ver que Alex se esforzaba tanto por mantener las distancias. Y los besos que se daban en público eran una auténtica tortura. Le hacían añorar lo que podrían llegar a tener juntos si él quisiera darles a los dos esa oportunidad.

Alex odiaba tener que estar en esa situación, aunque no se lo confesó a Lili. Cada día, cada hora, cada momento de esa travesía sin fin, iba descubriendo cosas que le gustaban de su esposa. Después de pasar tanto tiempo con ella y de dormir en el mismo camarote, no podía seguir negando cómo era realmente. Lili era una mujer buena y amable. Empezaba incluso a disfrutar de su interminable parloteo, le parecía que tenía mucho encanto.

Y lo peor de todo era darse cuenta de cuánto la deseaba.

Era una auténtica pesadilla. Anhelaba hacerla de nuevo suya, quitarle la ropa y volver a tenerla desnuda entre sus brazos. Deseaba sumergirse en su suavidad, perderse en su cuerpo. Pero la conocía bastante bien y sabía que era una de esas mujeres que disfrutaba del sexo, pero que quería algo más. Si se convertían en amantes, sabía que Lili no iba a quedarse satisfecha hasta que pudiera hacerse con su corazón y su alma.

Por desgracia, su corazón estaba en ruinas y su alma había muerto. Sentía que con ella estaba siempre en la cuerda floja y temía llegar a tropezar un día. Y algo le decía que ese día iba a llegar en cualquier momento.

Estaban bajando lentamente por la costa de Italia. Habían visitado ya Livorno, Roma y Nápoles, explorando juntos esas ciudades. Después, pasaron dos días en Sicilia, paseando por la calle Vittorio Emanuele en Palermo o tomando el sol en la playa de Mortelle. Allí se habían encontrado con una multitud y suponía que los fotógrafos habían tenido la oportunidad de fotografiarlos sin problemas.

Después de Sicilia, siguieron a lo largo de la Costa Este de Italia, navegando esa vez hacia el norte. Cuando llegaron a Venecia, pasaron una tarde con Damien y su novia actual, una joven actriz que se llamaba Vesuvia y se comportaba como el volcán del mismo nombre. Durante la cena, se enfadó con Damien y comenzó a hablar airadamente en italiano mientras gesticulaba rápidamente con sus manos. Al final, se levantó de la mesa y se fue.

–Lo siento mucho –les dijo Damien con frustración–. Tiene mucho temperamento.

Lili lo miró con cariño, siempre se había llevado muy bien con su hermano gemelo.

–Vamos, Damien. Ve tras ella –le aconsejó Lili.

Damien se encogió de hombros.

–No, no quiero darle más poder aún. Esa mujer me agota –le confesó Damien.

–Pero vas a perderla si no... –comenzó Lili.

Damien volvió a encogerse de hombros y pidió más champán.

–Eres incorregible –lo regañó ella–. Casi tan malo como tú –añadió mirando a Alex.

Lili se levantó y salió del restaurante para tratar de detener a Vesuvia.

Damien se quedó mirándola con verdadera admiración mientras salía.

–Lili es distinta –murmuró–. Una mujer entre un millón. Aún no sé por qué accedió a casarse contigo.

A Alex no le apetecía hablar de su matrimonio con Lili.

–¿Qué quieres que te diga? Soy un hombre muy afortunado –respondió con frialdad.

–Lo eres. Solo espero que algún día te des cuenta de la suerte que tienes –le dijo Damien con sinceridad–. Pero me ha parecido que está algo triste.

–No te metas en esto, Damien.

–Siempre te has creído mejor que el resto, superior a todos, ¿verdad? –murmuró Damien.

Alex miró a su hermano. Eran muy parecidos físicamente, pero habían seguido caminos diferentes desde el día que nacieron.

–No soy mejor que nadie –le confesó en voz baja–. En absoluto, Damien. Ahora lo sé.

Su gemelo se quedó mirándolo a los ojos.

–Que digas eso ya es un cambio a mejor, pero sigue preocupándome que Lili parezca tan triste.

Lili volvió sola a la mesa y los dos hermanos se quedaron en silencio.

–No estaba en el cuarto de baño –les dijo ella–. Espero que esté bien.

–No te preocupes –le aseguró Damien–. Vesuvia se defiende bien. Seguro que está perfectamente.

–¡Damien! –lo reprendió Lili–. ¿Cuándo vas a tomarte en serio tu vida?

Damien se echó a reír.

–¿Qué quieres? ¿Que sea tan serio como mi hermano gemelo? –repuso sin dejar de reír.

Lili se volvió hacia Alex y sus ojos se encontraron. Quería sumergirse en esa mirada y deseaba atreverse a dar ese paso.

Ella fue la primera en apartar los ojos para mirar a Damien.

–No, tanto no. Claro que no.

Lili era consciente de que no estaba consiguiendo nada con Alex.

Era amable con ella, pero cuando estaban solos estaba siempre pensativo. La escuchaba cuando le hablaba y solía responderle sin ironías ni palabras hirientes. Cuanto estaban en cubierta o en algún puerto, la tocaba con frecuencia y la besaba con ternura y deseo.

Incluso solían reírse juntos de vez en cuando, cuando había gente alrededor.

Pero cuando llegaba el momento de cerrar la puerta de su camarote y Alex estaba a solas con ella, todo cambiaba. Seguía siendo amable con ella, pero colocaba un muro infranqueable entre ellos.

Después de Venecia, llegaron a Trieste. Según les informaban desde el Palacio del Príncipe, su luna de miel estaba consiguiendo el efecto previsto. Los paparazzi estaban consiguiendo muchas fotos de Lili y Alex en las que aparecían muy acaramelados. Las revistas del corazón los mostraban a menudo en portada y comentaban en sus titulares que eran perfectos el uno para el otro y que parecían muy felices.

Le entraron ganas de llorar al ver esas fotos en las que parecían tan felices y unidos; no hacían sino acrecentar el dolor que le producía la realidad de su vida con Alex.

Después de visitar Trieste, continuaron su viaje volviendo hacia el sur, explorando el Adriático y deteniéndose en algunas islas frente a la costa de Croacia.

Cada día le costaba más trabajo seguir con esa pantomima, sobre todo después de lo agradable que había sido el primer día en el barco. Pero se habían ido distanciando. Alex dormía en el suelo y ella apenas podía soportar la tristeza que le producía esa situación.

Por mucho que lo intentara, su marido no le dejaba acercarse.

Después de once días de luna de miel, Lili no aguantaba más. Si no podía conseguir acercarse a Alex y sentir que de verdad había algo real en esa relación, tenía al menos que pasar algún tiempo sola. Quería un par de horas de tranquilidad, no pedía más. Soñaba con estar en una playa desierta y bajo el cielo abierto sin tener que fingir que era feliz y que todo iba bien.

Pero no sabía cómo conseguirlo.

Estaba siempre rodeada de guardaespaldas, del personal de servicio y de la tripulación. Y tampoco podía olvidarse de Alex que, aunque frío y distante, no se apartaba de ella.

Los reporteros los vigilaban de vez en cuando desde helicópteros que pasaban sobre sus cabezas y se escondían en lanchas motoras que pasaban cerca del barco para tratar de sorprenderlos desprevenidos.

Pero Lili estaba decidida, necesitaba un descanso de todo aquello.

Afortunadamente, el gigantesco yate en el que viajaban contaba con varios vehículos disponibles. Podía elegir entre un pequeño velero, un helicóptero o un barco de diez metros de eslora, el *Lady Jane*. Sabía que irse en helicóptero era impensable. El barco lo habían usado más de una vez. Era rápido y creía que era perfecto para sus planes.

Decidió pedirle al capitán que le enseñara a

manejar los controles del barco y le diera una vuelta con él. Para que nadie sospechara, pidió que le dieran un paseo también en el velero y en el helicóptero y lo organizó todo para hacerlo entre las nueve y las once de la mañana, cuando sabía que Alex iba a estar en el gimnasio del yate.

Pero su marido apareció a su lado, recién duchado y sonriente, en cuanto terminaron de explicarle cómo funcionaban el helicóptero y el velero, justo cuando el segundo oficial la llevaba hacia el *Lady Jane*.

–Hoy has estado menos tiempo en el gimnasio, ¿no? –le preguntó ella con una sonrisa.

Alex la abrazó cariñosamente.

–Parece que no puedo estar lejos de ti.

Aunque no creía ni sus gestos ni sus palabras, no podía evitar estremecerse cada vez que la tocaba. El segundo oficial le dijo que el *Lady Jane* era capaz de alcanzar una velocidad máxima de cuarenta y cinco nudos. Creía que era justo lo que necesitaba para escapar de los reporteros y que no la pudieran seguir.

Alex se mantuvo a su lado mientras le explicaban cómo usar los controles.

–¿Por qué has pedido que te explicaran cómo manejar el helicóptero, el velero y el *Lady Jane*?

–El conocimiento es poder –repuso ella con altanería–. ¿Cómo sabes que también me han enseñado el velero y el helicóptero?

–Sé todo lo que haces.

–¡Ya! Quieres decir que tus hombres me espían, ¿no? Me apena que no respetes mi privacidad.

–Estás tramando algo, ¿verdad? –le preguntó Alex–. ¿De qué se trata?

Oyó de repente las aspas de un helicóptero.

–Nos están observando –le dijo ella.

–Siempre estamos siendo observados. Contéstame, Lili. ¿Qué estás tramando?

Estaban de pie junto a la barandilla y ella se le acercó un poco más.

–Dame un beso –le pidió ella–. Bésame lentamente, démosles un buen espectáculo.

Alex se inclinó hacia ella, con su boca muy cerca de la de Lili.

–Ya tienen miles de fotos así.

Alex olía tan bien… La envolvió su aroma masculino, especiado y fresco al mismo tiempo.

–No viene mal que tengan otro beso. Además, es nuestro trabajo ser convincentes…

Alex rozó levemente sus labios. Se separó y volvió a besarla.

Notó cómo se aceleraba su respiración. Aunque mantuviera las distancias, Lili sabía que la deseaba. Y ella sentía lo mismo, no podía evitarlo.

Pero sabía que nada de eso importaba porque Alex nunca iba a acercarse a ella.

–Otra vez –susurró ella invitándolo con sus labios–. Bésame otra vez.

Alex lo hizo y esa vez fue un beso de verdad.

La envolvió con sus fuertes brazos, aplastándola contra su musculoso y cálido torso. Durante un segundo, fue feliz, se olvidó de todo y disfrutó del sol a su espalda y del viento suave que agitaba su pelo. Pero era sobre todo consciente del calor que la rodeaba y de la deliciosa tentación de esos labios sobre los de ella.

Cuando Alex levantó la cabeza, la miró a los ojos.

–Lo harás esta noche, ¿verdad? Mientras esté dormido, saldrás del camarote y te escaparás a alguna isla desierta en ese barco para poder estar a solas y curar tu orgullo herido. Mientras tanto, todos los demás, tendremos que salir a tu encuentro.

El corazón le dio un vuelco.

Le parecía imposible que pudiera haber adivinado su plan.

–Mi orgullo no está herido –mintió ella mirándolo a los ojos–. Y no voy a escabullirme en mitad de la noche.

Alex apretó sus hombros y los frotó suavemente.

Era muy agradable. Después, acarició su mejilla.

–No vas a conseguir convencer a nadie de la tripulación para que baje el barco por ti y mis hombres te observan en todo momento. Nunca permitirían que te fueras sin mi permiso.

Ella se echó a reír con amargura.

–¿Te estás escuchando? ¡La tripulación no

me ayudará, tus hombres no permitirán que me vaya! ¡Estoy prisionera en este yate!

–No es eso, Lili, es por tu seguridad, por tu propio bien.

Ella renunció a toda pretensión de inocencia y le dijo lo que sentía.

–Lo digo en serio, Alex. Tengo que salir de este barco, tengo que ir a algún sitio donde pueda ser yo misma… Por favor. Solo un día o al menos un par de horas.

–Pero puedes ser tú misma en nuestro camarote.

–Sí, pero siempre estás ahí conmigo y siento que estás tan lejos, que eres tan distante… Me recuerda constantemente que nunca vamos a tener el matrimonio que quiero, el matrimonio que he deseado toda mi vida. ¿No te das cuenta? Estar a solas contigo es lo que me está volviendo loca.

–Puedes ir a otro camarote y pasar un poco más de tiempo sola. A nadie le extrañará, ya les hemos dado suficientes muestras de afecto durante estos días de viaje –le sugirió Alex.

Ella sacudió la cabeza, se dio la vuelta y miró hacia la distancia, donde sabía que había islas, aunque aún estaban demasiado lejos para poder verlas.

–Tienes un montón de soluciones para todo, Alex –le dijo ella con sarcasmo.

Él se acercó más a su espalda.

–Solo estoy tratando de ayudarte.

Dejó escapar un suspiro cansado.

–Ni siquiera has negado que te muestras distante y lejano cuando estamos solos.

Alex agarró sus hombros y la atrajo contra su cuerpo. Creía que debería haberse resistido, pero era muy débil y siempre estaba dispuesta a aceptar las migajas de afecto que él le daba. Sintió que besaba su pelo.

–Si tanto necesitas irte, yo te llevaré –le susurró Alex entonces.

Supuso que no lo había oído bien.

–¿Esta noche? ¿En el *Lady Jane*? ¿Solos los dos?

No era eso lo que ella había planeado, pero se dio cuenta de que podía ser incluso mejor. Si iba con ella, creía que era una buena señal de que estaba dispuesto a bajar un poco la guardia.

–Bueno, tendrán que venir al menos un par de mis hombres –le dijo Alex.

Notó que había algo nuevo en su voz, parecía emocionado.

–No, Alex. De eso nada, nadie más, solo tú y yo.

–Pero es peligroso.

–No te preocupes –le dijo ella–. Si podemos dar el esquinazo a los periodistas, nadie sabrá dónde estamos. Podemos ser invisibles. Al menos durante unas horas. Por favor, Alex.

–Nunca somos invisibles –repuso Alex con seriedad–. Nuestras fotos están por todas partes.

–¿Crees que la gente lee ese tipo de revistas en una remota y diminuta isla frente a Croacia? Seguro que apenas hay habitantes allí. Además, sé que tus hombres podrían encontrarnos si fuera necesario, pero no lo será, te lo garantizo.

–Sería una irresponsabilidad tremenda por nuestra parte –repuso Alex mientras le daba otro beso en la cabeza.

Era casi como si se hubiera acostumbrado tanto a ese tipo de gestos que lo hiciera de manera casi inconsciente. Era una idea que le daba esperanza.

–Pero lo harás, ¿verdad? Vendrás conmigo y tus hombres pueden vigilarnos desde cierta distancia.

–No puedo creer que acepte...

–¡Di que sí, Alex!

–¿Tengo otra opción?

–Dilo, Alex –insistió ella.

Él dudó solo unos segundos. Después, se rindió.

–Está bien.

Sonrió satisfecha.

–Vamos, anímate, Alex. Va a ser muy divertido, ya lo verás.

Alex temía estar perdiendo completamente la cabeza. Sabía que debería haberse negado a huir del yate con ella, cruzando el Adriático hasta alguna isla casi desierta. Creía que no era prudente ni seguro.

Había accedido porque estaba tan harto como ella de tanto fingir. Además, la conocía lo suficiente para saber que, aunque no fuera con ella, encontraría la manera de escapar sola. Lili quería que se fueran a medianoche.

–La medianoche es la hora de las brujas –le explicó ella–. Es una hora mágica, Alex. Y tú y yo necesitamos un poco de magia.

Recordó entonces que ella no tenía ninguna razón para la mitad de las cosas que hacía.

Ordenó que prepararan y abastecieran bien el *Lady Jane* y que se hiciera todo de la manera más discreta posible. También dio órdenes específicas para que el equipo de seguridad estuviera listo.

Tendrían bengalas, luces, mapas, más agua potable de la necesaria, un extintor, chalecos y los mejores botes salvavidas.

No le explicó a Lili nada sobre esos preparativos para que no lo acusara de ser un paranoico. Le pidió que se pusiera ropa cómoda con la que pudiera caminar y que llevara varias capas.

Podía llevar su traje de baño puesto si lo deseaba, pero quería que se pusiera calzado cómodo y unos pantalones ligeros y resistentes. Su camisa debía ser de algodón e iba a necesitar también una sudadera y un impermeable con capucha.

–Lleva un sombrero para el sol, crema protectora y una muda de ropa interior.

–¿Quieres que lleve también armas? –repuso Lili riendo–. ¿Llevo mi arpón? Es bueno para capturar ballenas y para protegerme.

–Solo pretendo que estés cómoda. No volveremos hasta mañana por la tarde.

–Para que lo sepas, te voy a hacer caso y voy a llevar todo lo que me has dicho, Alex –protestó ella sacándole la lengua.

–Lili, ¿es que nunca vas a crecer?

–Ya he crecido, Alex. Soy una mujer casada con un hijo en camino –le recordó ella mientras acariciaba su vientre.

Ese gesto lo dejó sin aliento.

–¿Cómo estás?

–Estoy bien, gracias –repuso Lili.

–Es que acabas de recordarme con tus palabras lo absurda y peligrosa que es esta aventura...

Lili colocó un dedo sobre la boca de Alex.

–Déjalo ya, por favor. Vamos a irnos, ya está todo arreglado.

En ese instante, deseó agarrarla y besarla apasionadamente. Eran muchas las cosas que deseaba y que nunca iba a tener.

Tomó la mano de Lili y la apartó de su boca.

–Está bien –le dijo, resignado.

–No te preocupes por nada, Alex, va a ser genial.

***

Se subieron al *Lady Jane* a las diez de la noche. Lili tenía mariposas de emoción en el estómago. Le encantaba saber que iban a estar solos los dos y lejos del camarote del yate, como una pareja normal. Quería saborear cada momento de esa escapada secreta.

El barco estaba atracado a babor, oculto tras una puerta hidráulica. Los dos iban vestidos con ponchos y ocultos bajo las capuchas para que nadie pudiera identificarlos.

Cuando entraron en la cabina, Alex le dio un chaleco salvavidas a ella y él se puso otro.

–Baja –le ordenó mientras señalaba el pequeño camarote y tomaba con la otra mano el timón.

–De acuerdo –repuso ella–. Y voy a dejar que conduzcas, así que no te quejes.

La fulminó con la mirada, pero no le dijo nada. Hizo los preparativos necesarios y no tardó en ponerlo en funcionamiento y alejarse poco a poco del yate. Iba despacio, para que el motor no hiciera mucho ruido.

Iban hacia el este y las olas mecían suavemente el barco.

Para que nadie descubriera que se habían ido, el helicóptero en el que iban dos de los mejores hombres de la unidad de Alex no saldría tras ellos hasta más tarde, cuando tuvieran a la vista ya la isla. Alex estaba constantemente en contacto con sus hombres.

Era una noche clara y tranquila. Cuando se

alejaron bastante del yate, se sumergieron en la oscuridad de la noche, solo había en el cielo una delgada luna creciente y unas cuantas estrellas. Todo estaba en silencio, no había otros barcos.

Miró a Alex y él se volvió hacia ella como si hubiera sentido que lo observaba. Entre las sombras, le pareció ver sus blancos dientes.

Estaba sonriendo, le encantó verlo así. Le parecía muy buena señal.

El viento le quitó la capucha y ella echó la cabeza hacia atrás para mirar el cielo oscuro. Hacía mucho tiempo que no estaba tan feliz.

–Escucha. ¿Oyes eso? –le preguntó Alex de repente.

Estaba a punto de abrir la boca para decirle que no cuando lo oyó.

–Es otro barco...

Alex aumentó la velocidad. El *Lady Jane* rugió y comenzó a galopar sobre las olas.

–Baja al camarote –le gritó Alex.

Pero no quería hacerlo. Se dio la vuelta y fingió que no lo había oído. Fue entonces cuando vio las luces del otro barco. Estaba aún bastante lejos y no podía calcular su tamaño.

–Agárrate fuerte –le gritó Alex.

Hizo lo que le decía. Cada vez iban más rápido, dejando estelas de espuma en el mar. Sintió gotas de agua en su cara y en el pelo.

Se echó a reír, estaba feliz. Alex aceleró para ir más y más rápido. Supuso que ya habrían alcanzado la velocidad máxima. Sin soltarse, se dio la vuelta para mirar.

–Todavía nos siguen –le gritó ella.

Alex no dijo nada. Él también estaba empapado. Tenía un gesto serio y decidido, pero sabía que estaba disfrutando con aquello. Era la primera vez que lo veía así desde aquella mañana de abril. Parecía estar vivo de verdad. Creía que era un buen comienzo y se llenó de esperanza.

–No sueltes la barra. Agárrate bien –le ordenó Alex–. Prométemelo.

–Te lo prometo –repuso ella riendo a carcajadas.

Alex giró con fuerza el timón para desviarse de su curso original. Lili se aferró a la barra a la que estaba sujeta. Fueron virando cada poco tiempo para tratar de evitar al barco que los seguía.

Le pareció maravilloso y emocionante. Tenía taquicardia y le costaba respirar. No habría podido decir cuánto tiempo pasaron así. Pero después de un rato se dio cuenta de que iban más despacio.

Miró a Alex y él le devolvió la mirada.

–Lo hemos conseguido, nos han perdido de vista.

Desaceleró aún más, hasta que solo oyeron el suave ronroneo del motor. Se dio cuenta entonces de que ya no había brisa, era una sensación rara. Era como si el aire fuera más pesado y el cielo más oscuro. Ya no podía ver ni las estrellas ni la luna. Sobre sus cabezas, habían aparecido de la nada densas nubes. Incluso el agua parecía estar inmóvil. Aquello no le gustó, su pulso volvió a acelerarse. Tenía la extraña sensación de que algo catastrófico estaba a punto de suceder.

Se volvió hacia Alex lentamente, como en un sueño. Sus ojos estaban esperándola.

–Es un ambiente casi fantasmagórico, ¿verdad? –le susurró ella.

Pero de repente se iluminaron las nubes.

–Un relámpago –murmuró Alex.

Poco después escucharon un trueno.

–¿Qué pasa, Alex?

Les llegó un sonido de la radio. Uno de los hombres de la unidad de Alex trataba de comunicar con ellos. Tomó el transmisor, habló por él y esperó. Después, lo intentó de nuevo, pero no obtuvo respuesta.

Hubo más relámpagos y truenos. Todo había cambiado en pocos segundos y se había levantado un fuerte y turbulento viento que parecía llegarles desde las cuatro direcciones.

–Alex, ¿qué...?

–Es una tormenta térmica. Se dan en el Adriático durante los meses de verano y pueden ser muy fuertes, peligrosas para un barco pequeño –le explicó Alex mientras agarraba de nuevo el timón–. Baja al camarote o agárrate bien.

Lili se sentó y se agarró a la barandilla.

El viento soplaba con más fuerza y llovía mucho. Los rayos caían a veces tan cerca que temió que uno los golpeara.

El agua había cobrado vida propia y los agitaba ferozmente. El viento era tan fuerte que la habría tirado al suelo si hubiera estado de pie. Después empezó a granizar. Sintió el hielo golpeándole la cara y los hombros. No duró mucho, pero comenzó a diluviar y las olas cada vez eran más altas.

Alex la llamó por su nombre, pero ella apenas lo oyó. No había nada que pudieran hacer, no había manera de salir de esa vorágine de olas, rayos, golpes de lluvia, furiosos vientos y truenos ensordecedores.

Cuando llegó la ola más fuerte, no tuvo tiempo de reaccionar hasta que se tragó el barco entero. Lili soltó la barandilla y voló por los aires mientras el *Lady Jane* volcaba en un instante, como si fuera un barco de juguete.

Cayó al agua y su chaleco salvavidas aplacó un poco el golpe, pero las olas seguían siendo muy altas. Tan pronto como lograba sacar su cabeza a flote, le golpeaba otra ola.

Trató de llamar a Alex, pero no podía oír ni su propia voz. Vio que se alejaba deprisa del casco volcado del barco. Cada vez estaba más lejos. Oyó entonces a Alex llamándola. Agitó los brazos hacia su voz, era muy difícil moverse en esas aguas. Vio entonces que estaba allí e iba hacia ella. Levantó un brazo y lo agitó en el aire.

–¡Alex! –gritó mientras nadaba hacia él.

Una ola la golpeó desde atrás y le dio con algo duro en la cabeza. Sintió la conmoción del golpe y su mente se quedó en blanco. Recordó entonces al bebé. Y a Alex.

–Lo siento. Lo siento mucho... –le susurró al bebé o a Alex cuando lo vio cerca.

Se sintió muy triste y perdida, pero solo duró un momento.

Después de eso, todo se volvió negro.

7

Lili se despertó con una suave lluvia sobre su rostro. Abrió los ojos y vio que todavía era de noche. Alex estaba inclinado sobre ella. Tenía un corte en la sien y sangre en la mejilla.

–Lili –susurró mientras tocaba suavemente su cara.

Se le llenaron de lágrimas los ojos al ver que la miraba con ternura.

–Lili, ¿me oyes?

Parpadeó para apartar las lágrimas y gimió de dolor al tocarse un chichón que tenía en la cabeza, tras la oreja derecha.

–¿Qué...? ¿Dónde...?

–¿Sabes quién soy? –le preguntó Alex.

–¿Dónde estamos?

–Creo que en algún lugar al oeste de las Dálmatas.

Las Dálmatas eran una serie de islas frente a la costa de Dalmacia, una región de Croacia.

—Escúchame —le dijo Alex—. ¿Sabes quién soy? —le repitió lentamente.

Se dio cuenta de que no iba a dejar de preguntárselo hasta que le respondiera.

—Alex —repuso mientras tocaba su cara—. Estás sangrando...

—No es nada, solo un rasguño. ¿Cómo estás tú?

—Tengo un chichón. Algo me dio con fuerza en la cabeza. Me duele, pero aparte de eso...

—¿Ves doble? ¿Te sientes mareada o confusa?

—Más o menos como siempre —repuso ella casi riendo.

—Una broma, has hecho una broma. Es buena señal. Estoy seguro de ello.

—¡Oh, Alex...! —susurró con más lágrimas en los ojos.

—No llores —le dijo él con dulzura.

Se inclinó y le dio un breve beso en los labios que consiguió emocionarla.

—No ha sido culpa tuya —susurró él contra su boca.

—Sí que lo ha sido y lo sabes. Ahora mismo estaríamos a salvo en el yate si yo no hubiera...

—Déjalo, no llores. No te culpo. Estamos vivos. El bebé está vivo... —le dijo abriendo mucho los ojos—. Porque lo está, ¿verdad?

–Sí –le prometió ella poniendo instintivamente su mano sobre el vientre–. Está bien.

–Me alegro –repuso Alex casi sonriendo.

–¿Cuánto tiempo…?

–¿Cuánto tiempo has estado inconsciente? No mucho, unos minutos.

No podía creerlo. Le parecía que habían pasado horas desde que recibiera un fuerte golpe en la cabeza.

–Pero la tormenta…

–Terminó de manera tan repentina como apareció –repuso Alex–. Aún puedo ver los relámpagos, se desplaza rápidamente hacia el norte.

Extendió la mano y tocó la superficie donde estaba tumbada.

–¿Estamos en un bote? ¿Te las arreglaste para sacar un bote hinchable?

–La verdad es que me lo encontré poco después de ir hasta donde estabas tú. Flotaba a unos metros de distancia y conseguí tirar de la palanca para que se inflara automáticamente.

–Es un milagro.

Alex le mostró un paquete de lona con correas para poder llevarlo como si fuera una mochila.

–Y tenemos un kit de supervivencia –le dijo.

–¿Qué hay dentro?

–Me imagino que un cuchillo, una linterna, pastillas para el mareo, remos, luces de bengala, una brújula. Puede incluso que haya un poco de agua. Luego miramos.

Alex también había encontrado la bolsa que ella había llevado consigo.

–¿Tienes aquí un teléfono móvil? –le preguntó él.

–No, lo tengo en mi bolsillo –repuso mientras lo buscaba–. ¡No, no está!

–Yo también he perdido el mío.

Vio que parecía desinflado y triste.

–Bueno, ha sido una suerte que pudieras hacerte con el bote y el kit de supervivencia –le dijo ella para animarlo–. Y en mi bolsa tengo algunas cosas que nos pueden ser de utilidad, como un mechero, agua, protector solar, dinero y barritas energéticas.

Alex se encogió de hombros al oírlo.

–Excelente, podemos prender fuego al dinero si tenemos frío y no tendremos que preocuparnos por las quemaduras del sol.

Ella se echó a reír. Después, gimió de dolor.

–No digas nada divertido. Ahora no, por favor –le pidió–. Hace que me duela la cabeza más aún.

Trató de incorporarse, pero Alex no la dejó.

–Quédate inmóvil unos minutos más, por favor.

–Pero estoy bien.

–Hazlo por mí –le dijo.

Ella cedió y se acomodó en su regazo.

–Cierra los ojos, descansa un poco –le susurró Alex.

No quería dormir, pero cerró los ojos.

–Estás temblando –le dijo él–. ¿Tienes frío?

–No –repuso ella a pesar de que toda su ropa estaba empapada–. A lo mejor son los nervios, no lo sé...

–Puede que sea por la adrenalina –repuso Alex frunciendo el ceño–. Es una pena que no tengamos una manta... Espera, tengo una idea.

Tomó suavemente sus hombros y la colocó entre sus brazos, metiendo las piernas de ella entre las de él. Con su fuerte torso por almohada y sus brazos cálidos y musculosos a su alrededor, no tardó en dejar de temblar.

Alex la besó en el pelo, como había hecho la tarde anterior en el yate. Era un gesto de afecto y cariño.

–¿Mejor? –le preguntó él.

–Sí, mucho mejor.

Durante unos minutos, siguieron a la deriva en medio de la oscuridad de la noche. Empezó a sentir sueño. Le preocupó que fuera mala señal, que el golpe hubiera sido más serio de lo que pensaba, pero se dio cuenta de que solo estaba agotada.

–Duerme si puedes –le susurró Alex–. Yo vigilo.

–Pero tú también deberías descansar.

–No, cierra los ojos, no te preocupes.

Le hizo caso y dejó que cayeran sus pesados párpados.

Alex la despertó un par de horas más tarde para comprobar su estado. Seguían flotando a la deriva y no había amanecido. Le preguntó su nombre, su edad y el nombre de su madre.

Ella se rio, pero respondió a las preguntas. Le dijo que debía dormir, pero Alex le aseguró que no estaba cansado. Pocos minutos después, volvió a dormirse.

Cuando Lili se despertó, se dio cuenta de que tenía mucha sed. Su boca estaba seca. Vio entonces que los primeros rayos del sol aparecían tras los acantilados rocosos que tenía frente a ella.

«Acantilados...», se repitió abriendo más los ojos.

Recordó de repente todo lo que había pasado esa noche. Se sentó de golpe en el bote.

–Despierta, Alex. ¡Despierta!

–¿Qué ha pasado? ¡Me he quedado dormido! –gruñó Alex.

–¡Mira! –exclamó ella señalando los acantilados–. Estamos en... ¡Estamos aquí! ¡Hemos llegado a tierra firme!

Estaban en una preciosa cala rodeada de árboles y vegetación. Más allá de los árboles se veían unos escarpados acantilados. La playa no era de arena, sino de guijarros y tenía forma de media luna. No debía de tener más de veinte metros de largo.

–Pero ¿dónde se supone que estamos? –se preguntó

–Ahora mismo, todo lo que me importa es que es tierra firme. Me da igual dónde estemos.

–Sí, supongo que tienes razón –le dijo Alex.

La playa y los acantilados parecían estar desiertos.

–Creo que veo un camino por allí –murmuró ella mientras señalaba un punto entre los árboles y los acantilados.

–Sí, ya lo veo.

–Levántate para que pueda salir del bote y remolcarnos hasta la orilla –le pidió Alex.

En cuanto se apartó, Alex se puso de pie y se quitó la camiseta, dejando al descubierto sus abdominales y su ancho y fuerte torso. No pudo evitar sonreír.

–Estamos perdidos con un simple kit de supervivencia y un bote y sonríes como si fuera el día más feliz de tu vida –repuso él mientras sacudía la cabeza.

–Bueno, hemos sobrevivido a un momento muy peligroso. Estamos vivos y casi ilesos –le recordó ella–. Estamos a salvo. Alguien nos rescatará. O puede que yendo por ese camino encontremos un pueblo con un montón de lugareños amistosos que nos dejen sus teléfonos.

Además, le daba la impresión de que Alex la miraba con un brillo distinto en los ojos y el mundo le parecía un lugar más feliz ese día.

Alex salió del bote, se metió en el agua y

tiró de la embarcación hasta llegar a la playa. No había corrientes, el agua estaba tranquila y cristalina. Cuando estuvieron en tierra firme, le tendió la mano y la ayudó a salir del bote.

–Por fin a salvo –dijo ella alegremente–. Me estoy muriendo de sed.

–Vamos a esconder el bote lo mejor que podamos y también los chubasqueros. Espero que no los necesitemos de nuevo, pero nunca se sabe...

Lili vació el contenido de su bolsa de viaje. Las cosas no estaban tan mojadas como había esperado. Vio la botella de agua y bebió un poco. Fue maravilloso poder hacerlo por fin. Tomó un poco más y se la dio a Alex. Él apenas bebió un trago y se la devolvió. Aún tenía sed, pero decidió que era conveniente no beber más.

–Será mejor que te quites el chaleco salvavidas y el mono.

Hizo lo que le pedía y se lo dio a Alex. Notó entonces que tenía hambre. Sacó una barrita energética, la partió en dos y le dio un trozo a él. Se sentaron los dos a tomar ese desayuno improvisado mientras miraban hacia el mar. No sabía dónde estaban, no tenían ni idea.

–Dime que todo va a salir bien –le dijo en voz baja sin mirarlo.

–Todo saldrá bien –le respondió Alex con seguridad.

Se volvió hacia él y vio que la estaba mirando. Sus ojos marrones parecían más vivos esa mañana. Pensó entonces en Afganistán, en los años que había pasado allí, en el dolor y el miedo que debía de haber sentido y de lo que nunca hablaba.

Eran cuatro años de su vida y nunca hablaba de ellos, le parecía increíble. Le habría encantado poder preguntarle por esa experiencia, pero tenía miedo de que volviera a encerrarse en sí mismo.

Alex abrió el kit de supervivencia.

–Vamos a ver lo que tenemos aquí –murmuró–. No está mal. Dos navajas con varios filos, raciones de agua, barras de comida, un botiquín de primeros auxilios, un kit de pesca...

–¿Crees que tendremos que estar aquí tanto tiempo como para que tengamos que pescar?

–No lo sé, pero me alegra tener esa opción por si lo necesitamos. También hay una lupa, una bolsa para almacenar agua, bengalas...

–¿Hay un teléfono o una radio? –le preguntó ella esperanzada.

–No, no se puede tener todo –repuso Alex mientras se colgaba una de las navajas del cinturón.

Se metió la brújula en el bolsillo y le entregó a ella las raciones de agua y las barras de alimentos.

–Mete esto en tu bolsa con el resto de tus cosas. Y ponte también un poco de protector solar –le pidió Alex–. Vamos a hacer una señal y luego nos pondremos en movimiento.

–¿No deberíamos estar cerca de la playa por si viene alguien a rescatarnos?

–No tenemos ni idea de dónde estamos ni cuánto tiempo va a llevarles encontrarnos. Me parece una pérdida de tiempo quedarnos aquí sentados esperando.

Se dio cuenta de que tenía razón. Era mejor que trataran de averiguar si la isla estaba habitada. Quizás hubiera alguien allí que pudiera ayudarlos.

Después de ponerse protector solar, estuvieron recogiendo piedras grandes y pedazos de madera. Con esos materiales escribieron *Lili y Alex* en la playa. Las letras eran lo suficientemente grandes como para ser vistas desde el aire. Después de sus nombres, él formó una flecha que apuntaba hacia el camino que habían visto antes.

El trabajo les dio más sed. Cuando terminaron, compartieron otra barrita energética y se bebieron lo que quedaba de la primera botella de agua. Después de esa, tenían otras tres.

–Muy bien –le dijo Alex–. ¿Nos vamos?

Ella cargó con su mochila y él con el kit de supervivencia.

Caminaron por la playa hasta llegar al sitio donde comenzaba el camino de tierra. Había muchos árboles. Casi todos eran bastante bajos, parecían olivos. También vio algunos robles y cipreses. Las gaviotas volaban sobre sus cabezas y las temperaturas empezaban a subir; no tardó en sentir que su ropa se secaba.

Añoraba poder darse un buen baño y disfrutar de un verdadero desayuno con huevos y salchichas. Se le hizo la boca agua. Le parecía increíble lo maravillosas que eran esas cosas sencillas que nadie parecía apreciar hasta que le faltaban.

Pero trató de no pensar más en ello y concentrarse en caminar. Prefería no pensar en dónde estaban ni en cómo iba a salir de allí.

El camino ascendía poco a poco por la ladera. Se les cruzó un lagarto frente a ellos y, unos minutos después, un pájaro muy pequeño salió de entre la maleza y retomó el vuelo. Llevaban una media hora andando cuando se vieron entre dos acantilados de piedra caliza. Parecía el punto más alto de la isla. Desde donde estaban, pudieron ver el mar azul que los rodeaba. No había barcos a la vista. Y el cielo estaba despejado, sin nubes ni helicópteros que llegaran a rescatarlos.

Alex se volvió hacia ella.

—La isla no debe de tener más cinco o seis kilómetros cuadrados. Podríamos recorrer todo el perímetro en menos de cuatro horas.

El viento soplaba. Olía a lavanda, a romero y a mar. Extendió los brazos e inclinó la cara hacia el cielo.

—Todo esto es tan hermoso...

–Siempre ves el lado bueno de las cosas –le dijo Alex con cariño.

Se le acercó entonces y le apartó algunos mechones de pelo de la cara. Se fijó en sus ojos, parecían más claros que nunca, de color ámbar. También él olía a mar y a tierra. Era un aroma que le atraía mucho.

Llevaba años creyendo con lo odiaba, pero pensó entonces que solo había estado protegiéndose, como si instintivamente hubiera sabido lo peligroso que era para ella ese hombre.

–Es una pena que no haya señales de presencia humana...

–Bueno, nunca se sabe –repuso ella.

Alex se le acercó aún más y ella se quedó sin aliento. Sin previo aviso, la besó de manera posesiva y sintió una oleada de calor y felicidad por todo el cuerpo. Después, Alex sacó una botella de agua y se la ofreció.

–Bebe –le ordenó.

No tuvo que decírselo dos veces, estaba sedienta. Le habría encantado terminársela, pero Alex también tenía que beber y se la devolvió.

–Mira allí –le dijo él señalando un punto entre los árboles.

–¿A qué te refieres?

–Hay una zona de matorrales y luego un pequeño grupo de árboles. ¿Ves unas manchas de color rojo escondidas entre las ramas?

Entrecerró los ojos y vio lo que estaba señalando. Se aceleró rápidamente su pulso.

–¡Son tejados! ¡Tejados rojos! Así que sí hay
gente en la isla.

–Bueno, yo no veo movimiento, la verdad.

–¿Cómo ibas a verlo? Está demasiado lejos.
¡Vamos! ¿A qué esperamos? –repuso ella animada.

Bajaron hacia esa zona de la isla. Era agradable estar a la sombra de los árboles. Estaba
feliz pensando en la posibilidad de encontrar
gente que los rescatara. Anhelaba poder darse
un baño y comer un buen desayuno. Soñaba
sobre todo con poder beber todo el agua que
quisiera.

Alex caminaba a buen ritmo y ella lo seguía
con entusiasmo hasta que estuvieron bastante
cerca. Él se detuvo entonces y se volvió hacia
ella.

–Deberíamos acercarnos a los edificios con
cuidado –le dijo él.

Abrió la boca para decirle que no fuera tan
negativo, que no iba a pasar nada, pero recordó entonces lo segura que había estado cuando
le dijo que no podría pasarles nada malo saliendo a dar un paseo a medianoche a bordo
del *Lady Jane* y lo equivocada que había estado.

–Está bien, ¿qué quieres que haga?

Alex la miró con el ceño fruncido, como si
no pudiera creer que se lo estuviera poniendo
tan fácil.

–Sé que no te va a gustar la idea, pero quiero que te quedes aquí. Voy a ver cómo está todo y después vuelvo a por ti.

–No, Alex. ¡Por favor!

–Será solo un rato, te lo prometo.

Trató de mantener la boca cerrada, pero no lo consiguió.

–Creo que es mala idea que nos separemos, deberíamos permanecer juntos –le dijo ella.

Él la tomó por los hombros y la miró a los ojos.

–La verdad es que no creo que haya nada de lo que preocuparse.

–Estupendo. Entonces, podemos ir juntos –repuso ella sonriendo.

–No me estás escuchando.

–Sí, acabas de decirme que no hay nada de lo que preocuparse.

–También te he dicho que deberíamos tener cuidado.

–Pero...

Alex colocó un dedo sobre sus labios y le dedicó media sonrisa.

–Dame veinte minutos –le pidió.

–Pero no tengo reloj –repuso ella tratando de convencerlo para que la dejara ir con él.

–Toma, quédate el mío –le dijo Alex quitándose su reloj–. Volveré en veinte minutos, ¿de acuerdo?

Tenía un nudo en la garganta y los ojos llenos de lágrimas que trataba de ocultar.

–Creo que no deberíamos separarnos –insistió ella.

–En la situación en la que estamos, es la mejor opción.

–¿No podríamos ir juntos pero con cautela? Si te pasara algo, ¿qué voy a hacer yo?

–Seguro que se te ocurre algo –repuso Alex con una sonrisa.

–¿Confías en mí? –le preguntó ella.

–Sí, por supuesto.

–Entonces, debería ir contigo.

Vio que sus ojos ya no tenían la misma luz de antes, el cálido color ámbar había desaparecido de su mirada. Volvía a ser oscura y parecía muy decidido.

–No me va a pasar nada, Lili –le dijo mientras se quitaba el cuchillo y se lo daba–. Toma.

–No, no lo quiero. Si puede haber peligro, deberías llevarlo contigo.

–Lili... –susurró él.

Se estremeció al ver la pasión con la que pronunciaba su nombre. De repente, la abrazó contra su torso y la besó en el pelo.

Era una sensación increíble. Sabía que nunca podría perdonárselo si le pasaba algo a Alex. Creía que estaban en esa situación por su culpa.

–Si te pasa algo, te mato –murmuró ella.

Alex le levantó la barbilla con ternura.

–Lili...

–No, lo digo en serio. Estoy segura de que no

hay nada de lo que preocuparse. No hay ninguna razón para que me quede aquí cuando...

Y entonces sucedió. Por fin.

Alex la besó. Una parte de ella sabía que lo hacía para silenciar sus muchas objeciones, pero era un beso de verdad. Uno hermoso y apasionado. Un beso real como los que le había dado aquella mañana de abril. El día que había cambiado sus vidas por completo. El tipo de beso que conseguía llenar su corazón y que parecía recorrer todo su ser.

Podía sentir cómo despertaba su cuerpo. Había soñado toda su vida con encontrar algún día el hombre que la completara por completo. Nunca habría pensado que ese hombre pudiera llegar a ser el frío y distante príncipe Alexander.

Pero esa mañana de abril lo había cambiado todo con un solo beso.

La abrazó aún con más fuerza, era increíble sentir el calor de su cuerpo. Se estremeció cuando sus lenguas se unieron y apretó aún más los pechos contra su torso. Era delicioso, pero quería más. Lo besó también ella de manera casi desesperada y hambrienta. Estaba completamente perdida en ese instante. Pero, justo cuando había logrado olvidarse de todo, Alex la tomó por los hombros y se apartó de ella.

–Veinte minutos –le dijo bruscamente.

Parpadeó un poco aturdida y lo miró sin

entender. Aún tenía el machete y el reloj en la mano izquierda.

–Si no llevas tu reloj, ¿cómo vas a saber cuándo tienes que volver?

–Lo sabré, no te preocupes.

–¿Qué quieres que haga si no estás de vuelta aquí en veinte minutos?

–Espera diez más.

–¡Sabía que ibas a decir eso!

Alex tomó su barbilla otra vez y le dio un rápido beso.

–Por favor, no te preocupes.

Alex sacó un silbato del kit de supervivencia y se lo dio.

–Si te pasa algo, silba y vengo corriendo.

–Estupendo –repuso ella de mala gana.

–No te preocupes por nada, volveré enseguida.

Diecisiete minutos y treinta y siete segundos más tarde, Lili seguía sentada en una roca al lado del camino. Se le estaba haciendo eterna la espera mientras miraba el reloj. No sabía por qué, pero estaba preocupada y muy nerviosa. Deseaba que Alex volviera rápidamente para que pudiera estrangularlo. No entendía por qué no le había dejado que lo acompañara.

De repente, oyó un crujido entre los árboles. Miró hacia allí y vio algo de movimiento al otro lado del camino. El corazón le latía con fuerza y se le cayó el silbato al suelo. Se inclinó rápidamente, lo limpió y se lo puso en la boca. Oyó más ruidos entre los arbustos.

Estaba lista para silbar si tenía que hacerlo. Sacó con dedos temblorosos el cuchillo de la vaina. Se puso de pie para enfrentarse a lo que fuera que estaba a punto de salir de entre esos árboles.

8

–Bee, bee...

Lili estuvo a punto de echarse a reír cuando vio a la pequeña cabra apareciendo frente a ella en el camino.

–Bee, bee –baló el animal mientras iba hacia ella.

Guardó el cuchillo y el silbato.

–¡Pero qué bonita eres! –exclamó cariñosamente mientras extendía hacia ella la mano–. ¿Quieres ser mi amiga?

La cabra inclinó la cabeza hacia un lado como si se lo estuviera pensando. Tenía las orejas levantadas. Fue hacia ella, se cayó y se levantó de nuevo.

–Bee, bee...

–Ven aquí. Ven aquí, cariño...

El animal parecía haber decidido que podía

confiar en ella. Sabía bastante de cabras. Después de todo, Alagonia tenía tres principales productos de exportación: los dátiles, el aceite de oliva y el queso de cabra. Esa cabra era una hembra joven y dejó que Lili la acariciara.

–Lo siento mucho –susurró ella–. No tengo nada de comida que darte.

–Bee...

–¿Qué haces aquí sola? –le preguntó ella sin dejar de acariciar su hocico y su cabeza.

Tenía unos cuernos muy pequeños que le crecían hacia la parte de atrás de la cabeza.

–Supongo que la abandonaron cuando se fue el que vivía en esa casa –dijo Alex.

Sobresaltada, Lili lo miró de reojo.

–Me has dado un susto de muerte.

–La casa está cerrada a cal y canto, pero parece que no hay nadie –le contó Alex–. Hay también un granero vacío y un par de cobertizos. No he visto a nadie por ninguna parte, pero me alegra que hayas encontrado a esa cabra, nos podremos comer su carne.

Ella lo miró fuera de sí.

–¡No vamos a comernos a esta cabra! ¡De eso nada!

El animal lo miró con cara de pocos amigos.

–Bee...

–Pero es buena señal que la haya encontrado –le dijo ella muy contenta.

–¿Por qué?

–Bueno, las cabras necesitan agua. Eso significa que debe de haber una fuente de agua fresca por aquí o algo así.

–Tienes razón –repuso Alex.

–¿Has encontrado agua?

–Ven conmigo –le dijo él.

La cabra los siguió por el camino hasta que llegaron a la casa. Lili vio que era de piedra y estaba rodeada de olivos. Había un grifo en el patio delantero. Estaba un poco oxidado, pero Alex consiguió abrirlo. El agua salió de manera entrecortada y algo sucia al principio. Pero después de unos momentos, empezó a brotar transparente. Bebió hasta saciar su sed y Alex hizo lo mismo.

La casa tenía un porche en la parte delantera. Las ventanas y las puertas estaban cerradas. Ninguno de los dos quería entrar, pero, si no los rescataban, sabían que iban a tener que hacerlo tarde o temprano.

Alex sacó del kit de supervivencia un espejo para hacer señales y las bengalas. Quería mantener todas esas cosas a mano para usarlas en cuanto vieran un barco o un helicóptero. Había maceteros vacíos en las dos ventanas que flanqueaban la puerta delantera de la casa. Dejó la mochila en uno y el kit de supervivencia en el otro.

Estuvieron mirando los otros edificios. Uno era una leñera y estaba bien provista. También había más leña y periódicos viejos cerca de la puerta. En otro cobertizo había sacos de pienso para pollos y para cabras. Lili encontró un cuenco de estaño y lo llenó de comida para la cabra.

En el granero había herramientas, aperos de labranza y un viejo Cadillac descapotable y bastante oxidado.

No vieron las llaves por ninguna parte ni ninguna lata de gasolina. Alex le dijo que, si llegaban a necesitarlo, trataría de encontrar las llaves y ponerlo en marcha.

Lili tomó un destornillador y se lo enseñó.

–Pero antes probaremos el truco del destornillador, ¿no? –le comentó ella–. A veces se consigue ponerlo en marcha con un destornillador, ¿no lo sabías?

–No –repuso Alex–. ¿Dónde aprendiste eso?

–En *Abandonado con el padre de la novia*, de Lucy McFarren.

–¿Qué es eso? ¿Una novela romántica?

–Se puede aprender mucho con esos libros, ¿no te lo había dicho ya?

–Sí, me lo dijiste, pero no tenía ni idea de que te refirieras a la manera de robar coches.

–En esas novelas, los protagonistas nunca robarían un coche si no estuvieran en circunstancias extremas. Pero la verdad es que no creo que necesitemos un coche, Alex. El camino está lleno de baches y las distancias en esta isla son bastante pequeñas.

–Tienes toda la razón –repuso Alex con una sonrisa.

El corazón le dio una vuelta al ver esa sonrisa. Le parecía muy diferente allí, más relajado que nunca. Era como si se hubiera conseguido liberar de los fantasmas que lo acosaban en casa.

Lili pensó en su querido padre y en la familia de Alex. Sabía que debían de estar sufriendo mucho al no saber dónde estaban y que habrían organizado un gran dispositivo para encontrarlos.

Se sentía muy culpable. Pero, por otra parte, le gustaba estar allí con Alex.

Tenían algo de comida y agua en abundancia. Y además, tenían algo que les había faltado hasta ese momento, se tenían el uno al otro. Le daba la impresión de que aquello era el inicio de lo que podría llegar a ser un vínculo real entre ellos. Y no podía dejar de pensar en el beso que Alex le había dado y en cómo la consolaba y animaba.

–No dejas de sorprenderme –le dijo Alex dando un paso hacia ella.

Tomó su rostro entre esas manos grandes y cálidas. Le encantaba cómo la tocaba. Sentía que su piel cobraba vida cuando Alex la acariciaba.

–No sé cómo no me di cuenta antes... Eres muy bella, pero también valiente y muy buena. Te mereces... Te mereces tener el mundo a tus pies –le dijo él.

–Alex –susurró ella completamente perdida en sus cálidos ojos–. Aquí eres tan distinto...

Él no respondió, pero le dio otro mágico beso que llenó de alegría su corazón y de deseo su cuerpo.

–Bee, bee, bee... –los interrumpió la cabra poco después.

Se rieron al oírla. Los miraba desde la puerta del establo.

–Vamos –le dijo Alex–. Tenemos mucho que hacer.

Exploraron los alrededores de la casa. En la parte posterior había un generador de electricidad y un gran depósito de combustible. Por desgracia, el depósito estaba vacío y el generador no les iba a servir de mucho sin combustible.

Pero la casa tenía dos chimeneas, una de piedra en la parte de adelante y otra más pequeña en la parte posterior. Si tenían que terminar entrando en la casa, podrían calentarse con esas chimeneas y esperaban encontrar además velas para poder alumbrarse de noche.

Algo más tarde, encontraron un pequeño manantial en la colina que había tras el descuidado huerto en la parte posterior de la casa. El agua se desviaba por una tubería que desaparecía bajo el suelo y que parecía estar conectada a la casa y a los grifos que habían encontrado en el jardín.

De la casa salía otro camino que bajaba hasta una pequeña playa en la Costa Este de la isla. Recogieron piedras y trozos de madera para escribir otro mensaje en la arena que pudiera ser leído desde un helicóptero. Alex colocó allí una bengala y le prendió fuego cuando vieron un barco en el horizonte. Parecía grande, pensaron que quizás fuera un crucero turístico. Alex encendió dos bengalas e hizo señales con el espejo.

Pero no sirvió de nada. El barco fue haciéndose más pequeño hasta desaparecer. Lili sintió en ese momento que con el barco desaparecía también su esperanza. Pero Alex, viéndola así, rodeó con un brazo sus hombros.

–Habrá más barcos. Y mis hombres no descansarán hasta que nos encuentren y nos lleven de vuelta a casa –le aseguró él.

–Lo sé. Solo tenemos que ser pacientes y estar preparados –repuso ella.

Encendieron otro fuego a varios metros de distancia del primero. Ya eran las dos de la tarde. Querían seguir por el camino que iba hacia el norte de la isla y encender allí más fuegos para marcar su posición. Pero los dos estaban muertos de hambre y se dieron cuenta de que iban a tener que entrar en la casa. Alex apagó el fuego y regresaron hacia allí.

Iban a tener que romper una de las puertas para entrar o quizás una ventana.

Alex encontró una barra de hierro en el granero y arrancó la bisagra de una de las ventanas. No le costó mucho abrirla y se colaron los dos por allí. El salón era oscuro y frío. Tenía pocos muebles. Solo un sofá, un par de sillones de madera tallada y una mesa frente al sofá.

Vieron unas cuentas velas. Lili encendió una de ellas y la sostuvo mientras miraban las otras habitaciones. A un lado de la casa estaba la sala de estar y la cocina. Al otro, un cuarto de baño y una habitación individual. La cama, de hierro forjado, tenía un colchón delgado y sucio. Encontraron sábanas y toallas en una repisa entre el dormitorio y el baño.

En la mesa de la cocina se encontraron un sobre apoyado contra una jarra. El nombre de Jack estaba escrito en la carta y al lado había un juego de llaves.

Alex tomó el sobre y le dio la vuelta. No llevaba sello ni remitente. La dejó donde estaba.

Unos minutos más tarde, tenían las puertas y las ventanas abiertas para ventilar la casa.

–Mira –le dijo Alex señalando una de las llaves que había en la cocina–. Esta debe de ser la del Cadillac.

–Pero ya hemos decidido que no vamos a necesitarlo –le recordó ella.

Alex probó las otras llaves y consiguió abrir la despensa que había en la cocina. Estaba llena de alimentos enlatados y conservas. Y en uno de los cajones de la cocina, Lili encontró un abrelatas.

–Me parece increíble que sepa qué es esto. Una vez, hice un curso de cocina, pero no tuve que abrir ninguna lata. Solo usamos ingredientes frescos, creo que nunca he usado un abrelatas.

–Seguro que habrás aprendido a usarlos gracias a alguna de tus novelas románticas –comentó Alex.

–No te burles de mí, ya te he dicho que son libros muy útiles.

Alex abrió los grifos del fregadero. El agua salió algo oxidada al principio, pero no tardó en salir transparente. Se lavaron las manos y la cara. Después, abrieron algunas latas y se sentaron a comer hasta saciar su hambre. Tomaron melocotones en almíbar y sardinas.

Lili sonrió al recordar lo que tenía en su mochila.

–¿En qué estás pensando?

–En que me alegra tener dinero conmigo. Así, cuando por fin nos rescaten, podré dejarlo en esta mesa, junto a las llaves y esta misteriosa carta dirigida a un tal Jack.

–Un buen plan –repuso Alex–. Sé que quieres leer la carta.

–Sí, me encantaría hacerlo, pero no me parece bien. Ya nos hemos colado en la casa como si fuera nuestra. Pero de ahí a leer el correo de los propietarios...

–El sobre no está cerrado. Ese Jack, sea quien sea, no va a saber que la has leído.

–No, pero lo sabré yo –repuso ella.

Alex la miraba como si no se cansara de hacerlo. Era muy gratificante, sobre todo teniendo en cuenta que no debía de tener muy buen aspecto.

–¡Cuánta integridad en una mujer tan bella!

Sus amables palabras la emocionaron.

–No soy tan íntegra como crees, pero he pensado que la carta debe de estar en croata. Así que, aunque mi curiosidad fuera más fuerte que yo, no creo que pudiera entenderla.

–Pero ¿cuántos croatas conoces que se llamen Jack? Te apuesto lo que quieras a que está en inglés.

–¡No es justo, Alex! Si sigues tentándome, acabaré abriendo la carta –protestó ella.

–Lili, la vida no es justa, ¿no lo has descubierto aún?

Su voz, áspera y ronca, hizo que se estremeciera y no pudo evitar pensar en la cama del dormitorio.

Se dio cuenta de que, si no los rescataban esa tarde, iban a tener que compartir esa cama. Se preguntó si por fin iban a ser marido y mujer en todos los sentidos.

Le costaba creer que la ternura y el cariño que Alex le había mostrado durante esas últimas horas pudiera durar, pero cada vez tenía más esperanza de que el cambio pudiera ser permanente. Era una mujer optimista y prefería mantener viva la esperanza.

–¿Lili? ¿En qué estás pensando? Tienes una mirada distinta en los ojos.

–¿De verdad? –repuso ella con dulzura–. No sé, no tengo ni idea de por qué puede ser.

Después de la comida, Lili sacó sus cosas de la mochila y se cepilló los dientes. Alex tuvo que conformarse con un poco de pasta dentífrica sobre su dedo.

Lili deseaba poder darse un baño, pero tenían aún mucho que hacer. Pasaron una hora limpiando la casa y arreglando algunas cosas para hacerla más habitable y cómoda.

La cocina también se podía usar como caldera para calentar el agua.

Alex la puso en marcha y en poco tiempo la casa era un horno.

La cabra entró por la puerta de atrás y fue directa a Lili.

–Bee, bee...

Alex gruñó al verla.

–¡Fuera de aquí!

Ella consiguió sacarla y la llevó al establo.

Alex le dijo que quería pasar las horas que quedaban de luz explorando el perímetro de la isla. Pensaba escribir más mensajes en las playas y hacer otros fuegos. Quería que fuera con él.

–Deberíamos permanecer juntos –le dijo Alex.

–Eso no es lo que dijiste esta mañana –le recordó ella.

–Esto es diferente. Voy a estar fuera durante horas.

–¿Y? Prefiero quedarme aquí y arreglar un poco la casa.

–Creo que ya está lo bastante bien para lo que la necesitamos, Lili.

–Alex, está muy sucia, tengo que barrer y limpiar el polvo.

–Pero no puedo cuidar de ti si estoy al otro lado de la isla, Lili.

–No te preocupes, no hay ningún peligro.

–Eso no lo sabemos a ciencia cierta.

–Alex, esta es la única casa de la isla y está claro que hace al menos varias semanas que nadie viene por aquí.

–¿Estás segura? Puede que no vuelva hasta que anochezca.

–Estaré bien, Alex.

–Tienes el silbato que te di. Si soplas con fuerza, creo que lo podré oír.

–De acuerdo, no te preocupes.

Alex le dio un largo beso de despedida. Fue delicioso y tierno, como el que le había dado esa mañana en el camino.

En cuanto se quedó sola, se puso a trabajar. Se recogió el pelo con un pañuelo y limpió todas las superficies polvorientas. Encontró una escoba en la despensa y la usó para barrer el suelo de madera. Después, desenrolló el colchón e hizo la cama.

Salió al jardín y cortó un buen puñado de lavanda que puso en la jarra que había en la mesa de la cocina. Toda la habitación se llenó del aroma de las flores silvestres.

Se inquietó un poco cuando vio que empezaba a oscurecer, le dio la impresión de que Alex estaba tardando mucho en regresar.

Pero se dio cuenta de que no debía obsesionarse. Alex era muy precavido y sabía que intentaría recorrer hasta el último milímetro de esa pequeña isla para dejar señales en todas las playas.

En el vestidor que había entre el baño y el dormitorio, encontró un vestido de suave algodón blanco rematado con encajes. Se lo puso mientras lavaba su ropa.

Algo aburrida, se dio una vuelta por toda la casa, admirando lo que había conseguido. Todo parecía mucho más limpio y bonito. Se sintió muy satisfecha.

En el baño había una bañera antigua de hierro. Abrió los grifos y dejó que saliera el agua clara y caliente. Con la puerta abierta, entraba la suficiente luz como para que pudiera ver un poco. Pero se dio cuenta de que el baño podría ser mucho más agradable con velas. Encendió dos y las puso en el lavabo. Dejó el vestido blanco en una silla cerca de la bañera y se metió en el agua caliente. No pudo evitar suspirar de satisfacción. Había estado soñando durante horas con poder darse un baño así.

Ya estaba atardeciendo cuando Alex llegó a la casa. Había dado la vuelta a toda la isla, dejando señales de fuego y mensajes con piedras y madera en todas las playas. Había terminado el recorrido en la cala donde habían desembarcado esa mañana.

Estaba deseando ver a Lili. Le encantaba perderse en sus ojos azules.

Se detuvo un momento antes de entrar en la casa. Se dio cuenta de que estaba gustándole demasiado estar en esa isla perdida del mar Adriático, disfrutando de la compañía de esa encantadora mujer. Tenía muy claro que debía mantener las distancias y no volver a bajar la guardia como lo había hecho.

Creía que debía reforzar los muros que había levantado a su alrededor. Sabía que si estaban en esa situación era porque él había cometido el error de robarle su inocencia una mañana de abril y se había negado después a responder a sus llamadas. Había llegado incluso a engañarla para que accediera a casarse con él.

Pero no podía negar que Lili no dejaba de sorprenderlo. Era una mujer increíble, buena y generosa. Parecía ver en él algo que ninguna otra mujer había visto y no renunciaba a tratar de sacar lo mejor de su marido.

También podía ser difícil a veces, pero le estaba demostrando que era ingeniosa, decidida, responsable y muy inteligente. Después de haberse pasado toda la vida negándolo, tenía que admitir que Lili tenía todo lo que admiraba en una mujer.

A solas con ella en esa isla, en un mundo en el que solo estaban ellos dos y esa cabra, veía con demasiada claridad todas las maravillosas cualidades que tenía Lili. Tampoco se le olvidaba que ella lo necesitaba y que tenía a su hijo en las entrañas.

Creía que, cuando los rescataran y volvieran a casa, sería más fácil dar marcha atrás y seguir cada uno con su vida. Así volvería a ser el hombre en el que se había convertido, un hombre roto y sin nada más que dar. Pensaba que lo que estaban viviendo allí era solo una fantasía, como esas historias de amor que a ella le gustaba leer. No era real. Allí, casi podía creer que era un hombre nuevo y un hombre bueno.

Pero sabía que no lo era. Mientras estuvieran solos, pensaba fingir por ella, cuidaría de Lili y del bebé. Después de todo, era su deber.

Llegó con una sonrisa a la puerta de la casa.

9

A Alex se le borró la sonrisa de la cara cuando llegó a la puerta de la casa. No le gustó nada lo que vio.

La puerta principal estaba cerrada, pero las ventanas de la parte delantera estaban abiertas y la vivienda estaba a oscuras. Se quedó sin aliento al pensar que le pudiera haber pasado algo.

Lamentó haber dejado que se quedara allí sola. Lili era muy optimista y él se había dejado llevar por su manera de ver la vida. Pero había bajado la guardia y temía que le hubiera pasado algo.

Antes de entrar en la casa, decidió que debía prepararse por si lo esperaba dentro algún peligro. No quería entrar a ciegas en una trampa. Eso era lo que le había pasado en Kabul.

Allí también había bajado la guardia y su amigo Devon lo había terminado pagando con su vida.

Fue a la parte trasera de la casa. Casi todas las ventanas estaban abiertas y también lo estaban todas las persianas menos la del baño. No veía nada de luz dentro de la casa. Se le pasó por la cabeza ir al granero y a los cobertizos, pero no quería perder más tiempo.

Pensó entonces que quizás se hubiera quedado dormida y eso lo tranquilizó un poco.

Se acercó de puntillas hacia la puerta trasera.

–Bee, bee...

La cabra salió del establo y fue trotando alegremente hacia él. Se quedó paralizado junto a la ventana de la cocina y sacó su cuchillo. En ese momento, le habría encantado cortarle el cuello a esa criatura tan ruidosa, pero sabía que Lili nunca se lo perdonaría.

Estaba a punto de entrar por fin cuando vio el brillo dorado de una vela reflejado en la ventana de la cocina. Lili asomó por allí la cabeza y lo miró con el ceño fruncido.

–¡Alex! ¿Qué haces ahí con la cabra?

Cerró los ojos y contó hasta diez.

–Es una historia muy larga –le dijo.

La luz de la vela le daba un aspecto angelical y dulce. Se quedó sin aliento al verla. Olía a jabón y a lavanda.

–Te has dado un baño –susurró casi sin voz.

–Sí. ¿Te da envidia?

–Mucha.

–Pues entonces, pasa de una vez y disfruta de un baño caliente.

Alex entró en la casa y vio que Lili llevaba un camisón blanco que debía de haber encontrado allí y un chal azul sobre los hombros. Sostenía en sus manos una vela.

–Llevas muchísimo tiempo fuera, Alex. Deben de ser más de las nueve.

–Sí, son casi las diez –repuso él–. Lo siento, no pensé que fuera a tardar tanto.

–Bueno, lo importante es que estás de vuelta y a salvo. Voy a llenar la bañera. ¿Por qué no enciendes mientras tanto más velas? –le sugirió Lili.

Estaba deseando abrazarla, pero estaba muy sucio y algo sudoroso. Además, ya la había besado más de una vez ese día y creía que, si no se controlaba, iba a hacer mucho más que besarla.

Desde que abandonaran el yate el día anterior, no había dejado de pensar en cuánto la deseaba y apenas recordaba ya por qué le había parecido tan importante mantener las distancias con ella desde la boda.

Después de todo, Lili era su esposa. Se había prometido que, mientras estuvieran allí esperando a que los rescataran, iba a tratarla con ternura y cariño. Por otro lado, tampoco tenían que preocuparse por la falta de protección, ya no corría el peligro de quedarse embarazada.

–¿Alex? –susurró ella mientras se le acercaba al ver que estaba muy pensativo–. ¿Qué te pasa?

Carraspeó para aflojar el nudo que tenía en la garganta y se armó de valor para no abrazarla.

–Nada, nada –repuso algo nervioso–. ¿Más velas? Voy a por ellas.

Alex se quitó la ropa y la dejó en el suelo.

La bañera era pequeña, pero el agua estaba muy caliente. Lili le había dejado una toalla en la silla y cuatro velas. Había jabón casero de lavanda y una esponja. Después de frotar la suciedad de todo el día, cerró los ojos y apoyó la cabeza en el borde de la bañera. El agua fue enfriándose mientras se llenaba su mente de imágenes de Lili. Supuso que se había quedado dormido porque no se despertó hasta que sintió una mano en el hombro.

–Lili –murmuró algo aturdido.

Abrió los ojos y se dio cuenta de que había estado soñando con ella. Afortunadamente, el agua y la espuma del jabón cubrían la mayor parte de su cuerpo y Lili no podía ver cuánto la deseaba.

Tenía que reconocer que cada vez anhelaba más su delicioso cuerpo y esos labios dulces y dispuestos. Deseaba todo lo que creía que podría llegar a tener, pero que sabía que nunca iba a ser suyo.

Lili estaba detrás de él y colocó las manos en sus hombros.

–Vine para ver cómo estabas –le dijo ella mientras frotaba los doloridos músculos de sus hombros.

Se dio cuenta entonces de que sus manos eran más fuertes de lo que parecía y no pudo reprimir un gemido de placer cuando ella fue masajeando sus músculos y librándolo de toda la tensión y el cansancio de las últimas horas.

–Quería asegurarme de que no te habías ahogado.

Se estremeció al sentir su aliento en el oído.

–Me quedé dormido –le confesó él.

–No me extraña. Ha sido un día muy largo –repuso Lili–. ¿Has ido por toda la isla?

–La he recorrido casi por completo y he dejado señales en las playas –le contó él–. Vi otro barco, pero se alejó sin vernos.

–No, pasa nada, Alex. Nos encontrarán tarde o temprano.

–Lo sé.

Era increíble estar así con ella, en esa bañera, a la luz de las velas y sintiendo cómo iba aflojando la tensión de su cuerpo con sus suaves manos. Casi deseó por un momento que no los encontraran nunca, que pudieran estar así para siempre.

Se imaginó cómo sería vivir allí con ella y

recibir después al hijo de los dos en esa acogedora y pequeña casa de piedra, perdidos en una isla donde se atrevía a ser un hombre diferente, alguien mejor, una persona feliz. Sentía que allí no podrían encontrarle los pecados imperdonables de su pasado.

Lili rozó con sus labios un lado de su cuello y él se quedó un momento sin respiración.

–A veces me gustaría... –le susurró ella.

–¿El qué?

–Que no nos encontraran nunca, que pudiéramos quedarnos aquí, tú y yo, en esta casa y en esta pequeña isla.

Le parecía increíble que hubieran estado pensando lo mismo. Estuvo a punto de decírselo, pero se contuvo a tiempo.

–Pero no puede ser, Lili. Tú tienes un país que gobernarás algún día. Y tienes también un padre que te quiere mucho...

Se dio cuenta de que también su familia la quería. Todo el mundo adoraba a Lili. Era esa clase de persona.

–Lo sé –repuso ella–. E imagina cuánto sufriría tu familia si vuelve a perderte otra vez. Además, tenemos que pensar en el bebé...

–Sí, no podemos olvidarlo.

Se quedaron unos segundos en silencio.

–Alex...

Lili deslizó una mano alrededor para acariciar su cara. Se giró para mirarla y vio que sus dulces labios lo estaban esperando.

–Áspera –susurró ella contra su boca mientras acariciaba su barba de dos días–. Pero me gusta...

–Lo siento –repuso él–. No tengo cuchilla.

–Está bien. Es áspera, pero me gusta. Es excitante...

La besó después apasionadamente. Lili suspiró y separó sus labios. Saboreó entonces la dulzura de su boca, la suavidad de su lengua. Lili se puso de rodillas, inclinándose sobre él y tomando el control del beso.

Ella gimió y él hizo lo propio. Agarró con una mano su largo cabello.

Quería abrazarla, seguir besándola y meterla con él en la bañera, pero era demasiado pequeña para los dos. No creía que fuera posible.

Pensó en sentarla en su regazo y se estremeció al pensar en esa posibilidad.

Pero Lili se apartó y se puso de pie. Lo miraba con sus ojos brillantes y profundos como el azul de los océanos. Había una sonrisa suave y dulce en su hermosa boca.

–Tenemos que comer algo –le dijo ella.

Sabía que ella tenía razón.

–Supongo...

Lili tomó la toalla que le había dejado en la silla y la mantuvo abierta para él.

–Vamos.

***

Dudó un momento antes de ponerse en pie. Ese beso no había hecho sino intensificar el deseo que había despertado el sueño que había tenido unos minutos antes. No quería que Lili fuera consciente del poder que tenía sobre él

Pero, por otro lado, se dio cuenta de que ya nada importaba. Habían desaparecido las barreras que tanto trabajo le había costado levantar. Decidió que se preocuparía por volver a mantener las distancias con ella cuando los rescataran y estuvieran de vuelta en Montedoro. Parte del agua de la bañera se derramó cuando se levantó.

Lili lo miró de arriba abajo con la ternura de una caricia.

–Vamos –le dijo ella de nuevo.

Salió de la bañera y fue hasta la toalla que sostenía abierta para él. Lili lo envolvió en ella y le frotó un poco los hombros. Después, dio un paso atrás.

Mientras se secaba, vio que su ropa había desaparecido.

–¿Qué hiciste con mis pantalones?

–Los he lavado. Y también la camisa y la ropa interior. Todo estaba sucio. Estará seco mañana por la mañana.

–¡Vaya! Debo de haber dormido más de lo que pensaba –repuso él riendo.

–Sí, entré de puntillas a recoger la ropa. Estabas completamente dormido. ¿De qué te ríes?

–De ti –repuso él–. La princesa Lili de Alagonia me ha lavado la ropa.

Ella se recogió la falda del camisón y le hizo una reverencia.

–Puedo ser toda un ama de casa.

–¿Y no te habrás encontrado otros pantalones por ahí mientras quitabas el polvo y barrías?

–Pues sí –repuso ella con una sonrisa–. Espera un momento.

Regresó poco después con unos pantalones vaqueros desgastados y anchos. Se los puso. Le quedaban algo cortos y flojos en la cintura, pero era mejor que tener que pasar todo el día desnudo o envuelto en una toalla.

–También he encontrado algunas camisas –le ofreció ella–. Hay una con flores enormes de color naranja y otra con rayas horizontales negras y blancas.

La noche era agradable y la calefacción calentaba bien la casa.

–Creo que no la necesito, gracias.

–Entonces, vamos a la cocina –le dijo ella tomando su mano–. Me muero de hambre.

Tenían peras en conserva y pequeñas salchichas en lata que Lili había calentado en la cocina con una lata de frijoles. Para beber, tenían toda el agua que quisieran.

–Mañana voy a probar suerte con el equipo de pesca que viene en el kit de supervivencia –le dijo él.

–Si pescas algo, habrá que cocinarlo, ¿no? Cocinar de verdad, eso es más difícil que calentar una lata.

Vio que Lili parecía algo preocupada.

–¿Recuerdas la clase de cocina de la que te hablé? –le preguntó ella–. Era cocina francesa. Me enseñaron a hacer langosta, pollo *cordon bleu*, *coq au vin* y *bourguignon* de carne. Pero pescado... Eso nunca, no sabría cómo prepararlo. Me imagino que podría utilizar una sartén, ¿no? Hay una sobre la cocina. Sí... Una sartén y supongo que también algo de mantequilla para que no se pegue. Es una lástima que no tengamos mantequilla. Bueno, ahora que lo pienso, tenemos una lata de aceite de oliva en la despensa.

No pudo resistirse. Le encantaba tomarle el pelo, siempre había sido igual.

–Recuerda que antes de cocinarlo, hay que limpiarle las escamas y abrirlo para quitarle las tripas.

–Creo que preferiría no hablar de vísceras durante la cena, Alex.

–No me extraña. Es un trabajo sucio y maloliente.

–No me preocupa, lo vas a hacer tú –repuso ella–. Y sé que solo estás tratando de atormentarme.

–Es que me encanta hacerlo.

–Pues continúa, no me importa –repuso ella arrugando su aristocrática nariz–. No voy a darte el gusto de echarme a llorar ni de salir corriendo y gritando. Por si no lo has notado, Alex, ya no soy una niña.

La miró entonces, le encantaba hacerlo. Aunque nunca lo había admitido, siempre le había gustado hacerlo. A la luz de las velas, su piel parecía brillar más que nunca y sus ojos eran de un intenso azul.

–No, Lili –le dijo suavemente–. No eres una niña. Ya no...

–Entonces, deja de tratarme como tal –le pidió Lili–. Y deja de comportarte como un niño malcriado.

Tomó su mano, se llevó los dedos a los labios y los besó uno a uno. Ese inocente gesto era tan excitante que le costaba respirar con normalidad. Había mucha tensión en el ambiente.

–Alex... –susurró ella.

Y entonces se levantaron los dos de sus sillas, a la vez, uno al encuentro del otro. Lili se echó a reír y él la abrazó. Levantó con ternura su barbilla y la besó. Sabía a peras y a deseo. Olía a aire fresco, a la luz del sol y a lavanda. Y era increíble sentirla entre sus brazos.

No podía resistirse, no quería hacerlo.

No en esa isla y en esa casa. No esa noche.

Sabía que era un error, que era mejor no derribar esa última barrera que existía entre ellos dos.

Pero lo necesitaba como el aire que respiraba. Se dio cuenta de que la necesitaba a ella.

Necesitaba sentir su piel aterciopelada bajo las manos, su aroma llenándolo por completo y el sonido de sus suspiros y de su seductora risa. Anhelaba tener esas manos en su torso y su sedoso cabello cayendo sobre él.

–Lili... –susurró mientras tomaba su cara entre las manos–. Lili...

–Sí, Alex. Sí...

Era la única palabra que necesitaba oír, la que le importaba. Ese «sí» que los unía, los hacía uno.

Al menos por esa noche. Al menos allí.

Porque creía que quizás solo fueran a tener esa noche antes de que alguien los rescatara y se vieran de nuevo atrapados en el mundo real. Se inclinó lo suficiente para deslizar un brazo bajo sus rodillas y levantarla.

Ella se echó a reír de nuevo.

–¡Oh, Alex! –susurró ella–. Por fin –agregó mientras enterraba la cara en su cuello y lo besaba.

Se detuvo un segundo para tomar una vela y fue con ella en brazos al dormitorio. Lili sostenía esa luz mágica y dorada delante de ellos para abrirles camino.

10

En el dormitorio, Alex dejó a Lili suavemente en la cama.

Ella lo miró con absoluta entrega. Su melena era un halo dorado a la luz de la vela y sus ojos tenían un tono extraño y maravilloso. Parecían casi de color violeta.

–Alex, ha pasado demasiado tiempo.

–Sí –repuso él quitándose rápidamente los pantalones.

Estaba deseando reunirse de nuevo con ella y tomarla en sus brazos. Pero también le gustaba estar simplemente observándola, sabiendo que, al menos por esa noche, Lili le pertenecía de verdad.

Y él era de ella.

Le dio la impresión de que no había tenido ese sentimiento en toda su vida. Siempre había sido distinto a los demás, no había sentido una verdadera conexión con nadie, ni siquiera con su hermano gemelo.

Hasta ese momento y en ese lugar. Con Lili.

Ella se sentó en la cama y se quedó sin aliento, atenazado por el miedo.

Estaba seguro de que se iba a levantar y lo iba a dejar solo.

Pero Lili tomó el bajo del camisón y se lo quitó por encima de la cabeza. Lo tiró al suelo y le cayó la melena sobre los hombros, sobre la espalda y sus perfectos senos. Era muy hermosa. Le pareció una visión casi angelical, de otro mundo.

Riendo, Lili le hizo un gesto con el dedo para que se le acercara. No necesitó más invitación. Se tumbó a su lado en la cama y crujieron bajo su peso los muelles viejos del colchón.

Lili agarró su cuello con las manos, lo atrajo hacia ella y lo besó.

–Parece que es una cama vieja y muy ruidosa –le dijo ella.

–No me pienso quejar –repuso él mientras besaba su mejilla y su nariz.

–¿Qué te pasa? ¡Te estás volviendo tan afable, tan fácil de complacer! No eres el frío y distante Alex que siempre he conocido. Ya sabía yo que en realidad no eras así.

La besó entonces apasionadamente en los labios.

–Todo es culpa tuya, creo que me has hechizado. Me has convertido en... No sé cómo llamarlo. ¿En una buena persona?

–¿De verdad? ¿Lo he hecho yo? ¡Qué lista soy!

Tomó sus hombros aterciopelados y la miró a los ojos.

–Quiero besarte por todas partes –le susurró él.

–Supongo que te lo permitiré –repuso Lili con su gesto más regio.

–Tenía la esperanza de que ese fuera el caso.

Agachó la cabeza y atrapó entre los labios uno de sus sonrosados pezones.

Sintió que se quedaba sin aliento y lo agarró por el pelo con las dos manos.

–Alex... –gimió.

Se entregó totalmente a su sabor, jugando con ella y deleitándose al ver que conseguía hacerle gemir. Lili arqueó hacia él su espalda y ese movimiento lo incitó a continuar.

Dedicó entonces la misma atención a su otro pecho, recordando que acababa de prometerle que quería besar todo su cuerpo. Fue recorriendo después un camino de fuego con su lengua, subiendo hasta su cuello. Olía a jabón y a lavanda. Era absolutamente deliciosa.

Siguió adelante, más arriba aún, subiendo hasta su mandíbula, la barbilla y el tentador lóbulo de su oreja. Con pequeños y ligeros besos, fue recorriendo sus sienes, la frente, las cejas y su encantadora nariz. Continuó por las mejillas, su otra oreja y la suave línea de su cuello que bajaba hasta el espacio entre sus clavículas.

Tardó bastante tiempo en besar todo su cuerpo. No tenía prisa. Usó los labios, la lengua y el roce suave de sus dientes. Estaba disfrutando al máximo con cada rincón hermoso y suave de su anatomía. De los pies a la cabeza, recorrió casi todo su cuerpo, dejando el centro de su feminidad para el final.

Cuando por fin separó sus muslos y se instaló entre ellos, Lili se aferró a las sábanas, invitándolo a seguir con gemidos. Él tampoco podía seguir esperando ese momento. Apartó suavemente sus rizos dorados y la besó íntimamente. Lili gritó y se agarró con fuerza a sus hombros, moviéndose sin control contra su lengua.

Apenas aguantaba más esa tortura, estaba deseando perderse dentro de ella, pero disfrutaba mucho haciéndole sentir tanto placer y escuchando sus dulces gemidos y suplicantes jadeos. Solo podía pensar en ella, en imágenes del pasado y de esa misma tarde. Eran recuerdos de Lili que siempre iba a atesorar. No iban a poder arrebatárselos ni su sentimiento de culpa ni la certeza de que él no la merecía.

Lili alcanzó el clímax y Alex continuó besándola, sintiendo cómo se contraía su dulce cuerpo, cómo se dejaba llevar por las sensaciones.

Siguió besándola hasta que ella se relajó por fin y gimió feliz y satisfecha.

–Ya, Alex, no sigas –protestó ella–. Es demasiado. Necesito un momento para recuperar el aliento...

Subió entonces por su cuerpo, deteniéndose un segundo para hundir la lengua en el hueco de su ombligo. Aún era imperceptible su embarazo, no podía creer que hubiera una criatura allí dentro.

Creía que no habría más noches después de esa, que cuando volvieran al mundo real, continuarían como antes de esa aventura, pero estaba seguro de que siempre iba a atesorar ese momento mágico. Por unas horas, quería soñar con que Lili pudiera ser suya durante toda la vida.

Esos recuerdos lo iban a acompañar durante el resto de sus solitarios días.

La miró entonces a los ojos.

–Alex –susurró ella casi sin aliento–. Siempre debería ser así entre nosotros. Y esto no ha hecho más que empezar.

–¿Qué planes tienes? –le preguntó él.

–Muchos y todos tienen algo que ver con tu cuerpo. Me encanta tu cuerpo, ¿lo sabías?

–Me alegra oírlo porque a mí también me gusta mucho el tuyo.

Atrapó su labio inferior entre los dientes. No se cansaba de saborearla.

–Esto podría estar muy bien.

Lili suspiró.

–No, no solo bien. Podría estar mucho mejor que bien.

–Muéstrame qué es lo que quieres, Lili –repuso él casi sin aliento.

Ella le dedicó una dulce sonrisa.

–Sí, Alex. Creo que lo haré –le dijo ella mientras deslizaba una mano por su torso.

Fue bajándola lentamente hasta rodear su miembro con esos dedos delicados y suaves. Fue una sensación exquisita. Cerró los ojos y se contuvo para no gemir, tenía que controlarse y aguantar, no podía perderse totalmente en las sensaciones. Quería que ese momento durara el máximo posible.

Pero Lili comenzó entonces a acariciarlo y lo empujó para que se tumbara boca arriba, colocándose sobre él. No había visto nada tan bello como Lili a la suave luz de la vela.

Se inclinó sobre él y su cortina de pelo rubio acarició su torso, su vientre y sus brazos, como un millón de plumas de seda sobre la piel. Pero cuando sintió su boca húmeda y caliente donde antes había tenido la mano, no pudo pensar en nada más. Se quedó sin aliento al sentir cómo lo exploraba con su lengua y succionaba suavemente con sus labios mientras lo sujetaba con una mano para que no se moviera demasiado.

Era increíble estar dentro de su boca, sintiendo la suave y húmeda calidez de sus labios por todo su miembro.

Era el paraíso y la más dulce de las torturas al mismo tiempo. Era una perfecta combinación de dolor y placer a partes iguales. Pero no iba a poder aguantar así durante mucho más tiempo. Se dio cuenta de que tenía que actuar antes de que fuera demasiado tarde. Tomó sus delgados hombros y la atrajo hacia él para que se detuviera. Le dio la vuelta para que Lili se volviera y se tumbara boca arriba. Sin poder soportarlo por más tiempo, la besó apasionadamente mientras se colocaba entre sus muslos. Porque allí era donde quería estar, donde necesitaba estar.

Lili se abrió para él, envolviéndolo con sus esbeltas piernas y atrayéndolo hacia ella. Los dedos de Lili volvieron a encontrarlo y lo guio hasta que estuvo por fin en su interior, en su delicioso y húmedo interior.

Se hundió en ella, perdido por completo, pero por fin en el sitio al que pertenecía, en su verdadero hogar. Nunca había tenido menos control de sí mismo, pero nunca había estado tan feliz.

Ella levantó las caderas, para estar aún más cerca, para sentirlo más adentro, envolviéndolo con sus brazos y sus piernas, imponiendo un suave ritmo. Se dio cuenta entonces de que no había ninguna mujer como ella en todo el mundo. No había nadie más para él. Y supo en ese instante que siempre había sido así aunque no hubiera querido admitirlo.

Gimió y se entregó completamente a ella, igual que había hecho la primera vez, un momento de debilidad que nunca iba a poder olvidar y que aún lo avergonzaba.

Lili era la promesa que había estado esperándolo desde su infancia, la esperanza que se había negado, la verdad a la que había dado la espalda.

Era más de lo que podía manejar, más de lo que había esperado, no se veía capaz.

Lili se entregaba por completo y era mucho más de lo que nunca se habría atrevido a imaginar. Más, mucho más de lo que creía merecer.

Pero, por esa noche, él también le dio todo lo que era y se lo entregó libremente.

Se dejó llevar hasta las cotas máximas de placer, Lili era una ola que lo manejaba, con fuerza y con ternura, hasta que llegó al clímax gritando su bello nombre.

–¿Alex?

Él abrió los ojos y solo vio oscuridad a su alrededor. Por un momento, sintió que estaba en el suelo, en el agujero en el que lo tuvieron metido durante el último año de su cautiverio. El pánico lo atenazó, sintió que le faltaba el aire y que lo empapaba un sudor frío.

–¿Alex?

Se dio cuenta entonces de que era la voz de

Lili la que lo llamaba en la oscuridad. Y era su pequeña mano la que tenía entre las de él.

Lo recordó todo de repente. Devon estaba muerto y él se había escapado.

Y allí estaba Lili, su esposa.

Se le vino entonces a la mente la luna de miel, la noche en el agua, la tormenta.

Y después la isla, la casita de piedra...

Y los dos juntos. Al menos por el momento.

Se volvió hacia ella. Incluso en medio de esa oscuridad, Lili le daba luz y calor. Esa mujer personificaba la esperanza que seguía negándose una y otra vez. Ella se la ofrecía como un trago de agua fresca en un desierto sin fin, como un rayo de luz en el lugar más oscuro.

Sintió su dulce aliento en la mejilla. Estaba muy cerca.

Su boca se fundió con la de él y se besaron muy despacio. Sintió sus suaves manos en la cara.

–Alex, estoy tan contenta. Me hace tan feliz estar así contigo, los dos juntos...

«Yo también lo estoy», pensó él.

Las palabras estaban allí, en su garganta, y querían salir. Pero no dijo nada.

–Sé que no debería estar contenta. Es egoísta ser tan feliz aquí, a solas contigo, cuando los que nos quieren estarán tan preocupados y habrá tanta gente buscándonos. Pero...

Al oír sus palabras, sintió dolor en su corazón, ese lugar oscuro y frío que había creído muerto durante tanto tiempo. Puso un dedo en sus labios para que se callara, para que no le dijera nada más, pero ella no parecía dispuesta a dejar nada sin decir.

–Todavía no, Alex. Hay algo más. Sé que no me quieres escuchar, pero vas a hacerlo.

–No...

–Te conozco, Alex. Sé lo que estás haciendo, quieres permitirte este tiempo conmigo. Pero de alguna manera, vas a castigarte después por haber disfrutado de estas horas...

–Calla, Lili.

–¿No te das cuenta? No puedes seguir castigándote por cada momento de felicidad y placer. Además, si tú te castigas, también tengo que pagar yo por ello. Y el bebé, Alex. Piensa en él.

Le entraron ganas de abrazarla y besarla para no seguir oyendo sus palabras. O, si no, levantarse de esa cama y salir corriendo por la puerta. Pero se las arregló para no hacer ninguna de las dos cosas.

–El bebé... El bebé va a estar bien.

–Pero va a necesitar un padre –repuso Lili–. Y yo también te necesito, Alex. Te necesito a mi lado y no solo esta noche. Podemos hacer mucho en el mundo los dos juntos. No sé por qué sufres tanto, pero tienes que perdonarte a ti mismo y empezar a disfrutar de la vida. Puedes hacerlo, Alex, sé que...

–Lili, déjalo... No sigas.

–¿Que lo deje? ¿Cómo puedes pedirme eso? Es tu vida de la que estamos hablando. Y de mi vida y la vida de nuestro hijo.

–Lili...

–¡Alex! –exclamó con un largo suspiro–. A veces eres agotador...

Cada vez le dolía más el corazón, no soportaba la idea de perderla, no quería pensar en ello. Por esa noche, iba a limitarse a sentirse tan cerca de Lili como pudiera. Quería olvidarlo todo.

–Bésame –le pidió él.

–Eso no va a resolver nada.

–Lo sé, Lili. Dame un beso...

Ella obedeció. Lo besó al principio con algo de reticencia, pero después se dejó llevar. Fue un beso muy largo y dulce. Pero, en cuanto terminó, Lili siguió con sus preguntas.

–¿Te has parado a pensar que hemos estado unidos desde que éramos niños? –le comentó Lili–. ¿Por qué eras siempre tan cruel conmigo?

–No lo sé. Creía que tenía cosas muy importantes que hacer en el mundo –murmuró él con una sonrisa triste–. Supongo que pensé que tú me impedirías hacerlas. Temía que me atraparas y me sedujeras, que me apartaras de mis objetivos. Tú ibas a ser reina y yo no sería más que tu consorte. Pensaba que no iba a ser suficiente para mí.

–Ya, ya entiendo...

–Supongo que quería hacerte de menos, pretendía que me odiaras para que me dejaras por imposible. Así podía seguir con mi vida yo solo, libre de cosas como el matrimonio y la familia. Quería viajar por el mundo, escribir sobre las realidades que iría viendo y compartirlas con la gente.

–¿Qué es lo que querías ver, Alex?

–La verdad es que no llegué a descubrirlo. Pero estaba seguro de que, cuando lo descubriera, todo tendría por fin sentido en mi vida.

–¡Ah! –repuso Lili echándose a reír.

Él también lo hizo.

–Alex, deberías reír más a menudo.

Le acarició su suave melena.

–Puede que tengas razón.

–Claro que la tengo. Y eso que no me lo has contado todo, ¿verdad?

Se quedó sin aliento al oírlo y se apartó de ella, tumbándose boca arriba.

–No voy a hablar de Afganistán, Lili.

–Lo sé –respondió ella sentándose e inclinándose sobre él–. No pasa nada, ya lo harás cuando estés listo para hacerlo.

–Te equivocas –le dijo él con firmeza.

–Bueno, no discutamos sobre ello, ¿de acuerdo?

–Me parece bien.

–Además, no me refería a Afganistán –le dijo Lili–. Estábamos hablando del pasado, de las razones por las que siempre me apartabas de ti.

–¿No acabo de explicarte todo eso?

–Sí, pero no me lo has dicho todo, solo las partes más críticas contigo mismo, las que te dejan en peor lugar. Creo que también lo hacías por nobleza. Puede que fuera una nobleza mal entendida, pero lo era.

–No, no creo.

Se quedaron callados unos segundos.

–Bueno, supongo que sobre eso también estaremos en desacuerdo, no pasa nada –le dijo Lili apoyando la cabeza en su torso–. De hecho, me habría casado con Rule si él no se hubiera enamorado de Sydney. Me había convencido a mí misma de que estaba enamorada de él.

–Rule es un buen hombre.

–Sí, pero habría sido un desastre que me hubiera casado con él. Nunca me ha amado como a una mujer, sino como a una hermana pequeña o algo así. Y yo tampoco lo amaba como una mujer debe amar a un hombre. Pero entonces era demasiado ingenua para ser consciente de ello. La verdad es que me avergüenza ver lo ciega que estaba. Pasaba tanto tiempo en el palacio de tu familia esperando que un día llamara a mi puerta y me confesara su amor... Deseaba tanto encontrar el amor en mi vida, Alex. Tenía tantos sueños y esperanzas...

–Entiendo perfectamente que te fijaras en Rule. Yo también pensaba que acabarías con él. Es un hombre amable y bueno. También es encantador, paciente y reflexivo. Todas las cosas que yo no era.

–Así que, después de todo, estabas siendo noble. Dejándole el camino libre a Rule porque pensabas que era mejor para mí.

–¿Cómo iba yo a dejarle el camino libre cuando ni siquiera estaba en la carrera? Yo era el último hombre al que habrías mirado de esa manera.

–Pero entonces... –comenzó ella a modo de invitación para que él continuara.

Y se sorprendió a sí mismo, porque siguió hablándole.

–Ese día en abril, cuando te encontré llorando frente a mi habitación, me dijiste que Rule se había casado con otra mujer y, durante un segundo, me alegré. Me alegré de verdad –le confesó él–. Pero no duró mucho. Enseguida me sentí mal porque Rule se había casado con alguien que no eras tú y yo no había podido evitar sentirme feliz al saberlo. Fue entonces cuando te insulté, tú trataste de darme una bofetada. Agarré tu muñeca y...

No pudo seguir. Se dio cuenta de que ya había dicho demasiado.

–Alex... –susurró ella.

Pensó que iba a seguir hablando sin parar, analizando sus acciones, pidiéndole que siguiera contándoselo todo, pero Lili le dio un cálido beso en el torso y volvió a apoyar en él la cabeza.

–No pasa nada –le susurró.

–No, lo que hice fue imperdonable. Me aproveché de ti en tu momento más vulnerable. No hay excusa para lo que hice ese día.

Ella se echó a reír.

–¡Por favor! Los dos sabemos que te habrías detenido en un instante si yo te hubiera dicho que no siguieras.

–No es tan simple, Lili. No necesito que excuses mi comportamiento. La cruda verdad es que te seduje.

–No sé qué es lo que te pasa, Alex. Estás obsesionado con presentarte como el villano de la película. Y no lo eres. Tengo veintiséis años y soy más que capaz de negarme si no quiero hacer algo. Pero no quise pararlo, deseaba que pasara lo que pasó. Te deseaba a ti.

–No estabas en condiciones de saber lo que querías. Eras virgen.

–Sí, lo era. Y entonces no lo sabía, pero creo que estaba esperando a que llegara alguien especial, a que llegaras tú, Alex.

Se echó a reír de nuevo. No podía evitarlo.

–Siempre ves el lado bueno de las cosas, Lili. Eres increíble –le dijo dándole un beso en la cabeza.

–Miro el lado positivo de la vida porque es lo que quiero hacer, Alex. Es una opción que tú también tienes.

No quiso discutir más con ella. Ninguno de los dos parecía dispuesto a cambiar de opinión. Además, no quería que ella pensara de otro modo, creía que era perfecta tal y como era.

Lili se incorporó en la cama, pero él la atrapó entre sus brazos.

–No, quédate aquí –le pidió mientras tomaba su cara entre las manos–. Dame un beso.

–Alex...

La abrazó con más fuerza y ella no se opuso. Suspirando, lo besó de nuevo. No se cansaba nunca de ella.

Siguió besándola durante mucho tiempo.

Deslizó después su mano entre los dos hasta llegar entre sus muslos. Se quedó sin aliento al sentir su humedad y cuánto lo deseaba Lili. Comenzó a acariciarla y ella gimió en su boca sin dejar de besarlo.

La besó un poco más, acariciándola con sus dedos, jugando y explorando su anatomía hasta que consiguió que gritara.

Lili fue entonces la que buscó su miembro y lo guio de vuelta a casa.

Muy lentamente se deslizó dentro de ella. Era una sensación increíble, de otro mundo. Nunca había vivido nada igual.

Lili comenzó a moverse y cada vez le costaba más trabajo no dejarse llevar por completo.

Agarró su trasero y dejó que ella lo arrastrara a donde quiera que fuera, desde esa isla hasta el cielo.

No podía aguantar más tiempo. Llegaron

juntos al borde mismo del universo. La abrazó con fuerza, encontró su dulce boca y la besó mientras enredaba las manos en su melena.

Cuando estaba a punto de alcanzar el clímax, se apartó de ella unos centímetros para mirarla a los ojos. No la veía, todo era oscuridad a su alrededor, pero sabía que Lili estaba allí. La cálida y hermosa Lili flotando sobre su cuerpo.

–Te quiero, Alex. Te quiero, te quiero. Siempre te… –le susurró ella casi sin aliento.

Él no respondió. Creía que no tenía derecho a hacerlo. Se limitó a silenciarla con otro beso.

11

Al día siguiente, no vieron ningún barco. Y el cielo azul no lo cruzó ningún helicóptero con los hombres de la unidad que Alex había entrenado.

Pero era un día precioso y feliz.

Lili trató de no pensar en su padre ni en la familia de Alex. Sabía que todos estarían preocupados por ellos, tratando de encontrarlos. Pero ella estaba disfrutando de esos días a solas con su marido.

En esa isla, le daba la impresión de que Alex era una persona completamente diferente. Sonreía a menudo y se burlaba de ella, pero siempre de una manera divertida y cariñosa. Incluso lo había oído reírse a carcajadas de vez en cuando. No le había devuelto las palabras de amor que ella le había dedicado la noche anterior. Pero tenía que recordar que se trataba de Alex. Nunca había sabido disfrutar de la felicidad y sabía que tenía que ser paciente con él.

Alex estuvo pescando y ello lo acompañó. Consiguió que él limpiara después la pesca. Tal y como él le había advertido, era un trabajo sucio y maloliente.

–Ya he pescado antes. Si alguna vez tengo que hacerlo, puedo hacerlo. Y vi cómo lo has limpiado. Creo que podría hacerlo si fuera necesario, pero de momento no lo es, para eso te tengo a ti –le dijo ella.

–Bee, bee... –baló la pequeña cabra que los había seguido hasta la playa.

Lili la miró con una gran sonrisa.

–Mira, incluso la cabra está de acuerdo conmigo.

Alex se limitó a gruñir.

Más tarde, de vuelta en la casa, Lili cocinó el pescado.

Consiguió que supiera bastante bien. Él llegó incluso a elogiar sus dotes culinarias. Y, después de comer, la sentó en su regazo y la besó. Su barba áspera le hacía daño en la cara, pero no le importaba. Le devolvió el beso con entusiasmo y no tardaron en acabar en la cama, pero no para dormir. Disfrutaba al máximo de cada beso que le daba, de las tiernas caricias que fueron despertando su cuerpo. Esperaba que nada cambiara la relación que tenía con él. Quería pensar que, cuando por fin los rescataran, Alex iba a seguir siendo ese hombre abierto y cariñoso que tenía en sus brazos esa noche, pero no podía estar segura de ello.

El siguiente día fue casi igual que el anterior. Alex pescó lo suficiente para que tuvieran comida fresca para cenar y dieron una vuelta completa a la isla. Querían asegurarse de que los mensajes seguían intactos en cada playa e hicieron algunas hogueras más. Pasaron dos aviones volando sobre sus cabezas, pero iban a demasiada altura y desaparecieron rápidamente. Alex usó las últimas dos bengalas que tenían para tratar de llamar su atención, pero fue en vano.

También vieron un barco a lo lejos, no era más que un pequeño punto en el horizonte. Esa vez, le hicieron señas con el fuego, pero la embarcación no se acercó y no tardó en desaparecer.

Esa noche, Alex le comentó que estaba pensando en volver a inflar el bote salvavidas e ir remando lo suficiente para tratar de encontrar otra isla. Se dio cuenta de que hablaba en singular, como si no tuviera intención de llevarla con él. Alex esperaba que se quedara allí, fuera de peligro en la isla, mientras él salía para tratar de encontrar ayuda.

Pensó en las rápidas corrientes de agua y en la tormenta que había conseguido volcar el *Lady Jane*.

–Podría ser peligroso, Alex. Pero, si vas, me voy contigo.

–No, Lili. Tienes que pensar en el bebé. Te quedarás aquí, donde estás segura.

Sabía que tenía razón y no le gustaba. Ella también pensaba en el bebé y quería mantenerlo a salvo. Pero, si Alex decidía salir en el barco, no iba a poder soportar quedarse atrás sin él.

–Preferiría que nos quedáramos aquí. Así estaríamos los tres a salvo –le dijo ella para tratar de quitarle esa idea de la cabeza.

–Pero no podemos seguir esperando eternamente sin hacer nada.

–Tus hombres están muy bien entrenados, Alex. Sé que nos encontrarán.

–Sí, pero ¿cuánto van a tardar en hacerlo?

–Vendrán, Alex. Ya lo verás –le dijo ella.

Él se limitó a mirarla, pero sus ojos eran algo distantes. Se dio cuenta de que no estaban consiguiendo ponerse de acuerdo y Alex parecía cada vez más impaciente.

Lo entendía perfectamente. Habían hecho todo lo posible para prepararse si surgía la oportunidad de ser rescatados. Tenían todo tipo de señales, pero ninguna embarcación ni ningún avión se había acercado lo suficiente como para detectarlos. Alex parecía cansando de esperar a que algo sucediera.

Lili decidió no discutir más con él.

–Espera al menos unos días más, por favor, Alex.

Él suspiró.

–De acuerdo, esperaré tres días y saldré con el bote.

–Tres días completos –insistió ella–. Después, al cuarto día, si sigues pensando realmente que es lo...

Alex la miró y frunció el ceño.

–¡Eso son cuatro días!

–Alex, por favor...

–Es que no entiendo qué está pasando. Mis hombres ya deberían habernos encontrado. Y no solo están ellos. Estoy seguro de que tu padre habrá movilizado a todo un ejército para que nos busquen por todas partes. Y mi familia también habrá hecho lo mismo...

–Pero no sabemos cuánto nos alejó la tormenta después de que perdiéramos el contacto por radio. Recuerda que pasamos toda una noche a la deriva. ¡Y hay más de un millar de islas frente a Croacia! Tenemos que darles un poco de tiempo.

–Cuatro días más es demasiado tiempo –protestó Alex.

–Piensa en ello de otra manera. Aunque pasen cuatro días, seguirá siendo aún menos de una semana el tiempo que habremos permanecido en esta isla. Espera hasta el cuarto día, por favor.

Al final, consiguió que Alex lo aceptara a regañadientes.

–Está bien, saldré el cuarto día.

Pasaron un día más en la isla y otro después de ese.

Alex seguía siendo muy amable y atento con ella, pero notaba que estaba más distraído y preocupado, parecía más concentrado en el mundo que los esperaba en sus países que en la paradisiaca realidad que los dos habían creado en esa isla.

Cada vez le preocupaba más que no los hubieran rescatado aún y no estaba disfrutando del momento. Recorría la isla sin descanso, con la mirada siempre puesta en el horizonte.

Durante esos dos días, Lili había salido con él para rastrear la isla por las mañanas. Pero por la tarde se quedaba en la casa, intentando mantener la vivienda limpia y ordenada. Había encontrado bajo la cama una caja con viejos libros de bolsillo. Algunos estaban en italiano, que podía entender con algo de esfuerzo, pero la mayoría eran en inglés. Había novelas de detectives y algunas del Oeste americano. También encontró un par de romances y varios libros de autoayuda. Cuando terminaba sus tareas de limpieza, tomaba uno de esos libros y se tumbaba con él en la cama.

La vida en esa isla le estaba pareciendo una experiencia de lo más relajante. Y las noches eran especiales. Se besaban y hacían el amor lentamente, como si tuvieran todo el tiempo del mundo. Le encantaba dormir acurrucada cerca de Alex. Cuando estaban en la cama, lo mantenía entretenido lo suficiente como para que no perdiera el tiempo preocupándose por el rescate.

Llegó el tercer día después del acuerdo al que habían llegado. Si no pasaba nada, era el último día que Alex iba a pasar en la isla antes de salir con el bote para tratar de ir remando a alguna otra isla cercana. Lili trató de no pensar en lo que iba a pasar al día siguiente, eran muchos los peligros a los que se iba a enfrentar y no quería pensar en ello.

Estaba muy nerviosa y no hacía más que rezar para que los rescataran por fin ese día o al menos antes de que saliera Alex en el bote al día siguiente.

Esa noche, hicieron el amor durante horas. Lili no quería parar. Casi le daba la impresión de que, si seguía besándolo, acariciándolo y abrazándolo, no iba a llegar nunca la mañana y no tendría que salir en el bote salvavidas. Quería que esa última noche durara una eternidad.

Pero algún tiempo después, el sueño pudo con ella.

–Duérmete –le susurró Alex.

Sintió sus labios besándola en la frente y se dejó llevar por el sueño.

Lili se despertó de repente y vio que todavía era de noche.

Habían dejado la ventana abierta del dormitorio y se dio cuenta de que el cielo empezaba a palidecer como si se acercara ya el amanecer.

La cabra estaba balando sin parar.

Se dio la vuelta y vio que Alex no estaba en la cama, pero su lado del colchón estaba todavía caliente. Se sentó y miró a su alrededor. Supuso que estaría en el baño.

Fue entonces cuando escuchó una especie de forcejeo y algunos quejidos. Los ruidos venían de afuera. Se levantó y se acercó a la ventana, pero no vio nada.

Sonaba como si Alex se estuviera peleando con alguien.

Buscó la linterna del kit de supervivencia y corrió con ella a la cocina. Vio que la puerta de atrás estaba ligeramente entreabierta y seguía oyendo el forcejeo en el exterior de la casa.

Se dio cuenta de que necesitaba un arma de algún tipo. La linterna no le iba a servir de nada. Desesperada, tomó la sartén de hierro y corrió hacia la puerta. Se detuvo cuando llegó allí para no hacer demasiado ruido.

Afuera había un poco más de luz y pudo ver a dos hombres peleando. Uno de ellos, el más grande, estaba desnudo. Supuso que se trataría de Alex. Soltó la linterna y levantó la sartén en alto con las dos manos. Fue hacia ellos y le dio al otro hombre en la cabeza.

–Lili, deja esa sartén, ¿no ves que ya lo tengo? –le dijo entonces Alex.

Se dio cuenta de que tenía la mano del otro tipo a la espalda y que lo sujetaba con uno de sus musculosos brazos por el cuello.

El extraño no dejaba de gruñir mientras trataba de liberarse.

—Deja de luchar —le ordenó Alex apretando aún más su brazo.

El hombre gimió con más fuerza y Lili bajó la sartén.

—Alex, le estás haciendo daño...

Él la fulminó con la mirada.

A pesar de la oscuridad, no le costó entender esa mirada.

Alex le dijo al hombre algo en croata y este asintió.

—Está bien —murmuró entonces el hombre.

—¿Hablas Inglés? —le preguntó sorprendido Alex.

—Sí, ¡maldita sea!

—¿Quién eres? ¿Cómo te llamas?

—¡Me llamo Jack Spanner y esta es mi casa!

Los minutos siguientes fueron un poco incómodos para todos.

A Alex no le hacía demasiada gracia soltarlo y ese hombre tampoco estaba demasiado contento al ver que un desconocido lo había asaltado en su propia casa.

—Alex, creo que es normal que Jack esté molesto. Después de todo, tiene derecho a estarlo

–le dijo Lili al ver que su marido se negaba a soltarlo.

–Eso no me preocupa –repuso Alex de mal humor.

–Seguro que, si lo sueltas, no intentará nada. ¿No es así, Jack? –intervino ella para tratar de suavizar la tensión del momento.

Antes de que Jack pudiera responder, Alex volvió a protestar.

–¿Por qué debería creer sus palabras? –le preguntó.

–¡Me ha atacado! –protestó el hombre.

–Te oí aquí fuera como un ladrón en mitad de la noche, ¿qué esperabas que hiciera?

–¡Esta es mi casa!

Lili decidió que debía explicarle lo que les había pasado.

–Nuestro barco naufragó en una tormenta y nos quedamos a la deriva en un bote salvavidas. Llevamos seis días en esta isla. Sentimos haber irrumpido en tu casa de esta manera, pero la verdad es que no teníamos otra opción.

Jack asintió con la cabeza.

–Ya vi la hoguera que encendisteis en la playa. Y también los nombres escritos con maderas, Lili y Alex, ¿no?

–Sí, así es –repuso ella–. Esos somos nosotros. Encantada de conocerte, Jack.

Alex no dijo nada, aún sostenía a Jack.

–Entonces, ¿solo estáis los dos?

–Y la cabra –añadió ella con una sonrisa.

Pero Jack no parecía estar de buen humor.

—Es Bianka, una de las cabras de Marina. ¿Dónde están los otros?

—No lo sé. Si había otras cabras, ya no están —le dijo ella.

—¿Y las gallinas? ¿Se las han comido? ¿Y dónde está Marina?

—No hemos visto ninguna gallina —le dijo Lili mientras recordaba la carta que aún seguía en la mesa de la cocina.

Supuso que en ella no había buenas noticias para Jack.

—Solo hemos visto a la cabra y eres la primera persona que vemos en la isla. La casa estaba cerrada a cal y canto cuando llegamos —le explicó ella mirando a su marido—. Alex, ¿qué te parece si entramos todos en la casa?

Finalmente, después de que Alex amenazara a Jack con lo que iba a hacerle si intentaba algo, su marido lo soltó y los tres entraron en la vivienda.

Alex fue directamente al sobre que había en la mesa.

—Creo que esto es para ti.

Jack lo miró con cara de pocos amigos.

—¿Habéis estado leyendo mi correspondencia?

—No. Encontramos esa carta en la mesa cuando llegamos y no la hemos leído —le prometió Lili.

Todavía con el ceño fruncido, Jack tomó el sobre y lo abrió.

–Tráeme mis pantalones, por favor –le pidió Alex a Lili.

Estuvo a punto de decirle que fuera él mismo a por ellos, pero se dio cuenta de que solo estaba siendo precavido. Quería seguir vigilando de cerca al recién llegado.

–De acuerdo.

Volvió al dormitorio a por sus pantalones y fue con ellos a la cocina.

Se encontró a Jack arrugando la carta entre sus manos mientras se dejaba caer en una silla.

–Me ha dejado –susurró completamente desolado–. Me dice en la carta que está harta de estar sola, que se ha llevado a las gallinas y a las cabras de vuelta a la granja de su padre, en el continente. Me dice Marina en la carta que a Bianka la ha dejado aquí porque no pudo atraparla.

–Lo siento –le dijo Alex.

–Tiene teléfono móvil –se quejó Jack–. ¿Por qué no me llamó para decirme lo que pensaba hacer? No me lo puedo creer. Me deja una nota y se niega a contestar el teléfono cuando la llamo... Tenía miedo de que le hubiera pasado algo.

Lili no lo creyó.

–Bueno, no parece que estuviera muy preocupado –le reprochó ella–. La tal Marina hace al menos una semana que se fue. No había combustible para hacer funcionar el generador, así que a lo mejor no ha podido recargar el móvil para llamarlo.

–La culpa la tiene su madre –murmuró Jack–. Venía cada dos por tres para ver cómo estaba su niña y le llenaba la cabeza con mentiras sobre mí.

–Bueno, al menos su madre venía para ver cómo estaba Marina –insistió ella.

Jack la miró compungido.

–Sé que tiene razón, debo admitirlo, pero pensé que estaba enfadada y no quería hablar conmigo, nada más.

–Debería haber vuelto antes a verla –lo regañó Lili.

–¡Lili! No agobies así al pobre hombre, ¿de acuerdo? –le dijo Alex.

–¿Pobre hombre? –repitió ella–. Marina es la que ha estado sufriendo. Sola en este sitio durante no sé cuánto tiempo con las gallinas y las cabras por única compañía –insistió ella enfadada–. Tienes que intentar recuperarla –añadió mirando a Jack–. Y la próxima vez, no la dejes sola tanto tiempo.

–Soy pescador, tengo que pasar varios días en el barco. Marina sabía a qué me dedicaba cuando se casó conmigo y me dijo que no le importaba, que le gustaba estar sola.

–A lo mejor no pensó que iba a tener que pasar tanto tiempo sola. Intenta cambiar algunas cosas. Seguro que podéis arreglarlo.

Los dos hombres la miraron como si se hubiera vuelto loca.

–Así son las mujeres. Se casan con un hombre y luego intentan cambiarlo para convertirlo en otra persona –comentó Alex.

–Es que algunos hombres necesitan mejorar un poco, la verdad –les recordó ella–. Y otros, necesitan cambiar por completo.

Y entonces, antes de ninguno de los dos pudiera llevarle la contraria, Lili se dio media vuelta y salió de la cocina.

Alex se quedó mirando a su mujer mientras salía airadamente de la cocina.

–Lili es una mujer a la que le gusta dejar muy clara su opinión. Siempre ha tenido este carácter –le explicó al otro hombre.

–Bueno, supongo que así son todas las mujeres –repuso Jack colocando la carta arrugada sobre la mesa y alisándola con las manos–. Además, tengo que reconocer que tiene cierta razón –admitió a regañadientes–. Cuando salgo a pescar, pierdo la cuenta de los días...

–No eres croata de nacimiento, ¿verdad?

Jack negó con la cabeza.

–No, vine de vacaciones y decidí quedarme. Pero siempre fui pescador. El barco que tengo ahora me lo compré hace ocho años.

–Siento mucho haber invadido tu casa y lo de la pelea. Pero es que... –le dijo Alex mientras le ofrecía la mano.

–Lo entiendo, creías que podía ser peligroso –repuso Jack aceptando el saludo–. No pasa nada. Y me alegra que hayáis podido usar la casa.

Alex se sentó en la otra silla.

–Entonces, ¿has venido en tu barco de pesca?

Jack asintió con la cabeza.

–Sí, lo tengo en la playa occidental. Puedo llevaros a Korcula, si queréis.

Alex sabía que Korcula era una de las islas más importantes de esa zona del Adriático.

–No está lejos –le explicó Jack–. Además, tengo que volver allí de todos modos para recoger a mi tripulación. Desde allí, podréis tomar un ferry hacia el continente.

Después de tanto tiempo esperando a que alguien fuera a rescatarlos, la solución había aparecido de la manera más imprevista. Ya no iba a tener que discutir con Lili para que lo dejara irse en el bote ni iba a tener que arriesgar su vida en él.

Se dio cuenta de que ya podían regresar a casa y de que todo volvería a ser como antes.

Recordó entonces lo que se había prometido a sí mismo antes de bajar totalmente la guardia con Lili. Cuando estuvieran a salvo, volvería a mantener las distancias con ella.

Sabía que iba a echar mucho de menos lo que habían tenido allí. Estaba seguro de que Lili trataría de convencerlo para que no renunciara a esa vida.

En esa isla, había sido muy feliz, ella le ha-

bía dicho que lo amaba y se lo había demostrado de mil maneras diferentes.

Pero estaba convencido de que no podría
ser feliz para siempre. No después de lo que
había pasado, no después del mal que había
causado.

Vio que Jack lo miraba con los ojos entrecerrados.

–¿Estás bien, amigo? –le preguntó.

–Sí, lo siento. Solo estaba pensativo. Me pregunto si... Lo único que necesitamos es hacer
una llamada y nos recogerán aquí mismo, en
la isla. No tendrás un teléfono móvil, ¿verdad?

–Por supuesto que sí –repuso Jack sacando
uno de su bolsillo y ofreciéndoselo–. Nunca
voy a ningún sitio sin mi teléfono.

12

Unos minutos más tarde, Lili salió del dormitorio completamente vestida. Para entonces, Alex ya había hecho la llamada para que fueran a rescatarlos.

El helicóptero del *Princess Royale*, pilotado por uno de los mejores hombres de Alex, iba a aterrizar cerca de la casa una hora más tarde. Según le dijeron, sus hombres ya habían empezado a buscarlos por esa zona y supuso que habrían visto sus mensajes en las playas un día o dos más tarde.

Lili creía que había sido una suerte que apareciera Jack antes de que Alex saliera con el bote.

Preparó un té y abrió una lata de galletas. Mientras tanto, Alex fue al dormitorio para terminar de vestirse y recoger sus cosas. Así ella tuvo algunos minutos a solas con Jack.

–¿Por qué no te tomas un descanso y tratas de recuperar a tu esposa? –le sugirió Lili mientras le entregaba un fajo con un montón de dinero en moneda croata.

Jack la miró con el ceño fruncido.

–¡Es mucho dinero! –repuso–. Demasiado.

Pero ella no aceptó que se lo devolviera.

–Créeme, puedo vivir sin ese dinero, pero tú necesitas a Marina. Y tengo la sensación de que ella te necesita a ti.

Al final, consiguió convencerlo para que fuera a verla y tratara de arreglar las cosas con su esposa.

También le prometió que iba a cuidar muy bien de Bianka.

–Me encanta esa cabra –le confesó ella.

–Te la regalaría, pero...

–Pero Marina también la quiere mucho, ¿verdad?

–¿Cómo lo sabes? –le preguntó él.

–Solo era una suposición –repuso ella mientras se acercaba para darle un beso en la mejilla–. Por cierto, ¿de dónde sacaste ese viejo Cadillac?

–Estaba aquí cuando compré la casa.

–¿Funciona?

–Por supuesto. Marina y yo solíamos dar paseos con él por la isla –le dijo con algo de nostalgia–. Le encantaba ir en él con la capota bajada. Pero últimamente no he tenido tiempo de llevarla de paseo.

–Pues haz un poco de tiempo, Jack.

–Lo intentaré –le prometió el pescador.

–¿Conoces Montedoro?

–Sí, allí van de vacaciones gente muy rica de todo el mundo, ¿no? He visto fotos del Palacio del Príncipe y de ese gran casino de Colline d'Ambre.

–¿Y Alagonia?

–Sí, frente a la costa de España, ¿no? Es muy bonito.

–Alex es de Montedoro y yo, de Alagonia.

–¡Espera un momento! –exclamó Jack palideciendo de repente–. Cuando dejé a mi tripulación en Korcula, vi los periódicos y hablaban de los príncipes que se habían perdido en algún lugar de las islas Dálmatas... ¡No me digas que...!

Lili asintió con la cabeza.

–Sí, somos nosotros. Y tú, Jack, nos has salvado.

–¡Me acabas de besar en la mejilla! –murmuró Jack con incredulidad–. Y he visto al príncipe desnudo. ¡Hasta me he peleado con él!

–Tendrás una recompensa muy generosa.

–Pero... –murmuró él mostrándole el dinero que acababa de darle–. Esto es más que suficiente, Su Excelencia.

–Pues va a haber mucho más.

–Pero si no he hecho nada... Me he limitado a volver a mi casa.

–Deberías hacerlo más a menudo. Pasa un

poco más de tiempo con Marina. Prométemelo.

–Su Majestad, si ella me acepta de nuevo, le
juro que lo haré.

Estuvieron listos para irse mucho antes de
que llegara el helicóptero.

No había mucho que preparar. Lili tenía
su mochila y Alex le había dicho a Jack dónde podía encontrar la balsa y le enseñó el kit
de supervivencia para que lo guardara dentro.
El pescador les prometió que lo metería en su
barco para poder usarlo en caso de necesidad.

Justo antes de que aterrizara el helicóptero, Lili le dijo adiós entre lágrimas a la dulce
Bianka.

Se despidieron de Jack dándole las gracias
por todo y se subieron a bordo.

Momentos más tarde, estaban volando sobre la isla. Lili miró a Jack, que los despedía
con la mano. Le dijo adiós sin dejar de mirar
esa pequeña casa de piedra donde había sido
tan feliz.

Sabía que siempre iba a recordar esa casa y
esa hermosa isla. En ese lugar había encontrado por fin a Alex y había descubierto el sitio
que ocupaba en su corazón. Allí había visto
que tenía en sus manos lo que había sido el
sueño de toda su vida. Estaba casada con un
hombre al que amaba.

Su vida había sido muy complicada desde el mes de abril, había llegado incluso a perder la esperanza de encontrar algún día el amor. Se había visto casada para toda la vida con un hombre que ni siquiera la soportaba y con un bebé en camino. Pero, en el momento más inesperado, el destino los había llevado hasta esa isla donde habían sido tan felices. Temía que su marido volviera a ser el mismo Alex de siempre después del rescate.

No quería ni pensar en tener que seguir como si nada hubiera pasado, sin apenas hablar con él y sin compartir su cama. Era un día precioso, pero le bastaba con pensar en la posibilidad de que Alex lo tirara todo por la borda para entristecerla.

Miró a Alex y le dio la mano. Él no se apartó. De hecho, apretó con ternura sus dedos e incluso se inclinó para darle un beso rápido en los labios.

No pudo evitar sonreír y sentirse un poco más animada.

Alex esperaba un gran recibimiento cuando aterrizaron en el *Princess Royale* y no se equivocó.

El padre de Lili estaba a bordo y también sus propios padres. Todos habían ido hasta Dubrovnik en avión y llevaban cinco días en el yate.

Fue un reencuentro muy emotivo. Estaban muy felices al ver que los dos estaban bien.

–Siempre supe que os íbamos a encontrar –les dijo el padre de Lili.

Los sobrevolaban varios helicópteros y también había barcos cerca del yate. Alex supuso que los paparazzi estarían tratando de conseguir buenas fotos de la reunión familiar. No iban a volver en barco a casa, eso les habría llevado días. En Dubrovnik los esperaban dos aviones privados, uno para el padre de Lili y otro para la familia de Alex.

Ella quería darse un buen baño antes de irse a ninguna parte.

–Y el pobre Alex necesita urgentemente un afeitado –añadió mirándolo a él.

–Sí, mi esposa tiene razón –repuso él–. Como siempre.

Su madre lo miró con los ojos entrecerrados.

–Alexander, tengo la sensación de que esta aventura te ha cambiado. Y es un cambio para mejor –le dijo la reina de Montedoro.

Él se echó a reír. Se sentía muy bien.

–Sí, parece que Lili ha conseguido ganar la partida y yo me he dado por vencido.

Se retiraron a su camarote para ducharse y cambiarse de ropa. Antes de que volvieran a salir para estar con sus familias, Alex abrazó a su esposa.

–Estás muy guapa –le dijo.

Ella parecía algo preocupada.

–Tengo miedo, Alex.

–¿De qué? Nos han rescatado, estamos a salvo.

–Sí, pero me da miedo perderte.

Acarició su cara y la besó.

–No me vas a perder.

–¿Lo prometes?

–Lo prometo.

–Entonces, ¿de verdad estás mejor?

–¿Mejor? –le preguntó él a pesar de que sabía exactamente lo que quería decir.

–Ya me entiendes, Alex. Tu madre también se ha dado cuenta. Estás diferente, más abierto y de buen humor. Pareces dispuesto a superar por fin lo que te pasó cuando os capturaron los talibanes...

–Bueno. Eso es positivo, ¿no?

Ella lo miró más de cerca.

–Sí, creo que sí.

–Pero aún tienes ciertas dudas, ¿no? –le dijo él–. Por cierto, no fueron talibanes los que nos capturaron. Eran simples secuestradores que solo quería sacar dinero a mi familia. El secuestro es un gran negocio en Afganistán. Su plan había sido pedir rescate a cambio de mi liberación.

–Siempre pensé que habían sido terroristas...

–No. Solo unos delincuentes que tuvieron suerte y consiguieron secuestrar a un príncipe sin saberlo. Cuando lo descubrieron, no supieron qué hacer conmigo. Estábamos desarmados y sin seguridad cuando nos capturaron. Fue en una de las calles más transitadas de Kabul. Fue una estupidez por nuestra parte arriesgarnos tanto. Pero, después de sobrevivir en las peligrosas zonas tribales, cometimos el error de asumir que la capital era segura.

–¿Por qué no llegaron a pedir un rescate por ti? Todos pensamos que habías desaparecido sin más.

–Les faltó organización cuando llegó el momento de tomar decisiones. Nunca pidieron rescate, se limitaron a comerciar con nosotros, vendiéndonos a otras bandas criminales. Nos golpearon e interrogaron muchas veces, pero nadie parecía saber qué hacer con nosotros. No tenían una red lo suficientemente organizada como para pedir rescate a los reyes de Montedoro y decidir dónde recoger con seguridad el dinero que iban a exigir por mi vida. Así que hubo más interrogatorios, más amenazas, más golpes... Y a veces, durante meses, no había nada de nada.

–¿Nada?

–Durante largos períodos de tiempo, estuvimos apresados y medio muertos de hambre. Nos ignoraban y era fácil perder completamente la esperanza. Después, de tres años de cautiverio, mataron a Devon.

No podía creer que lo hubiera dicho en voz

alta. Eran palabras muy amargas, pero que no transmitían ni por asomo el horror de lo que le había sucedido a su amigo.

–Pasaron meses y meses hasta que por fin, después de cuatro años, cuando ya me había dado por vencido y sabía que iba a morir en un agujero cerca de la frontera con Pakistán, hubo una incursión de tropas estadounidenses. Me escapé aprovechando la confusión del momento y conseguí llegar hasta los americanos. Ellos me sacaron de allí.

Notó que Lili se estremecía al escucharlo.

–No sabes cuánto siento que tuvieras que sufrir tanto y que perdieras a tu amigo. Fuiste a Princeton con él, ¿verdad?

Sabía que esa pregunta era solo la primera y que le iba a hacer muchas más. Lamentó haberle contado nada, pero no quería seguir en silencio.

No sabía cómo, pero era muy consciente de que Lili lo había cambiado. Con voluntad y ternura, parecía haberlo devuelto al mundo de los vivos. Sabía que le debía mucho y que para Lili era muy importante saber qué le había pasado en Kabul.

–Sí, Devon Lucas y yo estudiamos juntos en Princeton y los dos hicimos Periodismo. Cuando se licenció, estuvo trabajando para un periódico americano y se convirtió en corresponsal de guerra, primero en Irak y luego en Afganistán. Yo quería escribir sobre el comercio de opio afgano, para explorar las ramificaciones culturales y financieras del cultivo de la adormidera y el tráfico como forma de vida, así que me puse en contacto con Devon. Él todavía estaba en Afganistán y ya tenía allí bastantes contactos y guías. Dijo que me echaría una mano, aunque ya estaba pensando en volver a Estados Unidos. Si no lo hubiera llamado, habría vuelto a casa.

–Te culpas por su muerte... –murmuró ella.

–Es que fue culpa mía.

–No, Alex.

–Sí. Devon se quedó en Afganistán porque yo se lo pedí y fue secuestrado porque estaba conmigo. Cuando tratamos de escapar, a mí me golpearon, pero a Devon le cortaron la mano.

–¡Dios mío!

–Para ellos, yo tenía más valor porque era un príncipe. Seguían creyendo que iban a encontrar la manera de obtener un buen rescate por mí. A Devon solo lo usaban para controlarme. Y al final, cuando lo mataron, lo hicieron para conseguir que me rindiera. Nos sacaron a los dos del agujero donde nos tenían y le dispararon en la cabeza delante de mí.

Lili lo miraba con los ojos llenos de dolor, indignación y tristeza.

–Pero no fue culpa tuya. Fueron esos hombres los que lo hicieron. Ellos son los culpables, Alex, no tú.

–Bueno, al menos los hombres que dispararon a Devon fueron castigados por ello. Todos murieron durante el ataque de las tropas estadounidenses.

–Me alegro, se merecían morir –repuso ella.

–Lili –susurró mientras acariciaba su pelo recién lavado–. Eres más vengativa de lo que pensaba.

–Lo digo en serio –insistió ella–. Se merecían ese final y nada de lo que pasó fue culpa tuya.

Se dio cuenta de que no tenía sentido discutir con ella sobre aquello.

–Lo que acabas de hacer es un gran paso, Alex. ¿Eres consciente de ello? –le preguntó Lili con una dulce sonrisa–. Por fin me has hablado de algo que nunca habías querido compartir conmigo.

–Bueno, parece que soy un hombre nuevo y eso sí es culpa tuya.

–Has recorrido un camino muy largo y difícil –le dijo ella–. Pero tengo la sensación de que sigues sin contarme algo importante.

Le acarició la mejilla a su esposa.

–Estoy bien, Lili.

Ella suspiró.

–Creo que no podría soportar que te alejaras de mí ahora. Sería demasiado cruel después de ver lo que podemos tener.

–No me apartaré de ti –le prometió él.

Después de pronunciar esas palabras, pensó que no estaba siendo del todo sincero con ella.

Lili le había dado mucho. Sobre todo esperanza.

Podía ver la vida que le esperaba si se atrevía a vivirla, pero también era muy consciente en ese momento de todo lo que no había hecho, las promesas que no había mantenido. Se dio cuenta de que tenía que cumplir esas promesas antes de que pudiera entregarse totalmente al futuro, a Lili y al hijo que esperaban.

—Entonces, ¿no te importa convertirte en mi consorte, en el marido de una reina?

—No, Lili, no me importa en absoluto. Me he acostumbrado a ser tu esposo y me he dado cuenta de que es algo a lo que no quiero renunciar.

Ella tomó sus manos, se las llevó a la cara y besó cariñosamente sus palmas.

—Gracias. Necesitaba escucharlo. Todo esto ha sido como un milagro para mí. Me parece increíble que un matrimonio que comenzó de una manera desastrosa se haya convertido de alguna manera en el tipo de unión con el que he soñado toda mi vida. Te quiero, Alex.

Quería decirle que él también la amaba, pero sabía que antes tenía que ganarse el derecho a poder hablarle de amor. Así que no le dijo nada, pero la besó apasionadamente.

***

En el aeropuerto de Dubrovnik, el rey Leo trató de convencer a Lili para que fuera a Alagonia con él, pero ella lo abrazó con cariño y le prometió que irían a verlo pronto, pero que de momento regresaba a Montedoro con su marido.

Leo no discutió con ella y aceptó su decisión. La abrazó una vez más y le dio la mano a Alex.

–Cuida bien de mi pequeña –le ordenó el rey Leo a Alex.

Le prometió que lo haría. Pocos minutos después de que despegara el avión del rey Leo, Lili y él tomaron asiento en su jet privado. Los acompañaban sus padres.

Pasaron el vuelo hablándoles de la isla, de la casa de piedra, del viejo Cadillac y de la cabra. También les contaron cómo los había rescatado Jack Spanner sin saberlo.

En realidad, Lili fue la que habló casi todo el tiempo. Él se limitó a escucharla. Le gustaba cómo contaba las cosas, lo hacía muy bien.

Cuando llegaron al aeropuerto de Niza, los rodearon los fotógrafos y los periodistas. Alex pasó su brazo por los hombros de Lili para protegerla de la multitud, los flashes y las preguntas.

Al final, se rindió y respondió a algunas preguntas. Se dio cuenta de que así podría evitar tener que organizar después una conferencia de prensa.

Tomaron una limusina hasta Montedoro. Los acompañaban dos coches donde iban algunos de sus mejores hombres. Cuando se acercaban al Palacio del Príncipe, su madre ordenó que bajaran el capote de la limusina descapotable. Había una multitud en las calles para recibirlos y los saludaron con cariño. En el interior del palacio, los recibió todo el servicio y esperaban también los médicos para hacerles un chequeo médico. El de Alex fue muy rápido. Todo estaba en orden. El examen de Lili fue un poco más largo, pero al final les dijeron que tanto ella como el bebé estaban muy bien.

Más tarde, hubo una cena familiar en las dependencias privadas de sus padres.

Le alegraba estar de nuevo con su familia, aunque no tanto como tener a Lili sentada a su lado.

Todos fueron muy cariñosos con ellos y estaban emocionados con tenerlos de vuelta en casa.

Habían estado muy preocupados durante esos últimos días.

Ya era bastante tarde cuando Lili y él por fin se retiraron a su apartamento en el palacio. Rufus, su leal criado, estaba allí esperándolos para darles la bienvenida, pero no tardó en dejarlos solos.

Abrió entonces los brazos hacia Lili. Ella se le acercó y le dio un beso, uno lento, perfecto y dulce.

–¿Es posible? –le preguntó Lili con ojos soñadores.

–¿El qué?

–Todo esto. Tú y yo, esta felicidad... ¿Por fin vamos a compartir esa gran cama que hay en el dormitorio?

–¿Me vas a dar la oportunidad de compensarte por nuestra noche de bodas?

Lili se echó a reír.

–¡Dios mío! ¡Sí! ¡Fue horrible! –exclamó riendo–. Los hombres te trajeron y entraste desnudo en el dormitorio. Después, me miraste, me diste las buenas noches y te fuiste.

–Lo siento. Lo siento de verdad. Te resarciré por ello, Lili.

–Ya lo hiciste hace una semana, en esa vieja y ruidosa cama de nuestra casita de piedra.

Ella deslizó una mano hasta su nuca.

–Pero, si quisieras mostrarme de nuevo lo feliz que eres conmigo, no voy a quejarme.

Lili fue bajando una mano muy despacio por su torso.

La deslizaba lentamente, cada vez más abajo...

No tardó en gemir cuando sintió que acariciaba su miembro viril.

–Soy muy feliz... –repuso casi sin aliento.

–Sí, ya lo estoy notando –le dijo ella con picardía y entre risas.

No podía esperar más. La tomó en sus brazos y la llevó a la otra habitación. Ese había sido su dormitorio y después el de ella. Por fin iba a ser el de los dos.

–Alex, por fin... –suspiró Lili cuando la dejó en la cama.

La besó y se tumbó sobre ella. Fue un beso interminable.

Después, comenzó a desnudarla. Lo hizo muy lentamente y con cuidado, disfrutando de cada centímetro de piel que iba descubriendo. La acarició hasta hacerla gemir, hasta sentir que se deshacía de deseo entre sus manos. Lili era lo más bello que había visto en su vida.

–Tú aún llevas demasiada ropa –se quejó ella poco después–. Tenemos que hacer algo al respecto...

Lili lo desnudó, desabrochando los botones de su camisa, quitándole los zapatos y bajándole los pantalones hasta que estuvieron los dos desnudos y juntos.

Cuando por fin se deslizó dentro de ella, sintió que volvía a casa. Era perfecto. Apoyó los codos en el colchón y miró su rostro angelical mientras se movían al unísono, alcanzando juntos el clímax.

Se dio cuenta de que aquello era la felicidad. La felicidad que nunca había tenido en su vida, ni siquiera antes de su cautiverio en Afganistán. Pero por fin podía tocar esa dicha con los dedos.

Lo había conseguido entregándose a Lili y permitiendo que entrara en su corazón.

Ella se lo había dado todo y sabía que nunca podría pagárselo.

Estaba además seguro de que a Lili no le iba a gustar nada saber que, justo cuando las cosas se habían arreglado entre los dos, iba a tener que dejarla de nuevo.

13

Lili se despertó cuando sintió la luz del sol que se colaba entre los cortinones. Medio dormida, recordó que ya los habían rescatado y que estaban a salvo en el Palacio del Príncipe.

Bostezó y estiró la mano hacia el otro lado de la enorme cama para tocar a Alex.

Pero él no estaba allí.

Abrió mucho los ojos y se incorporó. Lo vio entonces, ya estaba vestido, y la miraba desde el sillón que tenían junto a la ventana.

–Alex, ¿qué hora...? –murmuró mientras miraba el reloj de la mesilla–. ¡Son más de las once!

–No quería despertarte, necesitabas descansar. Después de todo, estás embarazada y con todo lo que ha pasado...

Parecía muy serio, sabía que le estaba ocultando algo. Algo que no le iba a gustar.

–¿Qué pasa, Alex?

Él no respondió de inmediato, se quedó mirándola unos segundos.

–Tengo que irme –le confesó Alex entonces.

Sintió que le daban un fuerte golpe en el corazón.

–¿Irte? No, no puede ser, acabamos de volver...

–Lo sé y lo siento, pero tengo que... Tengo unos asuntos pendientes, algo que he pospuesto durante demasiado tiempo. Tengo promesas que cumplir. Espero que lo entiendas...

–¿De qué se trata? ¿Cómo puedo entenderte si no tengo ni idea de lo que me estás hablando?

–Los padres de Devon aún están vivos –le dijo Alex–. Al menos lo estaban hace cuatro años. Tengo que encontrarlos e ir a verlos. También tenía tres hermanos y cuatro hermanas a los que debo una visita. Quiero ver si están bien y ayudarlos si necesitan algo.

Sintió que el dolor que tenía en su pecho se aflojaba un poco. No le extrañaron sus palabras. Alex se sentía responsable, lo entendía muy bien.

–Bueno, está bien... ¿Viven todos en Estados Unidos? –le preguntó ella.

–Creo que sí. Tardaré algún tiempo, pero los encontraré a todos.

–Entonces, te vas a Estados Unidos.

–Sí.

–Podemos ir cuando quieras –repuso ella mientras apartaba la manta para levantarse.

–Lili, no. Tengo que hacer esto yo solo.

–¿Por qué?

–Porque no sé cuánto tiempo me va a llevar ni cómo voy a ser recibido.

–No me importa cuánto tardes en verlos a todos ni cómo reaccione su familia, quiero estar allí contigo, quiero...

–No, Lili –la interrumpió Alex–. Es mi responsabilidad y tengo que hacerlo todo. Ya has sufrido demasiado por mi culpa y tenemos que pensar en el bebé.

–¡Pero es un viaje a los Estados Unidos, no una expedición a la selva! Puedo ir contigo y quiero hacerlo.

–No, tengo que ir solo, Lili. Es así como quiero hacerlo.

Alex se levantó del sillón, parecía muy decidido. Se iba a algún lugar de los Estados Unidos y ni siquiera sabía cuánto tiempo iba a estar sin verlo.

Tragó saliva con esfuerzo.

–Pero...

Alex se acercó a ella.

–No, quédate donde estás –le pidió ella levantando una mano para que no se le acercara más–. Estoy muy enfadada contigo.

–Sabía que ibas a estarlo.

–¿Es que no te das cuenta de que tenemos que estar juntos? Somos una familia...

–Así va a ser, Lili. Te lo juro, pero antes tengo que hacer esto.

Le dieron ganas de agarrar el reloj de la mesita y tirárselo a su dura cabeza, pero se llevó las manos al vientre, donde estaba su hijo. No entendía por qué quería ir solo.

Entendía que se sintiera responsable y que quisiera comprobar cómo estaba la familia de Devon. Le parecía algo positivo y un paso importante, pero tenía miedo. Le dolía pensar que aquello pudiera ser el fin para ellos dos.

Había llegado a creer que Alex la quería, aunque aún no había logrado que se lo dijera con palabras.

Después de todo lo que le había hecho pasar, creía que sus vidas ya estaban por fin encaminadas, pero ya no sabía qué pensar.

Recordó la conversación que habían tenido el día anterior en el camarote del yate. Ella le había dicho que no podría soportar que se apartara de ella y él le había prometido que no lo haría.

Por eso le costaba tanto entender que se fuera y que no quisiera siquiera su compañía en ese viaje.

–Lili –le dijo Alex con ternura mientras se acercaba a ella–. Por favor...

Su cálido aliento hizo que se estremeciera. Olía a limpio y a todas las cosas que ella anhelaba. La besó en la mejilla.

–Solo te pido esto, de verdad. Tengo que hacerlo, déjame hacer esto por mi querido amigo. Después, te juro que seré el hombre que necesitas.

Se dio cuenta de que no le quedaba más remedio que aceptar su decisión. Se volvió hacia él y aceptó su tierno beso tragándose las lágrimas de dolor y rabia que atenazaban su garganta. Trató de sonreír y de ser fuerte.

—Ten cuidado —le susurró ella.

Alex susurró de nuevo su nombre y la besó una última vez. Después, se levantó y fue hacia la puerta.

Apretó los labios para no llamarlo.

Después de todo, lo conocía muy bien. Conocía esa mirada oscura que había visto en sus ojos. No iba a poder detenerlo. Se iba y se iba él solo.

14

Pasaron los días.

Y luego las semanas.

Lili se mantuvo ocupada con su correspondencia y preparando los discursos que tenía que dar de vez en cuando. También tenía su trabajo con unas cuantas organizaciones benéficas. En su tiempo libre, se dedicó a leer y pintar.

Pintaba escenas llenas de luz, esperanza y felicidad. Pero no era así como se sentía. Pasó julio y llegó agosto.

En todo ese tiempo, Alex no la llamó ni le mandó ningún correo electrónico.

Un miércoles por la mañana, exactamente cinco semanas después de que su marido se fuera, Lili se miró de perfil en el gran espejo del baño. Estaba en ropa interior y sonrió al ver que ya se le notaba una redonda barrigui- ta. Suavemente, acarició su vientre.

Lamentaba que Alex no estuviera allí para verlo.

«¿Dónde estás?», se dijo.

Pero sabía que no tenía ningún sentido hacerse ese tipo de preguntas. Se sentía sola. Aunque tenía mucha gente a su alrededor que la quería y también tenía a su bebé.

–Te quiero –le susurró al pequeño ser que crecía en su interior–. Te quiero y siempre voy a cuidar de ti.

Oyó de repente su teléfono móvil, lo tenía al lado de la cama. Pensó que podría ser Alex y fue corriendo hacia él.

–¿Diga?

–Hola, ¿quieres comer conmigo?

Era Arabella. Las hermanas de Alex esta- ban siempre pendientes de ella, haciéndole compañía e intentando hacerle olvidar que llevaba más de un mes sin saber nada de su marido. Trató de que su cuñada no viera lo decepcionada que estaba al saber que no era Alex quien la llamaba.

–Vamos a ir a comer al Triangle d'Or.

Se refería a una zona de tiendas exclusivas que había cerca del famoso casino d'Ambre.

–¿Qué te parece si nos compramos algo bo- nito y muy caro? Y después comeremos bajo una sombrilla con vistas al mar –le sugirió Arabella.

Lili no pudo evitar reírse.

–¡Arabella! Cualquiera que te oyera ahora mismo, pensaría que eres una de esas mujeres superficiales que solo piensan en sí mismas y no una enfermera trabajadora, profesional y solidaria.

–¡Vaya! Hablas de mí como si fuera una santa.

–¡Es que lo eres! –le dijo Lili con sinceridad.

–¿Y lo de la comida qué te parece?

Pensó en los guardaespaldas que tendrían que acompañarlas, en los paparazzi que querrían fotografiarlas y en los periodistas que desearían conocer dónde estaba el príncipe Alexander.

–¿Por qué no vienes aquí? Rufus nos puede preparar algo delicioso para comer.

–¿Estás segura de que no preferirías ir de compras a Dior o Versace y comer después frente al mar?

–Sí, estoy segura. ¿Te espero sobre la una?

–Allí estaré –le prometió su cuñada.

Se sentaron a comer en la terraza. Les llegaba la brisa del mar y podían disfrutar del suave calor de agosto. Lili miró a su cuñada. Le pareció que Arabella tenía un aspecto maravilloso. Llevaba su pelo castaño recogido en un moño y su blusa de seda color bronce hacía casi juego con sus cálidos ojos.

La comida era deliciosa, como siempre.

Arabella le preguntó por el bebé. Lili se dio unas palmaditas en el estómago y le dijo que los dos estaban muy bien. Su cuñada le habló de su amiga americana, Anne Benton.

Anne era una madre soltera con un hijo de catorce meses al que Arabella aún no conocía.

–El tiempo pasa volando –murmuró Arabella–. Anne está muy ocupada con el niño y su doctorado. Y yo siempre estoy dando discursos o visitando hospitales de campaña por todo el mundo. Tengo que organizarlo para que Charlotte y yo podamos ir a Estados Unidos.

Lady Charlotte Mornay era una mujer de unos cuarenta y tantos años que era familia de los Bravo-Calabretti. Era además muy amiga de Arabella y la acompañaba en sus viajes a países en vías de desarrollo.

–Tengo que ir a ver a mi amiga Anne y conocer a ese niño.

–Hazlo –la animó Lili.

Arabella asintió con la cabeza.

–Sí, lo haré pronto.

Se quedaron calladas mientras Rufus se llevaba sus platos vacíos y les servía el postre.

–Rufus cuida muy bien de mí... –le dijo Lili a su cuñada.

Arabella se inclinó sobre la mesa y acarició con cariño su mano.

–Es un imbécil. Voy a matarlo cuando vuelva.

–¿A Rufus?

Arabella se echó a reír.

–No, ya sabes a quién me refiero. ¿Lo has llamado?

–No.

Le habría gustado poder hablar con él. Había tomado el teléfono muchas veces para hacerlo, pero nunca había conseguido marcar.

–Él tiene el número del apartamento y el de mi móvil. Sabe cómo ponerse en contacto conmigo si quiere hacerlo –le dijo Lili–. Sé que quería ir a Estados Unidos, es algo que tenía que hacer...

–No lo excuses –repuso Arabella frunciendo el ceño.

–No lo hago, de verdad. Estoy furiosa con él. Estoy deseando que me llame para colgarle el teléfono.

–Sé que te quiere, siempre te ha querido. Creo que es algo que mis hermanas y yo siempre hemos sabido.

–No sé cómo podíais saberlo si yo no era consciente de ello. Y está claro que Alex tampoco. ¿Por qué no me lo dijisteis?

–¿Nos habrías creído? –le preguntó Arabella.

–No, me habría reído –repuso ella mientras probaba el delicioso postre–. ¿Recuerdas que te hablé de Jack Spanner, el dueño de la casa donde estuvimos?

–Sí, me acuerdo de él.

–Su esposa, Marina, lo había dejado. Antes de despedirme de él, le hice prometerme que iría tras ella y que trataría de hacer las paces con su esposa.

–¿Lo hizo?

–Ayer recibí una carta preciosa de Marina dándome las gracias. Me dijo que Jack le ha prometido que se quedará más tiempo en casa y que eso era justo lo que ella había tratado de hacerle entender. Se han reconciliado y, de momento, Jack está cumpliendo su palabra.

Arabella suspiró al oírlo.

–Me encanta cuando un hombre ve finalmente la luz.

–Marina me dice en la carta que la única manera que vio de conseguir que su marido reaccionara fue tomando una decisión radical como la de irse.

Arabella la miró con media sonrisa. Sabía lo que estaba pensando.

–Entonces, ¿cuándo te vas, Lili?

–Hoy voy a hablar con tu madre para darle las gracias por todo. Tengo la mejor suegra del mundo.

–Sí, la verdad es que es muy especial.

–Y mañana me vuelvo a casa –le anunció Lili.

–¿Estás segura? –le preguntó Adrienne a Lili unas horas más tarde.

–No, pero me voy de todos modos.

–Te echaremos de menos.

–Y yo a vosotros. Cuando mi marido regrese, si es que regresa, dile que estaba harta de esperarlo. Y que me he rendido, que todo se ha acabado.

–Lili, cariño, no lo dirás en serio...

–Lo siento, pero me temo que sí –repuso Lili.

–Pero eso es algo que deberías decírselo tú, ¿no te parece?

–Sí, pero llevo más de un mes sin verlo y sin saber de él. Ni siquiera sé dónde está.

–¿Por qué no lo llamas?

–Es él quien debería llamarme.

–¿Una carta, entonces?

–Sí, por supuesto. Le dejaré una carta. Puede que vuelva y la lea algún día.

–Él te quiere. Lo sabes, ¿no?

Lili intentó sonreír, pero no pudo.

–Nunca me lo ha dicho.

–No ha tenido una vida fácil –le recordó su madre.

–Lo sé y lo entiendo, pero ha llegado el momento de que tome las riendas de mi vida.

–Sí, la verdad es que has sido una santa, querida Lili –le dijo Adrienne mientras se levantaba para darle un abrazo de despedida.

Lili llamó a su padre. Le dijo que su marido se había ido y que quería volver a casa. Esperaba que él se mostrara enfadado y que amenazara con lo que le iba a hacer a Alex cuando lo viera, pero no lo hizo.

–Bueno, me alegrará tenerte aquí –le dijo sin más.

Le envió un avión a recogerla y llegó al aeropuerto de San Fernando esa misma tarde. Un coche con escolta la esperaba para llevarla al palacio de D'Alagón. Afortunadamente, la prensa no sabía aún de su regreso a Alagonia y pudo bajarse del avión y meterse en el coche sin que nadie le hiciera preguntas indiscretas ni fotografías.

El palacio real de Alagonia era la residencia más importante de su padre. Era un edificio gótico que había sido construido en el siglo XII, cuando los castellanos llegaron al poder en Alagonia. Durante siglos, el castillo había sufrido incontables ampliaciones y mejoras. Desde él se veía todo Salvia, la capital de ese pequeño reino.

Lili siempre lo había considerado su hogar y se le llenaron los ojos de lágrimas al ver ese castillo desde el coche. Le encantaba volver a casa. Pero tenía que hacerlo sin Alex...

Cerró los ojos, no quería pensar en él.

Cuando volvió a abrirlos, ya estaban frente a la entrada principal.

En el interior, el personal estaba en fila y esperándola. Los saludó con cariño y subió deprisa las escaleras hasta las dependencias privadas de su padre.

Él la esperaba en su salón. Se levantó al verla entrar y fue a abrazarla.

–Mi pequeña... –le dijo–. Voy a mandar que lo ahorquen.

–¡Basta, papá! No digas tonterías.

Leo la miró de arriba abajo.

–Pareces un poco triste, pero tu aspecto es saludable. ¿Cómo está mi nieto?

Lili arrugó la nariz y sonrió.

–Tu nieta está muy bien, gracias.

–¡Estupendo! ¿Y cuándo se supone que va a regresar a casa ese marido tuyo tan viajero?

–Eso no lo sé. Pero, si alguna vez lo hace, no voy a estar esperándolo.

–Buena idea, me encargaré de que no le dejen entrar en el país.

Ella sonrió dulcemente al oírlo.

–Sí, papá. Hazlo, por favor.

El teléfono móvil de Lili sonó a las diez de la noche, cuando estaba sentada en la cama leyendo una novela histórica. Era un libro emocionante que la tenía totalmente absorta.

Pero, al oír el móvil, dejó caer su libro digital y agarró el teléfono.

Miró la pantalla y se quedó boquiabierta al ver quién era.

Era Alex, le parecía imposible.

Estuvo a punto de descolgarlo, pero se detuvo.

Después de todo, había decidido que ya no quería saber nada de él, había vuelto a su hogar porque se había cansado de esperarlo en Montedoro. Se dio cuenta de que no tenía nada de lo que hablar con él.

Soltó el teléfono y lo dejó de nuevo en la mesilla.

Pocos segundos después, un pitido la avisó de que tenía un mensaje de voz.

Quería seguir leyendo, pero era demasiado difícil, tenía que escuchar su mensaje.

Le pareció increíble volver a oír su voz después de tantas semanas de soledad.

–*Lili, ya está hecho* –comenzaba Alex.

Se dio cuenta de que parecía cansado, pero satisfecho.

–*Mañana por fin vuelvo a casa contigo. Te he echado de menos.*

Se le hizo un nudo en la garganta al oírlo, parecía decirlo en serio.

–*No sabes cuánto te he echado de menos. Sé que no he llamado, debería haberlo hecho. O haberte escrito, pero no podía hacerlo. Yo...*

Contuvo el aliento. Una lágrima rodaba por su mejilla y se la limpió con la mano.

–*Mañana volveré y podré estar de verdad contigo. Mañana...*

Sonó el pitido final del mensaje. Colgó sin más.

Se quedó sentaba en la cama, con la vista perdida en la pared que tenía frente a ella y sin poder contener las lágrimas que caían por sus mejillas.

Marcó de nuevo el número de su buzón de voz para oír otra vez su mensaje. Lo hizo varias veces más.

Le encantó oír su voz, pero no podía llamarlo.

Alex volvió a llamar a Lili por la mañana y dejó otro mensaje.

–*Aquí ya pasa de medianoche. El vuelo sale mañana muy temprano. ¿Qué es lo que pasa, Lili? Llamé al número del apartamento y respondió Rufus. Me dijo que te habías vuelto a Alagonia y que has dejado una carta para mí. ¿Una carta? Lili, ¿estás bien? ¿Por qué no me has devuelto la llamada?*

Una hora más tarde, él la llamó de nuevo.

–*He llamado a mi padre* –le decía Alex en el mensaje–. *Me ha dicho que estás bien y que... Y que... Lili, ¿me has abandonado? Lili, ¿qué demonios está pasando?*

Después de ese mensaje, no le había vuelto a llamar.

Lili estaba deseando llamarlo, pero no lo hizo.

Desayunó y dio un largo paseo por los jardines del palacio.

Después, se encargó de su correspondencia, pintó y leyó. Esa noche cenaron en el comedor de Estado con su padre y algunos ministros. Todos estaban encantados de tenerla de nuevo en Alagonia. Ella sonrió y charló con todo el mundo.

Se retiró poco después de las diez, se dio un buen baño y se fue a la cama.

Seguía sin llamar a su marido. Creía que era Alex el que tenía que dar el siguiente paso, no pensaba hacerlo por él. Pensaba que sus llamadas no eran suficiente y que, si la quería, tendría que ir a Alagonia a buscarla.

Y, además, iba a tener que convencerla de que la quería. Quería estar segura de que había decidido ser de verdad su marido y un padre para su hijo.

A solas en el dormitorio de su apartamento en el Palacio del Príncipe, Alex releyó la carta que Lili le había dejado.

Alex, te he estado esperando. Han pasado treinta y seis días desde que me dejaste. Ochocientas sesenta y cuatro horas. Cincuenta y un mil ochocientos cuarenta minutos. Tres millones ciento diez mil cuatrocientos segundos.

Sí, he hecho los cálculos. Después de todo, he tenido un montón de tiempo para hacerlo.

Treinta y seis días y ni una llamada de

teléfono, ni una carta, ni una postal. Ni siquiera un correo electrónico o un mensaje de texto.

Cuando te fuiste, estaba enfadada contigo y me sentí herida. Entendía que tuvieras que ir a Estados Unidos, pero no sabía por qué tenías que ir solo.

Estaba dispuesta a aceptar que tenías que hacerlo a tu manera y estaba también dispuesta a esperarte, pero no durante tanto tiempo.

Me niego a esperar más y no quiero ser la única que se esfuerce por mantener vivo este triste matrimonio. Porque he aprendido una lección dura y dolorosa. Para que un matrimonio funcione, no basta con que uno lo quiera. Sin tu amor, no tenemos nada, Alex.

Me voy a casa.
Con cariño,
Lili

Alex se quedó mirando las palabras. Lili creía que ya no tenían nada. Le parecía increíble que pudiera pensar eso después de lo que habían compartido en la isla.

Le parecía imposible que Lili no supiera que tenía un lugar en su corazón y en su alma. No parecía comprender que se había ido solo para que pudiera después regresar a ella como un hombre libre del pasado.

Pensó entonces en cómo se habría sentido ella durante ese tiempo y lamentó no haberla llamado. No lo había hecho para poder soportar estar tan lejos de ella, pero acababa de darse cuenta de que había sido un error no hacerlo.

Y tenía que admitir que Lili había sido la más valiente y fuerte de los dos, la que seguía intentando una y otra vez que su matrimonio funcionara mientras él se había limitado a hacerle daño y a apartarla.

Pensó que había dado por hecho que siempre la iba a tener allí, que podía contar con que iba a estar esperándolo y que iba a seguir siendo paciente con él.

Se le encogió el corazón al darse cuenta de que podría haber logrado que ocurriera lo que se había propuesto cuando la engañó para que se casara con él.

Lili le estaba dando lo que él había creído entonces que quería, un matrimonio solo de nombre en el que los dos llevaban vidas completamente separadas.

A la mañana siguiente, Alex se reunió en privado con su padre.

En cuanto entró, le hizo un gesto para que se sentara y le habló sin tapujos.

–Has herido a tu esposa, Alex. Le has hecho mucho daño –le dijo directamente su padre.

–Tengo que ir a verla, no contesta mis llamadas.

–Todos entendemos que se fuera y que no quiera hablar contigo, Alex.

Le entraron ganas de golpear algo, pero se contuvo y bajó la cabeza.

–Está bien. He sido un idiota y ahora lo entiendo. ¿Qué debo hacer para arreglarlo? ¿Cómo puedo recuperar a mi esposa?

–¿La quieres?

–Sí, por supuesto.

–¿Como un hombre ama a la mujer con la que quiere pasar el resto de su vida?

–Sí, así.

Su padre se quedó en silencio un momento.

–Tienes que aprender a decirle esas palabras, Alex.

–Está bien –le dijo mientras se levantaba–. He sido un idiota... Ahora lo entiendo perfectamente.

–Entonces, dile a tu esposa que la quieres.

Se dejó caer de nuevo en la silla y se quedó unos segundos en silencio.

–Al principio no me di cuenta de lo que significaba para mí. Pero después, en esa isla, entendí que Lili lo era todo y fui por primera vez consciente de mis verdaderos sentimientos. Pero sentía que no tenía derecho a hablarle de amor hasta que corrigiera mis errores del pasado.

–En otras palabras, nunca le has dicho que la quieres, ¿no?

–Iba a hacerlo a mi vuelta, te lo juro –se excusó él.

–Me parece que has llegado algo tarde –le dijo su padre.

–Eso ya lo veo. ¿Qué debo hacer?

–Ve tras ella, por supuesto. Me da la impresión de que no te lo va a poner fácil. Y además tendrás que lidiar con Leo.

–¡Leo! ¡Dios mío! –exclamó él.

–Sí, el rey Leo querrá jugar un poco contigo. Debes ir tras ella y no renunciar a Lili pase lo que pase. No te vayas de Alagonia sin ella.

Alex llegó a Alagonia en helicóptero a las cuatro de la tarde. Con él estaban dos de los hombres más capaces y cualificados de su unidad militar.

Nada más llegar, se dio cuenta de que los estaban esperando y que no era el recibimiento que esperaba.

Sus hombres fueron detenidos en el aeropuerto y Alex fue llevado bajo custodia hasta el castillo de D'Alagón.

Pidió que le dejaran ver a su esposa, pero lo ignoraron.

Lo metieron por una entrada lateral y le hicieron bajar unas escaleras de piedra hasta el sótano donde estaban las antiguas mazmorras. Era un sitio húmedo y oscuro.

Lo metieron en una celda y les dijo que quería ver al rey Leo. Los guardias no le dijeron nada y cerraron la puerta tras él.

Estaba en una celda sin ventanas. Solo había un viejo catre y un agujero en una esquina que hacía las veces de retrete. No era el alojamiento más lujoso del mundo.

Supuso que le harían esperan bastante. Se sentó en el catre y se recordó que tenía que ser paciente.

Algún tiempo después, le llevaron comida y una taza de agua.

Esperó un poco más y, con el tiempo, acabó durmiéndose.

Le habían dejado quedarse con su reloj y vio que eran más de las cuatro de la mañana cuando se despertó.

Al amanecer le llevaron un cuenco con gachas y un té aguado a modo de desayuno. Parecía que su suegro estaba más enfadado con él de lo que había creído posible. Pensó también en lo mucho que quería a su esposa.

A las diez de la mañana, fueron a buscarlo y lo llevaron al piso de arriba, a la sala del trono. El rey Leo lo esperaba allí. Iba elegantemente vestido y parecía muy contento.

—Majestad —lo saludó Alex con una reverencia.

—Necesitas afeitarte —repuso Leo—. Le dije a Lili que quería ahorcarte, pero me dijo que no lo hiciera.

—Gracias, señor. ¿Puedo ver ya a mi esposa?

–Me temo que no. Lili no quiere verte.

Mantuvo la calma lo mejor que pudo y lo intentó de nuevo.

–Déjeme hablar con ella, por favor.

–No parece haberte preocupado demasiado tener que pasar una noche en mi calabozo.

–Señor, solo quiero hablar con mi esposa.

–Alexander, me estás aburriendo –le dijo Leo.

–Señor, solo...

–Ya te he dicho que no quiere verte. Mis hombres van a llevarte al aeropuerto para que te vayas de Alagonia y no podrás volver jamás. ¿He sido lo bastante claro?

Alex se quedó callado. Se dio cuenta de que no iba a conseguir nada discutiendo con el rey Leo.

–Muy claro, señor.

–Siento que todo haya salido tan mal.

A él no le parecía que lo sintiera tanto como decía.

–Vete a tu casa, Alexander.

–Adiós, señor.

Leo le hizo un gesto muy regio a los guardias.

–¡Lleváoslo de aquí!

Una hora más tarde, Alex y sus hombres despegaban desde el aeropuerto de San Fernando. Volaron al oeste, hacia el mar abierto.

Después, cuando ya estaban bastante lejos de Salvia, dieron media vuelta aún sobre el agua y se acercaron de nuevo a tierra. Esa vez para llegar por el norte.

Encontraron un campo a varios kilómetros del palacio, un lugar perfecto para que aterrizara el helicóptero.

Bajó él solo. Llevaba una mochila con una muda de ropa, unos mapas del castillo, un poco de agua, barritas energéticas, un lápiz de memoria y su teléfono móvil.

Esperó a que el helicóptero en el que iban sus hombres despegara de nuevo y comenzó a andar. Se había puesto pantalones de algodón y una camiseta negra. Era la una y cuarto de la tarde y estaba a cuarenta kilómetros del palacio. Si todo iba bien, tardaría menos de siete horas en llegar a su destino. Habría sido mucho más rápido tomar un taxi, pero quería llegar sin que nadie lo viera.

Sabía que lo más complicado iba a ser entrar en el palacio y llegar a donde estuviera Lili sin que lo detuvieran.

Lili tenía ganas de gritar.

Alex se había ido.

Su padre lo había tenido toda la noche en la mazmorra y después lo había echado de allí.

Y Alex se había ido. No podía creer que se hubiera dado por vencido.

Temía haber ido demasiado lejos con su venganza. Creía que le había pedido demasiado.

Lamentó haber permitido que su padre lo metiera en esa celda. Después de todo lo que había sufrido en Afganistán, temía que esa noche le hubiera provocado algún daño psicológico.

Y creía que ella tenía la culpa de todo. Lamentó no haber respondido a sus llamadas ni haberlo perdonado.

Se dejó caer en el borde de la cama y sacudió la cabeza. Le había parecido muy importante que Alex entendiera que no podía tratarla como lo había hecho, pero temía haber ido demasiado lejos.

Tomó el teléfono móvil y comenzó a llamarlo, pero no podía. Decidió que lo haría al día siguiente.

Estaba muy triste.

Era una noche cálida.

A las nueve, Lili se dio un largo baño. Después, se puso su camisón favorito para animarse un poco. Era una enorme camiseta con un dibujo de Ariel, la sirenita de Disney. Abrió la puerta de la terraza para que entrara la brisa y se metió en la cama.

Tomó su lector digital y comenzó a leer, pero esa novela romántica estaba consiguiendo que se sintiera más sola aún. Echaba mucho de menos a Alex.

Decidió que no podía seguir así, tenía que llamarlo. Esperaba que quisiera hablar con ella.

Tomó su teléfono móvil y comenzó a marcar.

Fue entonces cuando oyó unos ruidos extraños que procedían de la terraza.

Frunció el ceño, pensó que quizás fuera algún animal, pero se dio cuenta de que era imposible. Su habitación estaba en el piso más alto. Creía que ningún animal podría haber subido...

Vio entonces una sombra.

Era... Era un hombre. Había un hombre en su terraza. El miedo se instaló en su garganta y el corazón comenzó a latirle a mil por hora.

Soltó el teléfono y saltó de la cama mientras trataba de encontrar algo que pudiera usar como arma.

Y entonces Alex apareció en la puerta abierta.

15

Lili se quedó boquiabierta.

–¿Alex? –susurró al ver que entraba en su habitación. No podía creerlo, era real, estaba allí–. ¡Dios mío! ¡Alex!

Él la miraba como si nunca quisiera dejar de hacerlo.

–Tengo que hablar con tu padre. Su seguridad no es tan buena como debería ser –le dijo él.

Las lágrimas llenaron sus ojos.

–¡Alex!

–Lili –susurró él quitándose una mochila y yendo hacia ella.

Estaba lleno de polvo, sudoroso y parecía muy cansado. Pero estaba allí, era real.

Alargó la mano hacia él. Alex la tomó y se la besó con ternura.

Después, plantó una rodilla en el suelo sin soltar su mano. Abrió sorprendida la boca.

–Perdóname, Lili –le dijo con un brillo especial en sus ojos–. Te quiero, Lili. Vuelve conmigo, Lili. Sé que lo he fastidiado todo y no soy digno de ti, pero te quiero. Eres mi luz, mi estrella en medio de un oscuro cielo. Tú me devolviste la vida y me lo diste todo. Debería haberte dicho hace tiempo que te quiero, pero creía que antes tenía que arreglar mi pasado...

–¡Alex...!

–Y ni siquiera te llamé, sé que fue una estupidez. Pero no podía soportar la idea de oír tu voz, te echaba tanto de menos, que pensé que sería demasiado duro.

–Está bien, Alex. Eso lo entiendo, pero de ahora en adelante...

–Lo sé, si alguna vez tengo que irme de nuevo, aunque no creo que pueda, te llamaré.

Ella se echó a reír.

–Claro que te volverás a ir, eso es normal, pero tienes que llamarme. La comunicación es muy importante en un matrimonio.

–Lo sé. Tienes razón, Lili. Ahora lo entiendo –le dijo él.

–Ya puedes levantarte, Alex.

–No, no hasta que me prometas que vas a volver conmigo.

–Por supuesto que sí.

–Dímelo otra vez –le pidió Alex.

–Te quiero y sí, voy a volver contigo a Montedoro –le prometió ella.

Entonces se levantó y la abrazó, besándola apasionadamente.

Algún tiempo después, Lili se separó de él y tiró de su mano para que se sentara con ella en la cama.

–No me puedo creer que hayas escalado por la pared del palacio. ¿Es que te has vuelto loco? –le dijo ella–. ¿Tienes hambre?

Pero Alex no la escuchaba, colocó una mano sobre su vientre.

–Está creciendo... Ya se nota... –murmuró maravillado.

–Sí, pronto empezará a dar patadas –le dijo ella–. Tengo muchas preguntas que hacerte, Alex. Eso es lo que pasa cuando no me llamas, que luego tenemos mucho sobre lo que ponernos al día.

–¿Qué quieres saber?

–¿Viste a los padres y a los hermanos de Devon?

–Sí. Al principio, su padre no quería hablar conmigo. Pero con la ayuda de su madre, conseguimos sentarnos a hablar. No fue fácil, pero creo que nos vino bien a todos. Con los hermanos tuve distinta suerte. Algunos no querían siquiera verme, pero conseguí ganarme su confianza. También he conseguido que acepten mi ayuda económica para que todos puedan ir a la universidad.

–Bien hecho –repuso ella.

Se besaron de nuevo y los besos fueron a más.

Fue un reencuentro dulce, apasionado y maravilloso.

Después, ella le preparó un baño y se metió con él en la bañera.

Se recostó contra su amplio torso y se atrevió a sugerirle algo en lo que llevaba tiempo pensando.

–Creo que deberías escribir un libro sobre la captura, el encarcelamiento y cómo fuiste después a Estados Unidos para reunirte con la familia de Devon.

Pero él negó con la cabeza.

–No, es algo que he vivido y con eso es suficiente. Al menos de momento.

–Entonces, ¿no vas a volver a escribir?

–Bueno... De hecho, he estado escribiendo.

Lili tomó la mano de Alex y la colocó sobre su vientre.

–¡Alex, eso es maravilloso!

Él la abrazó con ternura y la besó en el cuello.

–Es una nueva historia, algo completamente diferente. Me ayudó durante el viaje a no echarte tanto de menos y a evadirme de las tensiones que estaba teniendo con la familia de Devon. Es una historia de aventuras, los protagonistas son una pareja que acababa abandonada en una isla del Mediterráneo...

Lili se dio la vuelta en la bañera para mirarlo a la cara.

–Me estás tomando el pelo. Nunca escribirías una historia como esa. ¿Es una novela romántica?

–Lili, mi amor –repuso Alex besando la punta de su nariz–. Se trata de un romance. Te he traído una copia de lo que tengo hasta ahora. Está en un lápiz de memoria en mi mochila.

Ella parpadeó, estaba atónita.

–¿Estás hablando en serio?

–Sí, puedes leerlo después y decirme qué te parece. Bueno, si quieres hacerlo…

–¡Me encantaría leer lo que has escrito, especialmente si se trata de una novela romántica! Me parece increíble, Alex. ¿Qué ha pasado? ¿Cómo has cambiado tanto?

–Creo que ya lo sabes –le dijo con ternura–. Te quiero, Lili.

–Y yo a ti, Alex.

–Ahora ya somos una familia –le dijo Alex con orgullo.

–Para siempre –susurró ella.

–Sí. Esto es exactamente lo que tanto deseaba. Tú y yo, Lili. Juntos y para el resto de nuestras vidas.

EPÍLOGO

–Te echamos de menos –le dijo Lili.

Arabella agarró el teléfono con fuerza y se quedó mirando la comida que Charlotte, su ayudante y amiga, tenía en la cocina. Era la víspera del día de Acción de Gracias, pero a ella le estaba costando mucho sentir gratitud.

Estaba en Estados Unidos, en la casa de su querida amiga Anne. Estaba muy enferma y los médicos pensaban que no iba a durar ni una semana más.

Sabía que toda su familia estaría preparando en Montedoro la fiesta de Acción de Gracias. Su padre era de origen americano y siempre lo habían celebrado.

–Arabella –le preguntó Lili entonces–. ¿Sigues ahí?

–Sí, aquí estoy, Lili –le dijo al teléfono–. Lo siento, es que estoy tan triste...

–Sigo rezando para que suceda un milagro, Arabella.

Su querida cuñada siempre buscaba el lado bueno de las cosas.

–¿Cómo te sientes? –le preguntó Arabella.

–Muy gorda.

Lili iba a tener gemelos. Un niño y una niña. Al principio, había sido una sorpresa para los futuros padres, pero ya lo habían superado y estaban muy ilusionados.

–Estoy tan feliz por Alex y por ti.

–Sí, yo también estoy muy contenta.

–Los dos os merecéis ser felices, Lili –le dijo con sinceridad–. Espero que paséis un estupendo día de Acción de Gracias.

Para ella no iba a serlo. Estaba siendo muy duro.

–¿Cómo está el pequeño Benjamin? –le preguntó Lili.

–Es un niño adorable y perfecto. Ahora mismo está durmiendo.

–Dale un beso de mi parte.

Arabella sonrió al oírlo.

–Lo haré. Te lo prometo.

Charlaron un rato más y se despidieron. Después, metió el teléfono en el bolsillo. Era allí donde tenía el sobre, un recordatorio del sombrío futuro. Anne se lo había dado esa mañana.

–Léelo después de que me vaya –le había pedido su amiga.

Tomó el sobre y lo sacó de su bolsillo. Lo miró y volvió a guardarlo.

Le parecía imposible que aquello estuviera de verdad pasando.

Charlotte asomó entonces la cabeza desde el dormitorio y la miró.

–Pregunta por ti –le susurró.

Arabella enderezó los hombros y forzó una sonrisa.

–Voy –repuso.

Fue por el pasillo hasta la habitación de su amiga, sintiendo a cada paso el sobre que llevaba en el bolsillo.

Aunque era una princesa de nacimiento, Arabella había elegido la profesión de enfermera. Su experiencia le decía que, aunque anhelara un milagro, la realidad era otra.

No faltaba mucho tiempo para el final.

TÍTULOS PUBLICADOS EN TIFFANY

Sarah Morgan
(El ático de la Quinta Avenida y Una noche sin retorno)

Sherryl Woods
(Atrapar a un ladrón y El dilema)

Amber Lake
(La luz de tu mirada y Un día más en el paraíso)

Susan Mallery
(Dulces palabras de amor y El seductor seducido)

Brenda Novak
(En tus brazos y Buscando su lugar)

Elle Kennedy
(Amor inocente, Deseo inocente y Su ángel vengador)

Miranda Bouzo
(El amor no se puede pintar y El arte del amor)

Katee Robert
(Lo quiero todo y Te deseo)

Mercedes Gallego
(En tus manos y A orillas del Ness)

Christine Rimmer

El hijo secreto del príncipe

El príncipe Rule había viajado a Estados Unidos por un asunto familiar de verdadera importancia. Y no se iba a ir hasta que conociera a Sydney O'Shea, la madre de su hijo. Rule no esperaba que la abogada de Texas lo volviera loco de deseo, pero la ley de Montedoro lo obligaba a casarse antes de los treinta y tres años si no quería perder su herencia y su título. La solución perfecta sería casarse con Sydney. Ya tendría tiempo, después, de decirle toda la verdad. Si es que se la decía.

Matrimonio real

El frío y distante Alexander Bravo-Calabretti era el último hombre con el que la princesa Liliana de Alagonia habría querido casarse. Pero, después de un encuentro apasionado, se dio cuenta de que estaba embarazada y sus familias solo iban a aceptar una solución: una boda secreta.

Alex había accedido a casarse con Lili por el bien del bebé; no había otra opción cuando estaban en juego el futuro del trono de Alagonia y el honor de los príncipes. Pero, poco después, cuando representaba el papel de recién casado feliz, se dio cuenta de que deseaba que aquello pudiera ser real.

Las mejores novelas de...
AMNESIA

SHARON KENDRICK
Miedo al olvido

Cuando se enteró de que el célebre Adam Black iba a convertirse en su jefe, Kiloran Lacey se puso furiosa, estaba demasiado acostumbrada a ser ella la que mandara. Y para empeorar aún más las cosas, Adam era el hombre más atractivo que había visto en su vida... ¡y no tardaron en acabar en la cama juntos!

Adam había aprendido a no tener que depender de nadie. Era un increíble amante, pero se negaba a permitirle a Kiloran acercarse a él de verdad. Sin embargo, cuando un accidente le dejó sin memoria, tuvo que confiar en la ayuda de Kiloran para recuperarse... y para enfrentarse a su doloroso pasado. Estaban juntos de nuevo, la atracción era tan poderosa como siempre, pero ¿sería capaz ahora de amarla...?

JANICE MAYNARD
Terreno privado

Gareth Wolff intentaba ocultarse del mundo... hasta que Gracie Darlington se presentó ante su puerta víctima de la amnesia.

El huraño millonario conocía bien a esa clase de mujeres. Sabía que ella quería algo, algo que él llevaba toda la vida intentando olvidar. Aun así, decidió no dejar que la sensual intrusa se marchara, al menos, hasta que pudiera saciar con ella su deseo. Sin embargo, cuando Gracie recuperara la memoria, podía ser demasiado tarde. Porque, además de su territorio, ella había invadido su corazón.

N.º 91

JULIA.

AIMEE CARSON
CITA PERFECTA

En un rincón del cuadrilátero, representando a los hombres, está Cutter Thompson. Participar como famoso en un concurso de coqueteo supone la peor de las pesadillas para él.

Agitando la bandera de las chicas está Jessica Wilson. Tal vez Cutter piense que no necesita ayuda para coquetear con éxito, pero el radar profesional de Jessica indica otra cosa. Esta batalla de sexos se ve complicada por una intensa y profunda atracción.

N.º 481

LEANNE BANKS
EL ÚLTIMO DESEO

El idilio de la princesa Pippa con el magnate Nic Lafitte tenía que terminar. Sus familias estaban enfrentadas desde hacía generaciones.

Nic admiraba a la dulce princesa, sin embargo, trató de luchar contra la atracción que sentía por ella..., hasta que tras una noche de pasión descubrieron que Pippa estaba embarazada.

KIMBERLY LANG
EL PRIVILEGIO DE AMARTE

Lily necesitaba un nuevo comienzo y parecía haberlo encontrado. Después de todo, ¿para qué iban sus nuevos jefes, miembros de la influyente familia de los Marshall, a indagar más allá de su aspecto? Hasta que llamó la atención del rompecorazones Ethan Marshall…

Tener una aventura con un Marshall no era una buena idea, en especial para una mujer con un pasado escandaloso.

¡YA EN TU PUNTO DE VENTA!